村上春樹のドラマ

「音」から「言葉」へ

イエレナ・プレドヴィッチ
Jelena Predovic

論創社

序

村上春樹は音楽と深い関わりをもつ作家である。処女作『風の歌を聴け』が『群像』新人賞を受賞する前後の7年間はジャズ喫茶の経営者だったし、作家としてデビューしたのちも、『ポートレイト・イン・ジャズ』など音楽に関する本を著わした。さらに、その長編小説には例外なくおびただしい数の音楽の曲名が出てくるばかりか、その作品自体の名も「中国行きのスロウ・ボート」『ダンス・ダンス・ダンス』など、曲名に由来するものが多い。デビュー作『風の歌を聴け』のタイトルも、トルーマン・カポーティの短篇小説「最後のドアを閉めて」(“Shut a Final Door”)の巻末の言葉に由来するとはいえ、まさに「歌を聴け」と命じているのであり、作者自らこの小説に登場する「カリフォルニア・ガールズ」のビーチボーイズについて、異様なまでに熱っぽい口調で語っている。

1963年か1964年のことだったと思うけれど、僕もやはりビーチボーイズの音楽を聴きながら、同じような想いに囚われていた。ビーチボーイズの音楽は抗うことができないほどにイノセントで、美しく、そして悲しかった。彼らの音楽はあまりにイノセントだったので、彼らは我々とはまったく違った世界に住んで、我々とはまったく違った生活を送っているのだろうと、僕は考えないわけにはいかなかった。（中略）

そこには成熟した人々の投げかける冷やりとした影はなく、不格好に絡みあった青春期特有のあのやりどころのないエゴもなく、暴力もドラッグも学歴も裏切りも中傷も誤解も体制も反体制も、何もなかった。そこに存在する唯一の価値基準《スタンダード》はこういったものだった。

Is surf up?　（波は出てるか？）

そんな世界は実際にはどこにも存在しないんだと我々が気づくまでに、ずいぶん長い間がかかった。それは結局のところ、結晶した憧憬にすぎなかった――あるいは誰かが言っているように、「解放感《センス・オブ・フリーダム》のメタファー」にすぎなかったのだ。

社会の流れに即して定義するなら、それは硬直し抑制された50年代型の青春から、ドラッグ革命世代への短かくも幸せな回廊であった、ということになるだろう。極端に言うなら、ビーチボーイズが南アメリカの一角から全世界へと伝達させたあの「サニー・カリフォルニア空間」はまぎれもない解放区の原型だった。哲学と政治をとり払ったあとの、あるいは哲学と政治を賦与されるまえの、幻想だけで構築された解放区であった。(1)

当然にも音楽はこの作家の作品そのものに深い影響を及ぼしていると考えられるが、村上春樹の作品で「音楽」が果たしている役割に焦点を当てた論考は非常に少ないと言わざるを得ない。「音楽」を対象にした論文があったとしても、一つの作品におけるその作品の主題歌に対象を絞り、作品全体の構造を視野に入れずに部分的に「音楽」を扱うため、村上春樹の作品構造における「音楽」機能の重要性について十分に触れられていないというのが現状である。

例えば山根由美恵は、『風の歌を聴け』の70年夏の物語におけるビーチボーイズの「カリフォルニア・ガールズ」に着目し、この物語の始まりと終わりにはこの曲が配置されていると述べ、「不在の夢、不在の女性を歌う『カリフォルニア・ガールズ』という装置」によって自殺した「三番目の女性」に関する物語が喚起されると指摘するが、この小説の全体の構造における「カリフォルニア・ガールズ」の役割については十分な分析が行われていない。[2] あるいは『世界の終りとハードボイルド・ワンダーランド』における音楽の役割について、高木徹は、小説冒頭の章（1章と2章）それぞれで言及される「口笛」と「角笛」は、この小説に描かれている二つの世界の親近性を表していると述べ、「ハードボイルド・ワンダーランド」冒頭場面の「私」に「口笛が吹けなかった」ことは音楽の喪失を予告していると指摘する。この論考は「ダニー・ボーイ」という民謡の構成および歌詞に触れているにもかか

（1）村上春樹「デニス・ウィルソンとカリフォルニア神話の緩慢な死」、『大コラム』１９８４年7月。

（2）山根由美恵『村上春樹〈物語〉の認識システム』若草書房、２００７。

わらず、この民謡が小説の全体の構造にどのように織り込まれているのかを論じるには至っていない(3)。

本論文は、村上春樹のデビュー作『風の歌を聴け』(1979年)をはじめとし、1985年に発表された長編小説『世界の終りとハードボイルド・ワンダーランド』と1987年に書かれた『ノルウェイの森』を分析の対象にして、「音楽」がこれら三つの小説の構造そのものに深く係わっていることを明らかにしようとするものである。

これらの小説は、作品ごとに行われる「音」――それぞれの作品における主題歌――の伝達によって成立していると思われるから、第1章は『風の歌を聴け』、第2章は『世界の終りとハードボイルド・ワンダーランド』、第3章と第4章の2章が『ノルウェイの森』の分析に当てられる。それら主題歌の伝達を仮にフーガ形式に喩えれば、『風の歌を聴け』における「音」の伝達は「フーガ」の主旋律であり、『世界の終りとハードボイルド・ワンダーランド』および『ノルウェイの森』における「音」の伝達は、「主題歌」＝主旋律を追いかける副旋律を形作っている。『ノルウェイの森』のために2章分が充てられるのは、村上春樹自身が記した文章に基づいてこの小説を『風の歌を聴け』の「ひっくりかえし」と見た場合、『ノルウェイの森』の後半は『風の歌を聴け』における「主題歌」を追いかけると同時に、それと平行して展開する形をとるからであり、この変化を際立たせるために、『ノルウェイの森』の後半の構造・物語を前半のそれと区別しつつ「世界の終りのドラマⅡ」と名づけて論じるためである。

さらに、音楽に楽譜が欠かせないように、これら三つの作品の構造とその相互の絡み合いを分析・叙述するためには、図表が不可欠となる。『風の歌を聴け』の断章32には架空の作家「デレク・ハートフィルド」の持論として、「小説というものは情報である以上グラフや年表で表現できるものでなくてはならない」(119頁)と記されているし、『世界の終りとハードボイルド・ワンダーランド』も地図と図表を載せている。

これら作品ごとに作成した図をもとに作品構造における「音楽」の働きを明らかにすることと平行して、本論文では『風の歌を聴け』の中で比喩的な表現によって語られる作者の「言葉」との格闘の軌跡を作品ごとに辿ることにする。「言葉」との葛藤を強調するかのように、そのデビュー作に織り込まれた多彩な表現方法──アメリカンポップス、ロックへの数多くの言及、映画、テレビドラマを思わせるような台詞、または場面、イラストなど──が読者の聴覚、視覚に刺激を与えているからであり、これらの「非言語的」な表現に焦点を当て、聴覚的、視覚的表現を繋ぎ合わせることによって、40の断章からなる『風の歌を聴け』の断層に埋もれた主題を浮き彫りにしたい。

「言葉」と「非言語的」な表現との関係を論じる際には、『世界の終りとハードボイルド・ワンダーランド』の中で使われている「ブリッジ」という用語を借り、「言葉」から「非言語的」な領域への移

---

(3) 高木徹「『世界の終りとハードボイルドワンダーランド』論──音楽が担う役割」『名古屋近代文学研究』1号、1983年9月。

行過程、すなわち「ブリッジ」作りがどのように行なわれているかを考察の対象とする。その場合の基礎となるのは、「言葉」と「音」を繋ぐ「ブリッジ」の時間軸を特定することである。言い換えれば、『風の歌を聴け』および『世界の終りとハードボイルド・ワンダーランド』の中に氾濫するおびただしい数の数値から、「音」の伝達に関わりのある数値を選別することである。つまり本論文では『世界の終りとハードボイルド・ワンダーランド』の中で言及される「洗いだし」という手法を取り入れ、三つの小説で「表面的」、「連続的」に並べられた数値・時間と、作品構造の中核に関わる数値・時間を選り分けることとする。「洗いだし」という手法を通して選び出される数値は、作品の構造の主軸をなす「正確な数値」であり、それらの数値に基づいて作品ごとに図表が作成されるから、図表に沿って展開する物語は「正確な言葉」に導いていくことになる。

　また「言葉」に対する不信感、問いかけはデビュー作が書かれた時点から村上文学の根幹となすテーマであるといえるから、これら三つの小説の図の作成とともに抽出される年表は、同時に作家村上春樹の「言葉」との格闘の軌跡を示すことにもなる筈である。上記の三つの作品の構造の分析により、「語る」、「文章」を書く行為と結びついている「言葉」の領域と、「非言語的」な表現の占めている位置を明らかにすることは、村上春樹という作家の新たな側面に光を当てることに繋がると思われる。

目次

第一章　『風の歌を聴け』

1　書くことへの絶望と小説の基本構造

　この章は、村上春樹の処女作『風の歌を聴け』におけるポップ音楽、イラストや写真といった非言語的な表現がテキストの中で果たしている役割を明らかにすることを目的とする。そのために、まず40の断章からなるこの小説の断章1に着目し、そこに記されている作者の「言葉」と文章を書くことに関わる言説を整理する。

「完璧な文章などといったものは存在しない。完璧な絶望が存在しないようにね。」

僕が大学生のころ偶然に知り合ったある作家は僕に向かってそう言った。僕がその本当の意味を理解できたのはずっと後のことだったが、少くともそれをある種の慰めとしてとることも可能であった。完璧な文章なんて存在しない、と。

しかし、それでもやはり何かを書くという段になると、いつも絶望的な気分に襲われることになった。僕に書くことのできる領域はあまりにも限られたものだったからだ。例えば象について何かが書けたとしても、象使いについては何も書けないかもしれない。そういうことだ。

8年間、僕はそうしたジレンマを抱き続けた。——8年間。長い歳月だ。（中略）

僕は文章についての多くをデレク・ハートフィールドに学んだ。殆ど全部、というべきかもしれない。不幸なことにハートフィールド自身は、全ての意味で不毛な作家であった。読めばわかる。文章は読み辛く、ストーリーは出鱈目であり、テーマは稚拙だった。（中略）

8年と2ヵ月、彼はその不毛な闘いを続けそして死んだ。（中略）

ハートフィールドが良い文章についてこんな風に書いている。

「文章をかくという作業は、とりもなおさず自分と自分をとりまく事物との距離を確認することである。必要なものは感性ではなく、ものさしだ。」（「気分が良くて何が悪い？」1936年）

僕がものさしを片手に恐る恐るまわりを眺め始めたのは確かケネディー大統領の死んだ年で、それからもう15年になる。（中略）

僕にとって文章を書くのはひどく苦痛な作業である。一ヶ月かけて一行も書けないこともあれば、三日三晩書き続けた挙句それがみんな見当違いといったこともある。

それにもかかわらず、文章を書くことは楽しい作業でもある。生きることの困難さに比べ、それに意味をつけるのはあまりにも簡単だからだ。（中略）

それが落とし穴だと気づいたのは、不幸なことにずっと後だった。僕はノートのまん中に1本の線を引き、左側にその間に得たものを書き出し、右側に失ったものを書いた。失ったもの、踏みにじったもの、とっくに見捨ててしまったもの、犠牲にしたもの、裏切ったもの……僕はそれらを最後まで書き通すことはできなかった。

僕たちが認識しようと努めるものと、実際に認識するものの間には深い淵が横たわっている。どんな長いものさしをもってしてもその深さを測りきることはできない。僕がここに書きしめすことができるのは、ただのリストだ。小説でも文学でもなければ、芸術でもない。まん中に線が1本だけ引かれた1冊のただのノートだ。(4)（下線は引用者による。以下の引用についても同じ）

「僕は文章についての多くをデレク・ハートフィールドに学んだ。殆ど全部」という言葉に示されているように、「29歳」になろうとしている語り手はこの架空の作家による文章を指針にして断章1を書いている。「デレク・ハートフィールド」は文章との「8年」に及ぶ不毛な闘いの末自殺するが、語り

（4）村上春樹の小説からの引用はすべて文庫版による。

手の「僕」も「8年間」一行も書けなかったという。この点でも「僕」と「デレク・ハートフィールド」はパラレルな関係にあるが、「僕」が「デレク・ハートフィールド」の使った「ものさし」の比喩を援用して自らの認識という行為と書くことについて語っていることは注目に値する。「僕」が、「ここに書き示すことができる」もの、すなわちこの小説が「まん中に線が1本だけ引かれた1冊のただのノート」「ただのリストだ」と言うとき、1本の線を引くのは「ものさし」であるから、認識のために自己と対象との間に距離をとることの必要性とその限界を同時に語っていることになる。

「僕がものさしを片手に恐る恐るまわりを眺め始めた」のは15年前、すなわち「14歳」の頃からであるが、「14歳」という年齢は、断章7の記述に従えば、その年まで無口だった語り手が急に饒舌になった年でもある。余りにも無口なため、心配した両親が「僕」を精神科医のもとにつかわす。週に一度の精神科医との「フリー・トーキング」の練習を重ねた末、「14歳になった春」にある変化が起きる。

信じられないことだが、まるで堰を切ったように僕は突然しゃべり始めた。何をしゃべったのかまるで覚えてはいないが、14年間のブランクを埋め合わせるかのように僕は三ヶ月かけてしゃべりまくり、7月の半ばにしゃべり終えると40度の熱を出して三日間学校を休んだ。熱が引いた後、僕は結局のところ無口でもおしゃべりでもない平凡な少年になっていた。(31頁)

無口だった「14歳」の「僕」が突然「堰を切った」かのようにしゃべり出したという表現を、彼が同じ年に手にした「ものさし」と重ね合わせて考えることができる。つまり、「僕」が「言葉」との妥協を始めた時期は「ものさし」を手に入れた年と一致するから、「ものさし」は「14歳」まで無口だった「僕」と突然しゃべり出した「僕」を隔てていた「堰」として捉えられる。換言すれば、『風の歌を聴け』の「ものさし」は「非言語的な」表現と「言葉」を隔てる「1本の線」として考えることができる。

この話は1970年の8月8日に始まり、18日後、つまり同じ年の8月26日に終る。

断章2は上の一行からなる章である。「僕」が「14歳」の頃、すなわち「1964年」にしゃべりし出してから、夏の物語が始まる「1970年8月8日」に至るまでの時期の「言葉」に関わる記述としては、「17歳」ごろのことについて言及した断章30の次の一節が挙げられる。

かつて誰もがクールに生きたいと考える時代があった。

高校の終り頃、僕は心に思うことの半分しか口に出すまいと決心した。理由は忘れたがその思いつきを、何年かにわたって僕は実行した。そしてある日、僕は自分が思っていることの半分しか語ることのできない人間になっていることを発見した。（109頁）

この「17歳」は、断章4によれば、「僕が鼠と初めて出会った」「3年前」に当たる。「朝の4時過ぎに」泥酔して車を運転しているうちに「景気よく公園の垣根を突き破り、つつじの植え込みを踏み倒し、石柱に思い切り車をぶっつけた上に怪我ひとつ無かった」という事故をきっかけに、「僕」が「一歳年上」の「鼠」と「チームを組」むようになった年である。すなわち、『風の歌を聴け』における語り手に継ぐ重要な作中人物「鼠」の登場と「僕」が口を閉ざした時期は一致する。つまり「鼠」は、「僕」が「言葉」にできない部分を担うために、言わば「僕」の分身として登場していると考えることができる。

この「鼠」は、断章5で自分なら次のような小説を書くと語っている。それは同じ船に乗り合わせた男と女の、巡り合いと別れと再会の話であり、「俺の乗っていた船が太平洋のまん中で沈没」し、「俺」が「浮輪につかまって星を見ながら一人っきりで夜の海を漂っている」と、「向うの方からこれも浮輪につかまった若い女が泳いで」くる。二人は「隣り合って海に浮かんだまま世間話をする」が、夜明けになって、「女は二日と二晩泳ぎつづけてどこかの島にたどりつく」のに対し、男はその間海上でただビールを飲んでいたにも拘らず、「二日酔いのまま飛行機に救助される。」「何年か後に二人は山の手の小さなバーで偶然めぐりあう」という小説である。

『風の歌を聴け』自体も、男と女が「小さなバー」で「偶然」出会うことから発展してゆく話を一つの構成要素としている。

ある日「僕」は、「午後じゅうプールで泳」ぎ、「家に帰って少し昼寝をしてから食事を済ませ」、「8時過ぎ」に車で散歩にでかける。「30分ばかり」「ラジオを聴きながら海を眺めて」いるうちに急に人に会いたくなり、行きつけの「ジェイズ・バー」にでかけるが、目当ての「鼠」はいない。「一時間ばかりかけてビールを三本飲んだ」あとで、「大抵排水口がつまって水がたまって」いるため「あまり中に入りたくない」洗面所に行くと、水はたまっていない。「そのかわり床に」女性が「転がって」いたというのが、「僕」と「小指のない女の子」との出会いである。

ここまでの検討から一つの結論として言いうることは、語り手の「僕」を含む『風の歌を聴け』の作中人物および作中のまた作中人物の間には、かなり似通った類似性が見られること、その類似性は概ね年齢という「数字」によって確認できることである。したがってこの作品は、同種の話の語り直しによって成立しているということであろう。

『風の歌を聴け』における「語り直し」の特徴は、6年後に同じ作者によって書かれた『世界の終りとハードボイルド・ワンダーランド』の中の語り手の言葉を参照して理解することができる。

「海の近くで生まれたんだ」と私は言った。「台風が去った次の朝に海岸に行くと、浜辺にいろんなものが落ちていた。波で打ちあげられたんだ。想像もつかないようなものが、いっぱい見つかる。瓶やら下駄やら帽子やら眼鏡ケースから椅子・机に至るまでなんだって落ちているんだ。どうしてそんなものが海辺に打ちあげられるのか、僕には見当もつかない。でもそういうのを探すのがとても好きで、台風が来るのが楽しみだった。たぶんどこかの浜に捨てられていたものが波でさらわれて、それがまた打ちあげられるんだろうね。（中略）海から打ちあげられたものはどんなものでも不思議に浄化されているんだ。」（下巻、298頁）

浜に捨てられたものは波にさらわれて海に消えるが、台風の襲来によってふたたび浜辺に戻ってくる。そのとき、遺物は「どんなものでも不思議に浄化されている」というのである。私は上に述べた「語り直し」を、「浄化」の機能を含むものとして「洗いだし」と呼ぶことにする。そこに「浄化」の作用を示すには、砂浜での車の事故を中心とする断章4、そして「小指のない女の子」が「ジェイズ・バー」で発見された経緯が連続的に語られる断章8と9との比較が有効である。

断章4では車の事故の後、「二人でチームを組」むことにした「僕」と「鼠」が「手始めに」砂浜に寝転んでビールを飲む姿を、上記の台風の場面における浜に捨てられたものの描写と重ね合わせてみると、砂浜に捨てられたものがもう一度打ち上げられるまでの時間差は、「僕」と「鼠」が「ビールの空缶を全部海に向かって放り投げてしまうと、堤防にもたれ頭の上からダッフル・コートをかぶって一時間ばかり眠った。」（20頁）という文における「一時間」に呼応しているといえる。そして「一時間」の眠りのあと、「目が覚めた時、一種異様なばかりの生命力が僕の体の中にみなぎっていた。不思議な気分だった」という文章における「僕」と「鼠」が感じた「生命力」とは、「一時間」の眠りの間に行われた「浄化」の印として読み取れる。

同様のことは「僕」と「小指のない女の子」との出会い、およびその後の出来事についても言える。彼女が泥酔して普段は水がたまっている「ジェイズ・バー」の洗面所に寝転んだ様子は、浜辺に遺物が捨てられているようである。「僕」は彼女を自宅まで送り、仕方なくそこで夜を明かすが、ベッドの上で眠る「小指のない女の子」は、「下腹部には細い陰毛が洪水の後の小川の水草のように気持よくはえ揃っている」（32頁）と描写される。これもまた浜辺に捨てられた遺物が、時を経て戻ってきたときに清められた姿に変わったかのようである。

2 断章23の時間設定と70年夏の物語の時間枠

この「語り直し」としての「洗いだし」は、一見したところ繋がりのない断章からなる『風の歌を聴け』という小説の構造の骨格をなしていると私は考える。その構造を明らめることがこの論の意図するところであるが、ここではまず「語り直し」による「浄化」がその機能を果たすために、当然ながら時間の経過を必要とすることを確かめておく。

浜辺に遺棄されたような「小指のない女の子」が自宅のベッドの上で目覚めるまでの「一夜」と、

「僕」と「鼠」に「一種異様なばかりの生命力」をもたらした「一時間」の眠りがそれである。断章4および断章9において、「僕」と「鼠」そして「小指のない女の子」が目覚めると、「浄化」＝「眠り」に続き、新たな状況の中で主人公たちの再生が語られていると思われる。

その上で、文章との格闘が最も顕著に表れていると思われる断章23に目を向けたい。断章23は、断章1で28歳の「僕」が「デレク・ハートフィールド」の不毛な戦いについて述べたことと密接に関係しており、ある意味では文章との格闘の原点であると言えるからである。断章23は以下の文章から成り立っている。

僕が三番目に寝た女の子は、僕のペニスのことを「あなたのレーゾン・デートゥル」と呼んだ。

☆

僕は以前、人間の存在理由《レーゾンデートゥル》をテーマにした短かい小説を書こうとしたことがある。結局小説は完成しなかったのだけれど、その間じゅう僕は人間のレーゾン・デートゥルについて考え続け、おかげで奇妙な性癖にとりつかれることになった。全ての物事を数値に置き換えずにはいられないという癖である。約8ヵ月間、僕はその衝動に追いまわされた。僕は電車に乗るとまず最初に乗客の数をかぞえ、階段の数を全てかぞえ、暇さえあれば脈を測った。当時の記録によれば、１９６９年の

8月15日から翌年の4月3日までの間に、僕は358回の講義に出席し、54回のセックスを行い、6921本の煙草を吸ったことになる。

その時期、僕はそんな風に全てを数値に置き換えることによって他人に何かを伝えられるかもしれないと真剣に考えていた。そして他人に伝える何かがある限り僕は確実に存在しているはずだと。しかし当然のことながら、僕の吸った煙草の本数や上った階段の数や僕のペニスのサイズに対して誰ひとりとして興味など持ちはしない。そして僕は自分のレーゾン・デートゥルを見失ない、ひとりぼっちになった。

☆

そんなわけで、彼女の死を知らされた時、僕は6922本めの煙草を吸っていた。

「僕」は以前「存在理由《レーゾン・デートゥル》」について短い小説を書こうとし、そしてその小説は未完成に終ったというのであるが、ここで語られている「存在理由《レーゾン・デートゥル》」をめぐる「未完成に終った小説」は、28歳の「僕」が今まさに語ろうとしている小説の動機になっていると考えることができる。小説を書き上げる代わりに数値に取り付かれた末（69年8月15日〜70年4月3日の間）「存在理由《レーゾン・デートゥル》」を見失い、一人ぼっちになったと記されている。

この断章23で言及される「彼女」すなわち「僕が三番目に寝た女の子」は、「話せば長いことだが、僕は21歳になる。」という文で始まる断章19に初めて現われる。「20代最後の年を迎え」、「今、僕は語ろうと思う」と断章1に記した「僕」が語っている事柄が断章2以下に記されているのなら、断章19が「話せば長いことだが、僕は21歳になる。」という文で始まる筈はないから、『風の歌を聴け』は異なったレベルのテキストの集積であることになる。そのこともこの小説の構造を明らめねばならない必要性を物語るが、いずれにせよ断章19によれば、「僕は21歳になる」までに3人の「女の子」と「寝た」ことになる。「最初の女の子は高校のクラス・メート」で、「僕たち」が17歳だったときのこと、「二人目の相手は地下鉄の新宿駅であったヒッピーの女の子」だった。「新宿で最も激しいデモが吹き荒れ」「電車もバスもなにもかもが完全に止まっ」ていた「夜」のことというから、事実としては、1968年10月21日の出来事である。

「僕が三番目に寝た女の子」とその死は、同じ断章19で以下のように記されている。

三人目の相手は大学の図書館で知り合った仏文科の女子学生だったが、彼女は翌年の春休みにテニス・コートの脇にあるみすぼらしい雑木林の中で首を吊って死んだ。彼女の死体は新学期が始まるまで誰にも気づかれず、まるまる二週間風に吹かれてぶら下がっていた。今では日が暮れると誰もその林には近づかない。

この女性が単に「三番目」という数字で他の「女の子」と区別されるだけの女性ではなく、「僕」にとってかけがえのない存在だったことは、彼女が口にした「レーゾン・デートゥル」という言葉が一時期の「僕」の在りようを決定したこと、わずか6行からなる断章21が「三人目のガール・フレンドが死んだ半月後、僕はミシュレの『魔女』を読んでいた。」という文章で始まっていること、「僕が寝た三番目の女の子について話す。」という文で始まる断章26がこの女性に関する記述に充てられていることから明らかである(5)。

この女性が自殺した日を「1970年4月4日」に設定すれば、1970年夏の物語の第一日目に当たる「8月8日」は、彼女が死んだ日の倍数になっていることがわかる(6)。70年夏の物語と断章23の終わりの時間設定の間に横たわる時間的な隔たりは、台風の場面と上記の断章4、8と9との比較から浮上してきた場面と場面の間の「時間差」とその間に行われる「浄化」と呼応しているといえる。

---

(5) 先回りして言えば「僕が寝た三番目の女の子」とは長編第2作『1973年のピンボール』と『ノルウェイの森』で「直子」と呼ばれるようになる村上春樹の小説のなかで最も重要な登場人物である。断章23が『風の歌を聴け』の最も重要な断章である理由の一つも、この断章で「僕」にこの女性の訃報が伝えられていることにある。

(6) 田中実が指摘するように、仏文科の女子大生は4月4日に死に、その倍数である8月8日に「僕」は「小指のない女の子」に出会う「数値のなかのアイデンティティ」『日本の文学』七集、1990、145頁。

『風の歌を聴け』の全体の構造における「洗いだし」――「浄化」の機能を論じるために、重要になるのは70年夏の物語の時間設定とこの物語の原点であると思われる、断章23との時間的なつながりを見極めることである。

70年夏の物語の初日である「8月8日」は一体どの断章に照応する日なのであろう。一見すると「この話は1970年の8月8日に始まり、18日後、つまり同じ年の8月26日に終る」とだけ書かれた断章2に続く断章3がその日に当たるように見えるが、断章4は記述した「3年前の春」の自動車事故の日の回想に当てられるし、断章5は「僕」と「鼠」の「ジェイズ・バー」での会話、断章6はおそらくは「鼠」が書いたと思われる小説の一節、太平洋で遭難した前記男女がめぐりあったのちの会話に充てられるから、およそこの小説が時間軸にそって進行しているとは言いがたい。

1970年8月の物語の初日に当たる断章を特定する手がかりは、断章11、断章12および断章37に挿入されている「ポップス・テレフォン・リクエスト」というラジオ番組にある。この番組は毎週土曜日、「7時～9時」に放送され、断章12で「DJ」（ディスク・ジョッキー）が7時15分に「僕」に電話をかけてくる。夏の物語を締め括る三回目の放送にあたる断章37では、後述する「三年間寝たきりの女の子」の手紙を読み上げたあと、「DJ」は番組の残りの時間を次のように伝えている。

彼女のリクエストをかける。エルヴィス・プレスリーの「グッド・ラック・チャーム」。この曲が

終ったらあと1時間50分、またいつもみたいな犬の漫才師に戻る。（144頁）

「7時～9時」に放送されるこの番組の残りの時間、つまり「7時10分」からのちの時間と断章12で「僕」に「DJ」から最初の電話がかかったのが「7時15分」であることを考えると、この二つの時間の間に「5分」が残る。この「5分」は、断章13がその歌詞からなっている「カリフォルニア・ガールズ(7)」という曲を伝達するために与えられた時間であると解釈できる。「カリフォルニア・ガールズ」という歌は、「8月8日」に70年夏の物語を開き、「二週間」後、断章37のラジオ番組の放送に続き、この夏の物語を締め括る役割を与えられていると考えられる。断章13→断章12→断章37→断章13というように70年夏の物語の断章を並べ替えると、『風の歌を聴け』の循環の構造が浮き彫りになる。ただし、断章12の冒頭の「7時15分」に「僕」に「DJ」からの電話がかかった時点では、「カリフォルニア・ガールズ」はすでに放送されていた（7時10分～15分）ということになるが、「僕」がその時点ではラジオを聞いていなかったことから、断章13における「歌」はその段階で伝達されなかったといえる。断章23の終わりに語り手が数値による表現を断念したことによって生じた「存在理由《レーゾン・デートゥル》」の喪失、そしてその日の倍数の日に「音」、すなわち断章(8)13における「カリフォルニア・ガールズ」から70年8月

（7）場合によっては「歌」と表記する。

（8）断章13における「カリフォルニア・ガールズ」の歌詞を本章の終りに載せる。

の物語が始まる。これらの相互関係をより明確にするため、『世界の終りとハードボイルド・ワンダーランド』の中に言及される「洗いだし」という手法を用いて、『風の歌を聴け』における「言葉」と「音」の関係を論じていきたい。『世界の終りとハードボイルド・ワンダーランド』では、計算師の資格を与えられた「私」が仕事上行う「洗いだし」が次のように説明されている。

> 私は与えられた数値を右側の脳に入れ、まったくべつの記号に転換してから左側の脳に移し、左側の脳に移したものを最初とはまったく違った数字としてとりだし、それをタイプ用紙にうちつけていくわけである。これが洗いだし《ブレイン・ウォッシュ》だ。（59頁）

「私」が「右側」の脳に入れた数値は『風の歌を聴け』の断章23の中に記述されている数値と対応している。断章23における数値の羅列の終わりに、語り手の「存在理由《レーゾン・デートゥル》」の喪失が生じた日および「三番目に寝た女性」が自殺した日「70年4月4日」という日付・数値が配置されている。一方、脳の「左側」から取り出された数字を断章23における「4月4日」の倍数である「8月8日」という数字に対応している。この「8月8日」という数字・日付は70年夏の物語の始まりである、断章13における「カリフォルニア・ガールズ」と結びついていることから、「右側」の数値は、「音」を表す数値に置き換えられているということがいえる。このように、脳の「右側」に入れた数値と関連する断章23における数値に基づいた表現、つまり「言葉」は、脳の「左側」の数値、すなわち「カリフォルニア・ガールズ」＝「音」に転換されたことで上記に述べた「洗いだし」という手法は「言葉」を「音」に「洗いだす」ために用いられていると解釈できる。

本論文では「言葉」と非言語的な表現との関係を論じる際、上に引用した「洗いだし」の方式に基づいて、「言葉」が視覚的な表現または「音」に転換されていく過程において、「言葉」が非言語的な表現に「洗い出されて」いくという意味で「洗いだし」という言葉を用いる。というのは、断章23の終わりの日付・数値と70年8月の物語の初めの日に当たる日付・数字の間に横たわる時間的な隔たりは、台風の場面において浜で捨てられたものがもう一度打ちあげられるまでの「時間差」と呼応するため、「言葉」が「音」に「洗い出される」過程は海で行われる「浄化」とイメージ的に重なっているからである。

今までの物語の構造の考察からは、70年夏の物語の初日である「8月8日」は、ラジオリクエスト番組が放送される日、つまり土曜日に該当するということが判明した。この物語は実際に断章13における「カリフォルニア・ガールズ」から始まるが、「カリフォルニア・ガールズ」の放送時間に相当する「7時10分~15分」に続き、断章12冒頭の「7時15分」に「DＪ」から「僕」に電話がかかった時点では「僕」がラジオを聞いていなかったことから、この時点では「カリフォルニア・ガールズ」が不伝達に終わったといえる。

「小指のない女の子」が「ジェイズ・バー」のトイレで寝転んでいた日が、同じ「8月8日」（土曜日）の出来事であることは、断章9での「僕」の回想からも見出すことができる。「小指のない女の子」

を「ジェイズ・バー」のトイレで発見した経緯を説明する中で、「僕」はその晩家を出たのは「8時過ぎ」(34頁)だったと述べている。「僕」が「小指のない女の子」を「8時」以降に発見したというのは、「7時10〜15分」の間に「カリフォルニア・ガールズ」がかけられてからということになる。このことから、同じ夜に「ジェイズ・バー」のトイレで発見された「小指のない女の子」は、70年8月の物語において不伝達に終わった「カリフォルニア・ガールズ」の象徴であるということができる。

3 「言葉」から「音」へ

『風の歌を聴け』の構造をさらに詳しく説明するため、この小説の原点である断章23の構造を、「僕」がこれまで「寝た三人」の女の子と照らし合わせて考えてみたい。断章19における「寝た三人」の相手を、この小説の三つの物語の象徴として捉え、この三つの物語を提示された断章順どおりに連続的に読んだ場合、断章13における「歌」が伝達される以前の、伝達されることのない三つの物語としてまず解釈できる。

断章19との比較をさらに明確にするために、断章23で触れられた「未完成に終わった小説」を「A」とする。吸った煙草の本数やセックスの回数など、数値によって全てを表現する記述を「B」とする。

そして断章23の最後の一行、すなわち「そんなわけで、彼女の死を知らされた時、僕は6922本めの煙草を吸っていた」を「C」とする（小図1参照、巻末263頁）。断章23の構造を「寝た三人」の相手および物語と照合させると、次のような比較が可能になる。

「一番目に寝た」相手に象徴される物語は、断章23の「B」と呼応している。ここで語り手は未完成に終った小説を寝た相手の回数でしか語ることのできないため、伝達が行われていない。断章19で語られる「一番目」の相手の「17歳」という年齢からいって、その時期が「僕」が思ったことの半分しか口にしなくなった時期と重なっているのは示唆的である。すなわち断章19に見られるように、「僕」はセックスした相手の数も含めた数値による表現に頼らざるを得なくなった。

「二番目」の相手と過ごした「一週間」は、断章12～17で「一週間」という単位で語られる、行方不明になった高校時代のクラス・メートと「カリフォルニア・ガールズ」の曲を収録するレコードをめぐる物語に対応している。また、「二番目」の相手の「16歳」という年齢はちょうど「僕」がクラス・メートからレコードを借りた時期と重なる。そして、レコードを返さなかったことをめぐる物語は、断章23の「A」、すなわち「未完成に」終った小説に相当するということができる。

「三番目の相手」に関する記述の中で、この女性の自殺をめぐる時間設定に注目したい。この女性が「1970年の春休み」に大学の「テニス・コートの脇にあるみすぼらしい雑木林の中で首を吊って死んだ。彼女の死体は新学期が始まるまで誰にも気づかれず、まるまる二週間風に吹かれてぶら下がっていた」（75頁）という記述における「二週間」は、断章23の「B」の部分と「C」の一行の間に設置された空白の時間に相当すると思われる。また、「三番目の女性」の自殺をめぐる「二週間」という時間は70年夏物語の時間設定とほぼ同じである。「三番目の相手」が自殺した日に当たると思われる「4月4日」の倍数の「8月8日」に不伝達に終わった「カリフォルニア・ガールズ」（断章13）から始まる70年夏の物語の構造および時間設定を考えると、そこで「三番目」の女性の死体が「風」に吹かれた「二週間」という時間は70年夏の物語の中で「歌」が伝達されるまでの時間と重ね合わせることができる（小図2参照）。

断章19における「寝た三人の女性」と関連する時間設定と70年夏の物語の時間設定との繋がりをさらに探るために、彼女たちに関する時間を、「三番目の相手」から「二番目の相手」というように、70年の夏の物語の中で遡ってみることにする。

「三番目に寝た」女性と対応する時間、「二週間」は、70年8月8日から始まり、「歌」が伝達されるまでの時間として考えることができる。

「二番目」の相手と対応する時間、「一週間」は、「僕」が「小指のない女の子」と会い、そして再会する時間と重なっている。「小指のない女の子」と「僕」の出会いと再会が「一週間」単位で繰り返されるということの裏づけになるのは断章18と断章20における「僕」と彼女の待ち合わせの時間、つまり「8時」という時間設定である。断章20では、断章9と同じく、「僕」が「8時」過ぎに「ジェイズ・バー」に着いたと記述されるが、この時刻には、すでに見たように特別な意味が込められている。ここで登場する「小指のない女の子」がどのように「カリフォルニア・ガールズ」と関わっているのかを考察するには、「僕」が電話で「8時」に待ち合わせをした断章18と、「8時過ぎ」に「ジェイズ・バー」に着いた断章20の間に挟まれた断章19にもう一度目を向ける必要がある。

断章19に記述された「三人の相手」と関連する時間を連続的に読むと、この断章における時間の流れは、断章23の「B」における時間、そして8月8日から始まる70年夏の物語の「一週間目」の時間の流れと重なるといえる。「寝た三人の女性」が提示する時間に基づいた70年夏の「二週間」に及ぶ物語の時間軸と断章23の構造をあわせて図1を作成し、70年の夏の物語の「一週間目」に注目すると、この週は、断章12の「DJ」からの「電話」で始まり、高校時代のクラス・メートから借りたままになっている「カリフォルニア・ガールズ」のレコードを返した方がいいと忠告された「僕」がレコード店で「カリフォルニア・ガールズ」の入ったレコードを買い、彼女を探し始めるが、結局このクラス・メートを見つけらぬまま「一週間後」に探索を打ち切った週ということになる。このような時間の流れは、『羊をめぐる冒険』で言及される「進化的連続性」という概念と重なると考えられる。

個の認識と進化的連続性という西欧ヒューマニズムの二本の柱がその意味を失う時、言語もまたその意味を失う。存在は個としてあるのではなく、カオスとしてある。君という存在は独自的な存在ではなく、ただのカオスなのだ。私のカオスは君のカオスでもあり、君のカオスは私のカオスでもある。存在がコミュニケーションであり、コミュニケーションが存在なんだ（上巻、189頁）

上の「進化的連続性」と結びついた「個の認識」とそれに関わる「言葉」は、前記断章23の「B」の部分、そして70年夏の物語の「一週間目」における時間の流れに象徴されている。

次に、70年夏の物語の「連続的」な時間を遡ることによって、それと関連する「言葉」が「音」に「洗い出されていく」過程を図1に示された時間軸に沿って考察する（図1参照、巻末262頁）。

70年夏の物語の時間設定において、この物語の「二週間目」からは、「一週間目」における「連続的」な時間と呼応する、断章19における「寝た三人」の相手によって提示された時間を遡ることにより、「連続的」な時間の「浄化」または「洗いだし」が行われていると思われる。そこでは、「小指のない女の子」と関連する「一週間」という時間単位で、70年夏の物語の断章22（二週間目の始まり）の時点から、「三人の相手」と関連する時間を遡る過程において、断章23における「未完成な」小説、すなわち星マーク「A」に関連する時間にたどり着くための「洗いだし」が行われている。

物語の「二週間目」で行われるその前の週の時間の「洗いだし」は、断章18で「小指のない女の子」からかかってきた「電話」ですでに示唆されている。この「電話」の日は、断章12の土曜日のラジオ番組において「7時15分」に「僕」に「DJ」からの「電話」がかかった「一週間」後の土曜日に当たることがわかる。「小指のない女の子」から「電話」がかかった後、断章20で「僕」は「8時過ぎ」に彼女と「ジェイズ・バー」で会うことで、「一週間」前に「ジェイズ・バー」のトイレで「小指のない女の子」が発見された時間との連続性が見て取れる。

物語の「二週間目」に、それまでの「連続的」な時間の「洗いだし」が始まると思われる、断章22

（16日の日曜日）も「小指のない女の子」からの「電話」で始まり、「僕」が「14歳」のときに初デートした相手と一緒に見た「エルヴィス・プレスリー」の主演映画の主題歌の歌詞で終る。

　ここでは、断章22と関連して、この小説における地理的な構造に着目したい。断章22で「僕」は車で「小指のない女の子」が住んでいるアパートを訪ねるが、彼女のアパートは断章8と断章36でも説明されるように、「港」が見える坂道の上にある。港が見える点で、この場所は断章37の「寝たきりの女の子」がいる「病院」とも重り、ここに言及される坂道は「街」の「山の手」にあたるといっても良い（図1参照）。

「山の手」にあるホテルは、「鼠」が自作の小説について「僕」に話した場所でもある。そのとき「鼠」が「僕」に話した「古墳」にまつわる思い出は、70年夏の物語の地理的な構造を示唆している。「鼠」は、何年か前に女の子と一緒に奈良に行った際、二人で濠の向こうに古墳を眺めたとき、古墳は「山」に見えたと語っている。この場面における古墳は「山の手」にある「小指のない女の子」のアパートの比喩として読める。

「鼠」は古墳をめぐる話の中で、濠の水面に渡る「風」にも言及する。

　俺は黙って古墳を眺め、水面を渡る風に耳を澄ませた。その時に俺が感じた気持ちはね、とても言葉じゃ言えない。（中略）まるですっぽりと包みこまれちまうような感覚さ。つまりね、蝉や蛙や蜘蛛や風、みんなが一体になって宇宙を流れていくんだ。（中略）「文章を書くたびにね、俺はその夏の午後と木の生い繁った古墳を思い出すんだ。そしてこう思う。蝉や蛙や蜘蛛や、そして夏草や風のために何かが書けたらどんなに素敵だろうってね。」

語り終えてしまうと鼠は首の後ろに両手を組んで、黙って空を眺めた。

「それで、……何か書いてみたのかい。」

「いや、一行も書いちゃいないよ。何も書けやしない。」（115頁）

「古墳」の置かれた位置を図1において「山の手」＝「北」にある「小指のない女の子の家」および「病院」と重ね合わせて考えると、濠で隔てられた「古墳」の手前で「鼠」と「女の子」が座っている場所は、図1において、「北」とは逆のラジオ放送局のある「南」と方角的に重なることがいえる。このように「古墳」の場面を図1に照合させると、上記の引用における濠の水面を渡る「風」は、「街」の地図においては「北」と「南」を繋ぐリンクを形作っていると解釈できる。その意味で「鼠」の「古墳」の思い出の中で「みんなが一体」になった気持にさせた「風」は、「街」の構造において「北」と「南」を繋いでいる「カリフォルニア・ガールズ」の比喩として捉えられる。

「古墳」の場面における地理的な要素を70年夏の物語に投影させると、「小指のない女の子」は、夏の物語において二つの世界を繋ぐ「風」、すなわち「歌」の象徴として解することができる。すでに見てきたように、「小指のない女の子」が最初に登場する場面で、彼女は「港」にある「ジェイズ・バー」のトイレで発見され、翌日の朝「山の手」にある「家」で目覚める。断章8と断章9で連続的に語られる、この地理的な要素からは、「小指のない女の子」が「南」と「北」を繋いでいるということがわかる。「古墳」の場面で「鼠」に同行している「女の子」、そして70年夏の物語において「鼠」が「僕」に会って欲しい「女」もまた、「小指のない女の子」同様、「歌」の象徴として考えることができる。

断章22からの「僕」の「車」による移動は、「小指のない女の子」のアパートと「寝たきりの女の子」が入院している「病院」が象徴する死の領域「山の手」から、「小指のない女の子」が最初に発見された「ジェイズ・バー」と「寝たきりの女の子」がもう一度歩いてみたいという「南」にある「港」すなわち生命の領域の間に道筋を作っていると思われる。この道作りはまた「歌」の伝達につながっている。

断章32には、「火星の井戸」という「デレク・ハートフィールド」の「異色な」短編が語られる部分がある。

ある日、宇宙を彷徨う一人の青年が井戸に潜った。彼は宇宙の広大さに倦み、人知れぬ死を望んでいたのだ。下に降りるにつれ、井戸は少しずつ心地よく感じられるようになり、奇妙な力が優しく彼の体を包み始めた。1キロメートルばかり下降してから彼は適当な横穴をみつけてそこに潜りこみ、その曲がりくねった道をあてもなくひたすらに歩き続けた。どれほどの時間歩いたのかはわからなかった。時計が止まってしまっていたからだ。二時間かも知れぬし、二日間かもしれなかった。空腹感や過労感はまるでなかったし、先刻感じた不思議な力は依然として彼の体を包んでくれていた。そしてある時、彼は突然日の光を感じた。横穴は別の井戸に結ばれていたのだ。彼は井戸をよじのぼり、ふたたび地上に出た。（121〜122頁）

一体この奇妙な話が、なぜ『風の歌を聴け』のこの場所で語られねばならないのか。それもまた、「語り直し」の一つと考えれば理解できる。井戸に潜り込んだ少年が途中で「横穴」に入るが、それは断章22の末尾で「僕」が「小指のない女の子」のアパートから帰る途中、「エルヴィス・プレスリー」の曲を車の中で思い出した場面に呼応しているのである。「山の手」と「港」の中間点にあたる「帰り道」という地理的な位置と共に、この断章における「エルヴィス・プレスリー」の「リターン・トゥ・センダー」という曲の歌詞にも注目すべき点がある。というのも、断章22に引用される歌詞は、断章23の冒頭で言及された「未完成な」小説と、断章12から断章17までの返さなかった「カリフォルニア・ガールズ」のレコードをめぐる話の「洗いだし」として使われているからである。

「僕は彼女と喧嘩した。
だから彼女に手紙を書いた。

ごめんね、僕が悪かった、ってさ。
でも手紙は返ってきた。
宛先不明、受取人不明。」（92頁）

作者は届かなかった手紙をめぐる「エルヴィス・プレスリー」の歌詞を引用することによって、この時点までは伝達されることのなかった「歌」――返さなかった「カリフォルニア・ガールズ」のレコード――について語っているのである。

「井戸」についての話では、井戸に潜り込んだ青年が「横穴」＝「山の手」と「港」の中間点（図1参照）から、「別の井戸」を通して光が見える出口にたどり着いたことになる。この「別の井戸」を通過するための道作りおよび井戸掘りは、断章22に続き、断章27でも行われている。すなわち断章27では、「僕」は「鼠」の「彼女」に紹介されるはずだったが、結局その「女」が不在のままこの断章は終わる。しかし「僕」は「鼠」と彼の「彼女」に「ジェイズ・バー」で会う前に、車で「街」を回っていたと書かれていることから、この断章に見られる車による移動は、「山の手」と「港」の間に作り上げられた道の固定に繋がっていると思われる。断章24と断章27に言及される「鼠」の「女」という暗喩は、「僕」が井戸掘りを進めるため、すなわち「僕」をおびき寄せるために使われているのである。

「僕」が語る物語で、「日の光」が初めて見えてくるのは、「山の手」と「港」の間の井戸掘りの後、断章26で「三番目」に「寝た女の子」の「写真」が語られるときのことである。

僕は彼女の写真を一枚だけ持っている。裏に日付けがメモしてあり、それは1963年8月となっている。ケネディー大統領が頭を撃ち抜かれた年だ。彼女は何処かの避暑地らしい海岸の防潮堤に座り、少し居心地悪そうに微笑んでいる。髪はジーン・セバーグ風に短く刈り込み（どちらかというとその髪型は僕にアウシュヴィッツを連想させたのだが）、赤いギンガムの裾の長いワンピースを着ている。彼女は幾らか不器用そうに見え、そして美しかった。それは見た人の心の中の最もデリケートな部分にまで突き通ってしまいそうな美しさだった。（97〜98頁）

この「写真」の撮られた場所が「避暑地らしい海岸の防潮堤」であるということは、この「写真」が「港」、すなわち生命の物語に風を向かわせるための装置として用いられていることを意味する。その意味で「写真」の中の女の子は、断章31における古墳の場面で「鼠」と一緒に古墳の手前で座る女の子でもある。

ここで断章14のイラストに目を向けよう。断章15では「僕」はイラストつきのTシャツを着て、「港」にある小さなレコード屋に「カリフォルニア・ガールズ」を買いに行く。また、断章26では、作者はTシャツのイラストと同じく視覚的表現である「写真」によって「歌」を語ろうとしている。つまり、「写真」の提示によって、「別の井戸」と地上の間に、「風」すなわちラジオ局の電波を送るためのケーブルに地上口が開かれたのである（図1参照）。

断章13の「カリフォルニア・ガールズ」を伝達するための最後の手続きとして、断章37の中の「寝たきり」の女の子のリクエスト曲である「グッド・ラック・チャーム」は、断章22の終わりの曲同様、「エルヴィス・プレスリー」の曲である。この二つの曲はラジオ局のケーブル、つまり「横穴」に続く井戸の入口と出口にあることがわかる。「横穴」に続く井戸の入口は図1において断章22が配置されている位置と重なり、そして井戸の出口は、断章23における二番目の「星マーク」「C」と断章23の「B」の部分を隔てる線に配置されている。

ここで注目したいのは、断章37における「手紙」を書いているのが「三年寝たきり」の女の子本人ではなく、彼女の「お姉さん」だということである。「お姉さん」による看病という比喩は、「車」の移動により「山の手」と「港」の間に「カリフォルニア・ガールズ」を伝達するために「ブリッジ」を架けることを意味すると考えられる。すでに見てきたように、「道作り」の動機を作っているのは「小指のない女の子」、すなわち「鼠」の物語における「女」である。断章20で、「小指のない女の子」には「双子の妹」がいると語られていることを踏まえると、彼女の「妹」は「寝たきりの女の子」と解釈できる。それは、「寝たきりの女の子」は、断章22において「小指のない女の子」が果たしている役割同様、リクエストをする曲である「エルヴィス・プレスリー」で、「カリフォルニア・ガールズ」の伝達のために道を開いているからである。

ここでは断章22における「エルヴィス・プレスリー」の曲を「B1」曲とし、そして「寝たきりの女の子」＝「双子」の上記のリクエスト曲を「Ｂ２」曲とする。対して断章13における「カリフォルニア・ガールズ」を「Ａ」曲とする。このような記号に基づいた構造をまとめると、Ｂ１曲（断章22）↓Ｂ２曲（断章37）↓Ａ曲（「カリフォルニア・ガールズ」・断章13）というように、「カリフォルニア・ガールズ」を伝達するための道作りが行われている。

　図１において「カリフォルニア・ガールズ」が伝達された時間「７時10分〜15分」は、断章23における二つの「星マーク」が象徴する「５分」に相当する。そして「カリフォルニア・ガールズ」に先立つ、「７時〜７時10分」の間に放送された「Ｂ２」曲は、図１において「星マーク」「Ｃ」に先立つ「10分」の時間に対応している。

　既述した「ブリッジ」を「僕」が「寝た三人」の女性が提示する時間とあわせると、「ブリッジ」の完成は「一番目に寝た」女性に関連する時間で示唆されている。「一番目」の女性は「僕」と寝る前に「腕時計」を外す。これは、70年の夏の物語における時間の流れが止まったことの比喩と解することができる。「一番目の相手」が示唆する停止した時間、すなわち「カリフォルニア・ガールズ」の伝達に関わる「15分」単位は、図１において「星マーク」「Ａ」とその下に「未完成に終わった」小説が言及される箇所に相当する「15分」で表示されている。「寝た三人」の女性と関連する時間を遡ることにより、「ブリッジ」が完成すると共に、同時に「二週間」にわたる70年夏の物語における時間が無効になったということが分かる。そして断章37における土曜日のラジオリクエスト番組のうちの「７時〜７時10分」の時間は、断章13における「カリフォルニア・ガールズ」を伝達するために設けられた時間である。
以上の考察を、図1と小図2とあわせて比較すると、70年夏の物語における断章22から行われる「洗いだし」は、同時に、断章19に登場する「寝た三人の女性」の時間軸における時間の逆行と平行して行われている。断章37で「DJ」により読み上げられた「寝たきりの女の子」の手紙は、断章23における「未完成」の小説と呼応しているといえる。断章22における「エルヴィス・プレスリー」曲の歌詞の回想から始まる、70年夏「一週間目」の物語の「洗いだし」は、断章37の終わりで「入院中の女の子」のリクエスト・ソングである「エルヴィス・プレスリー」の曲をかけることで完了する。そしてこの「エルヴィス・プレスリー」の曲は、断章23の最後の一行における「僕」が吸った「煙草」に点火する役割を果たしていると捉える。断章37における「エルヴィス・プレスリー」の曲に続き、断章13における「カリフォルニア・ガールズ」の伝達は、「僕」が断章23の最後の一行で「吸っていた煙草」で語られていると思われる。すなわち、断章23の最後の一行の前の、「星マーク」「C」のところに「カリフォルニア・ガールズ」が挿入され、そして「5分」のうちに行われる「カリフォルニア・ガールズ」の伝達は、「僕」が最後の一行において「吸っていた」煙草の「火」で語られている。

今までの考察からは、70年夏の物語と過去に「僕」が手がけた「未完成の小説」について書かれた断章23との密接な関係が明らかになった。断章13における「カリフォルニア・ガールズ」の伝達で、断章23で「未完成」に終った小説、すなわち断章22の「エルヴィス・プレスリー」曲の歌詞における

「届けなかった手紙」＝「返されなかったレコード」をめぐる「話」は、「言葉」によってではなく、断章23の最後の一行の前に「音」＝「カリフォルニア・ガールズ」が挿入されることによって完成した。70年夏の物語の第二週、すなわち断章22から始まる物語の「洗いだし」は、「小指のない女の子」↓「B1」曲に続き、「B2」曲から「A」曲＝「カリフォルニア・ガールズ」を語ることで、物語における「連続的」な時間と共に「言葉」をも無効にしている。断章23の「星マーク」のところに「カリフォルニア・ガールズ」を挿入することで、70年の物語における時間は、断章13から円を閉じる形で断章12へと立ち帰ることになる。

ここで断章23において「星マーク」で隔てられたスペース二箇所、と「僕」が「寝た三人」の女の子との関係について考えてみたい。彼女たちも断章23におけるABCと呼応させ、ABCと解釈する。彼女たちによって提示された時間軸を、図1に示された70年夏の物語と断章23の時間軸と関連付けて考えると、「カリフォルニア・ガールズ」の伝達とともに、「C」の相手は、「C＝カリフォルニア・ガールズ」に変わり、そして、「一番目の相手」が示唆する止まった時間、すなわち「7時〜7時15分」の時間に──その時間は断章23の「星マーク」「A」と「未完成の小説」が言及される箇所に呼応する──円を閉じる形で「カリフォルニア・ガールズ」も挿入される。すなわち、断章23の最後の一行の前の「星マーク」「C」のところに「カリフォルニア・ガールズ」が挿入されると、「一番目の相手」＝「A」と関連する「星マーク」のところも「カリフォルニア・ガールズ」に変わることが分かる。このことからは、断章23における「星マーク」に隔てられた空白に、「カリフォルニア・ガールズ」が伝達されると共に、C＝Aという構造が浮上してくる（図1と小図3参照）。断章23におけるC＝Aという循環構造は、同断章冒頭と末尾の一行において言及されている「寝た三番目」の相手に関する記述からも示唆されている。

ここで再度、断章19で言及されている「寝た三番目」の相手の自殺から死体が発見されるまでの「二週間」という時間と「僕」が断章23の最後の一行において彼女の訃報を聞いた時間を関連づけて、そこから浮上してくる断章23と70年夏の物語の時間設定上のつながりについて触れたい。「寝た三番目」の相手の死体が春休みに「新学期が始まるまで誰にも気づかれず、まるまる二週間風に吹かれてぶら下っていた」（75頁）という記述における「空白の二週間」は、断章23に見られる「僕」が「70年4月3日」まで吸った「煙草」の本数と、「星マーク」で隔てられた同断章の最後の一行における「煙草」の本数の間の空白と呼応しているといえる。

断章23の最後の一行における本数６９２２と、「星マーク」の箇所の前に記録された「4月3日」に吸った「煙草」の本数６９２１の連続性からすれば、「僕」が「三番目」の相手の知らせを聞いたのは「70年4月4日」というように読み取れる。(9)

しかし、いままでの考察から浮上してきた断章23と70年夏の物語との関連からいえば、「僕」が断章

(9) 山根由美恵『村上春樹〈物語〉の認識システム』若草書房、２００７。米村みゆき「死、復活、誕生、そして生きることの意味　村上春樹『風の歌を聞け』論」『昭和文学研究』１９９６・２。

23のBの部分ではものごとを数値に置換する表現方法を断念したことの象徴としては、「三番目の相手」の自殺があげられる。彼女の自殺の日を「4月4日」に設定すればその倍数である「70年8月8日」から始まる70年夏の物語の出発点として考えられる断章12における「DJ」からの「電話」と、断章23の最後の一行に言及される彼女の「訃報」の間につながりが生まれる。70年夏の物語の「寝た三人」の女性に関わる記述と「カリフォルニア・ガールズ」の関連から言えば、70年夏の物語の「二週間目」に行われた「洗い出し」により、断章37に続き、断章13における「カリフォルニア・ガールズ」の伝達で、断章23の最後の一行に、「僕」が吸っていた「煙草」に火が付けられたことが明らかになった。このように『風の歌を聴け』における時間設定を捉えると、断章23のBの部分に記された、「僕」が「1969年の8月15日から翌年の4月3日までの間に（中略）6921本の煙草を吸った」という「煙草」の本数と、同断章の最後の一行に「彼女の死を知らされた時に、僕は6922本めの煙草を吸っていた」と言及された「煙草」の本数の間に、「カリフォルニア・ガールズ」の伝達のために必要とされる「二週間」という時間が横たわっていることがわかる。この解釈に基づいて、「三番目」の女の子の自殺は「4月4日」にあたり、そして「僕」が彼女の死を知らされたのは、70年夏の物語の「二週間」後の土曜日に、断章12における「DJ」からの「7時15分」の「電話」に相当する時間においてのではないかということがいえる。「三番目」の相手の自殺の日と「訃報」の間の「二週間」の空白から浮かんできた、断章23末尾と70年夏の物語の時間設定との関連についてはこの小説の全体の時間構造を論じる際、再度触れたい。

4 「洗いだし」と「車」の関係

不揃いな断片からなる70年夏の物語の断章に一本の道筋をつける役割を「車」が果たしていることは既述した通りであるが、「僕」が「車」の移動により行う「洗いだし」という手法は、作中に言及される「牛」の比喩で暗示されていると思われる。断章35では「僕」は「牛」という比喩を通して断章23と70年夏の物語の関係を説明していると思われる。


「去年ね、牛を解剖したんだ。」

「そう?」

「腹を裂いてみると、胃の中にはひとつかみの草しか入ってはいなかった。僕はその草をビニールの袋に入れて家に持って帰り、机の上に置いた。それでね、何か嫌なことがある度にその草の塊を眺めてこんな風に考えることにしてるんだ。何故牛はこんなまずそうで惨めなものを何度も何度も大事そうに反芻して食べてるんだろうってね。」(130頁)

「僕」が「去年」解剖した「牛」とは断章23のことである。69年8月からの記録が記されている断章23が分解されたあと、同じく「牛」のイラストが描かれている「車」の移動によって、その断片が70年夏の物語の中に「音」の伝達をする構造に「洗い出されて」いく。再編された断章23において最終的に、「牛」の胃の中から取り出された「ひとつかみの草」＝「星マーク」の箇所において「カリフォルニア・ガールズ」が伝達される時間に辿りつくために「車」の移動による断章23の「洗いだし」が行われている。

そもそも「車」はすでに断章4で壊われているが、「金持ち」の息子である「鼠」は「車」を買い戻せるという。70年の夏の物語において「車」の運転が「僕」に代わってから、「車」は「僕」の「父」が象徴する時間とつながっている。この結びつきは「僕」は毎晩「8時」に「父」の靴を磨いているという断章20の比喩的な表現から生まれている。「僕」が「父」の靴を磨いている「8時」いう時刻は、70年の夏の物語の「一週間目」における「連続的」な時間とつながっていると考えられる。そして「一週間目」から始まる「洗いだし」は、物語の時間を「8時」から「7時」に逆行させる形で行われていると解釈できる。

つまり、物語ははじめ「父」が象徴する「8時」を目指し、そこにいったんは到着するが、「二週間目」（断章22）からは踵を返して物語の始点である「7時」へと戻っていくのである。この「8時」から「7時」への逆走は、すなわち「僕」の「父」に対する反抗であり、それは「父」によって示された「連続的」な時間を再構築する移動でもある。このような構造から分かるように、70年夏の物語の中に「一週間」単位で行われる「洗い出し」は、「7時〜8時」の時間に対応し、そしてその時間を「車」の移動によって分解する、すなわち「二週間目」に「8時」から「7時」へと遡ることによって「僕」の「父」との「戦い」が繰り広げられていることになる。しかし、この「車」は実は「父」のお金で買った「車」であるという皮肉も同時に含まれている。

ここで「車」という比喩とこの小説の循環型・三重構造との関係に再度着目したい。比較をさらに分かりやすくするために、今まで考察してきた『風の歌を聴け』の構造を次のように図2で表すことができる。ここで表示されたABC層は断章23におけるABCと呼応している。

断章23の「B」の部分における「存在理由《レーゾン・デートゥル》」の喪失および「三番目の相手」の自殺に当たる「4月4日」と、その日の倍数「8月8日」で始まる70年夏の物語の関係を図2（巻末263頁）に当てはめてみると、断章23の「B」の部分はB層と重なり、そしてC層は断章23の「B」の部分と最後の一行の間に横たわる空白に相当する。このC層は、「カリフォルニア・ガールズ」の伝達に先立ち、70年8月の物語の中に設けられた「二週間」という時間設定に相当している。

A層は、断章23における「未完成に終わった小説」が言及された箇所、そして「僕」が「17歳」のときに寝た「一番目の相手」＝「A」相手が象徴する「洗いだされた」「15分」という時間と重なる（図1参照）。図2においてA層は「僕」が「17歳」のころ、すなわち「1967年春」に砂浜で遭遇した「車」の交通事故をめぐる断章4に当てられている。

ここで注意したいのは、「カリフォルニア・ガールズ」の伝達のあと、B層とC層における時間の流れが、「7時15分」における「DJ」からの電話、すなわち断章23の最後の一行における「僕」が「三番目の女性」の「死」の知らせを聞いた時間に至ると同時に、断章4の砂浜の場面の時間――「1967年春」に円を閉じるように逆戻りしているということである。そして外枠には「あとがき」が配置されている。

これからはB層、C層と断章4との関係をもう少し詳しく説明したい。

『風の歌を聴け』における「車」の役割を総括すると、「車」の移動によって「街」の「山の手」と「港」の間にかけられた「ブリッジ」の上に「カリフォルニア・ガールズ」を伝達することで、断章23の「未完成な小説」が完成した。「5分」のうちに行われる「カリフォルニア・ガールズ」の伝達は、断章23の「星マーク」に象徴され、物語の「ON」状態を指している。「カリフォルニア・ガールズ」が伝達される「5分」が過ぎると、「C‐ON」がすぐに「C‐OFF」に切換わり、物語はふたたび生きた時間から引き離される。この「C‐OFF」とは、断章23の最後の一行における「訃報」と同じ意味を持っている。「カリフォルニア・ガールズ」の伝達のあと、「7時10〜15分」の間に行われた「音」の再生、すなわち「生命」のある「C‐ON」から、物語が「死」を迎えたという意味での「C‐OFF」に変わる。断章38では、「僕」が「18日間」に及ぶ帰省を終えて東京に戻る日に、夜行バスに乗った際、示された席は「21・C」である。ここに言及される「C」は上記の「C‐OFF」と重なり、そして「僕」が乗った夜行「バス」は断章4における「車」と置きかえることができる。

物語の「死」と「命」の領域の間に「ブリッジ」をかけるために、登場したすべての人物および装置は、「カリフォルニア・ガールズ」の伝達のあと、「僕」がその時点まで失ったものとして、「28歳」の語り手が序文で書き記した「ノート」の形式でいえば、「ノート」の「右側」に入る。他方、断章13で伝達された「カリフォルニア・ガールズ」は「まん中に1本の線」を引いた「ノート」の「左側」に入る。この「線」は、断章23における「星マーク」（AとC）の箇所と文章の間に私が引いた横線でもある。この「線」は『風の歌を聴け』という小説に「ものさし」を与えるといえる。その線を越えるために、すなわち「カリフォルニア・ガールズ」が象徴する「1963年・14歳まで無口の僕」――無言の世界に還元するために――「車」の移動により、「連続的な」時間とそれと結びついている「言葉」の「洗いだし」が行われているのである。このような形で「僕」が序文で書き記した「リスト」を捉えると、このリストにおける「言葉」と「音」を隔てる「線」、すなわち「ものさし」と断章4における「石柱」にぶつけた「車」との関連が浮上してくる。

断章4における「車」の事故という比喩は、この小説の形式を語っている。「車」の移動によってつなぎ合わせた37までの断章の全ては、「カリフォルニア・ガールズ」の伝達のあと、「車」の事故が象徴する「ＯＦＦ」状態になり、すなわちふたたび断片化し、無造作に並び替えられた3～37までの断章に置き換えられている。このようにして、「ＯＦＦ」状態＝カオスからはじまるこの物語は、一度は秩序立てられるものの、「カリフォルニア・ガールズ」の伝達のあとふたたびカオスに帰る。断章4

における「海」はカオスの象徴であると同時に、「砂浜」で生まれた「洗いだし」という手法によって物語を「死」から「命」へ導く「再生」の象徴でもある。

ここで断章4における語り手の「僕」と断章37における「三年寝たきりの女の子」との類似性に着目したい。「1967年春」に「車」の事故に遭ったころ「僕」は「17歳」だったことから、断章4の「僕」は「病院」から手紙およびリクエスト・ソングを送った「三年寝たきり女の子」と同年齢であることがわかる。「14歳」から「三年間」不治の病気に冒された「入院中の女の子」は、断章7において「言葉」と格闘し始めた「14歳の無口な僕」の姿と重なる。その格闘は「17歳」のときに「僕」が「心に思ったことの半分しか口にしない」という形で解消される。その意味で「僕」が「17歳」のときに遭遇した、海辺での「車」の事故は、「正確な言葉」による表現への断念を語っている。序文では、「僕が正直になろうとすればするほど、正確な言葉は闇の奥深くへと沈み込んでいく」（8頁）と記されたが、ここに言及された「正確な言葉」は、砂浜での「車」の事故のあと、「僕」の分身である「鼠」に託されたのであり、したがって断章4で「僕」は彼と「チーム」を組んだというように読み取れる。また、断章4における「正確な言葉」の断念が断章23に言及される「未完成に終わった小説」に関わることから、図2において断章4が占めるA層は、「未完成の小説」の箇所が配置されている位置と重なっている。

いままでの考察から、断章4が70年の夏の物語を予告した断章であることが理解できる。そこでは、「僕」と「鼠」が「チーム」を組んだ場所が「砂浜」であること、事故の後「自動販売機」で買った

「缶ビール」を飲んだという行為は、この小説に見られる「洗いだし」という手法と結びついている。ここで「ビール」は、本章の冒頭で引用した、台風のあと海辺に打ちあげられたものとの関連で語られる「浄化」、すなわち「洗いだし」の原点であるといえる。「鼠」は「ビールの良いところはね、全部小便になって出ちまうことだね」(22頁)というが、これはあるものが別のものに転換するという「洗いだし」のプロセスを指している。したがって、「ビール」を飲み終えたあと、「僕」と「鼠」が「一時間ばかり」砂浜に寝転んでから、「一種異様なばかりの生命力」が「僕」の体にみなぎったということは、「僕」がまさに「洗いだし」を体験したということを示している。ここの場面における「自動販売機」は、70年夏の物語では「ジェイズ・バー」にある「ジューク・ボックス」、または「ラジオ電話リクエスト」の番組と同じ意味を持っている。断章12における「7時15分」の「DJ」の電話で始まる70年の夏の物語は、「三回」「DJ」が登場し、断章13における「カリフォルニア・ガールズ」の伝達が行われたあと、断章12の「7時15分」の電話に逆戻りする。そして最初の「DJ」からの電話、すなわち断章12の設定時間に先立って、断章13(「カリフォルニア・ガールズ」)がこの小説の実際の始まりであることは、「ジェイズ・バー」のトイレで発見された、寝転んだ状態の「小指のない女の子」を通して示唆されている。トイレで発見された「小指のない女の子」は、言い換えれば、断章4における飲まれた「ビール」のあとの「一時間」の眠りに続き、「洗い出された」断章4、つまり「カリフォルニア・ガールズ」の象徴として70年夏の物語の中で新たに語り始められているのである。

このように、「17歳」の「僕」が「正確な言葉」による表現を断念してから、どのように「洗いだし」という手法が生まれているのか、その過程は早くも断章4で提示されているのである。そこで「僕」と「鼠」が「一時間」砂浜で寝転んだという時間設定は、70年夏の物語の「一週間」単位で行われる「洗いだし」と呼応する。70年夏の物語の「二週間目」に「車」の移動で行われる「洗いだし」は、物語の時間を「8時」から「7時」に逆行させる形で行われているのである。

5　小説全体の設計図としての断章23

断章23の「B」の終わりで「70年4月3日」に数値による表現を諦めた「僕」は、「8年」に及ぶ空白のあと、「29歳」になろうとしている時点で「語る」ことを決心した。これまで考察した断章23と70年夏の物語の関係からいえば、「カリフォルニア・ガールズ」の「伝達」の後、断章23の最後の一行における「訃報」は、28歳の「僕」が受けた小説の死という意味の「知らせ」である。「三番目の女性」が自殺した「4月4日」から23章の最後の一行で「僕」が彼女の死の知らせを受けた間の「二週間」は、70年夏の物語における「音」の再生（断章37＋断章13）のために設けられた時間である。「三番目」の女性および「僕」が「寝た」残りの「二人」の女性と関連する時間を、断章23の構造と70年夏の物語の時間設定をあわせた図1によって説明する。

図1は、「28歳」の「僕」が断章1で書き示した「ノート」の真中に線の引いたリスト（12頁）を参考にして作成したものである。この図の「右」側に記された、行方不明になった「女性」、すなわち「僕」が失ったものは、「洗いだし」のあと「左」側が象徴する「僕」が得たもの、すなわち「B」曲＝「エルヴィス・プレスリー」に置きかえられている。そして、「B」曲に続き、伝達された「カリフォルニア・ガールズ」を図1の「左」側の「星マーク」「A」と「C」のところに挿入すると、『風の歌を聴け』という小説の「完成」は小図3で提示されている。対して小図1は、断章23の「洗いだし」の前の構図を示している。

「僕」は「三番目」の相手と「1969年春」に図書館で知り合ったが、この「図書館」は「本」、つまり断章23の冒頭の「未完成の小説」を示唆している。彼女の「一年後」の自殺、すなわち断章23の「B」部分における数値による表現の断念は、「存在理由《レーゾン・デートゥル》」の喪失で語られていた。「三番目」の相手の死ののち、「4月4日」の倍数の「8月8日」に、断章12の「7時15分」の「電話」から70年夏の物語が始まる。この断章における抜かれた「15分」を断章23の構造とあわせると、断章23の「星マーク」「A」に「カリフォルニア・ガールズ」がかけられた時間、「5分」を想定すると、「ＤＪ」からの「電話」（7時15分）までの「10分」は、「星マーク」「A」の下のところで示されている。そして「星マーク」「A」の下の「10分」は、「星マーク」「C」の上の「10分」（断章37）と呼応する。また、「15分」という時点は、「ＤＪ」からの「電話」と同時に、「小指のない女の子」が発見された時間に相当する。冒頭の「星マーク」「A」から、中間の時点に相当する70年夏物語の断章22までは、70年夏の物語の

「一週間目」における「寝た三人」の相手と関連する「連続的」な時間が示されている。また、「小指のない女の子」により行われるこの時間の「洗いだし」は、断章23「B」の部分に縦線で隔てられ、提示されている（図1参照）。「B」の部分の「右」側には、「寝た一番目」の相手と「三番目」の相手に当たる時間および断章が提示され、「左」側には、「寝た二人」の相手を中心とする物語が、「A曲」と「B」曲の象徴として「女性」、すなわち「A」相手、「B」相手という比喩に置きかえられ、提示されている。

「僕」が「寝た一番目」と「三番目」の女性が「A」曲と「B」曲に「洗い出されて」いく過程は、「小指のない女の子」が最初に登場する断章8と断章9、そして再登場する断章20と断章22の中に暗示されている。

これらの断章の時間設定と地理的な要素には一定の法則が見られる。既述したように「僕」と「小指のない女の子」との出会いが連続的に語られる断章8と断章9は、「港」の近くにある「ジェイズ・バー」に寝転んだ「小指のない女の子」が発見された様子が回想される断章9と、彼女が翌日の朝「山の手」にある「アパート」で目覚めるまでの姿が語られる断章8では、「小指のない女の子」は「港」と「山の手」の両方において連続的に登場することがわかる。そして「一週間」後の「土曜日」という時間設定を持つ断章20では、「小指のない女の子」は「僕」と「ジェイズ・バー」で待ち合わせている。また翌日の「日曜日」に彼女は「僕」を「山の手」にある「アパート」に招いて、一緒に食事をする。

このような設定を図1とあわせて考えると、「ジェイズ・バー」のトイレで発見された「小指のない女の子」は、70年夏の物語の断章12における「DJ」からの「電話」に先立って放送された「カリフォルニア・ガールズ」の残像として読み取れる。「小指のない女の子」の指が「一本」欠けているというのは、「鼠」の「10本の指を順番どおりにきちんと点検してしまわないうちは次の話は始まらない」(14頁)という言葉に関連している。「10本」の指は、「カリフォルニア・ガールズ」の伝達に先立つ「10分」の時間に物語の時間の流れを方向転換させるイメージとして受けとれる。そして「小指のない女の子」に「一本」の指が欠けているというのは、断章12に先立ち「7時10分～15分」のうちに「カリフォルニア・ガールズ」が放送されたということを暗示している。断章12の冒頭で抜かれた「15分」という時間において、「5分」のうちに放送された「カリフォルニア・ガールズ」が「ノート」の「左側」、すなわち「星マーク」の箇所に挿入されたということは、「左手」に「小指」の欠けた「女の子」で象徴されている。

「カリフォルニア・ガールズ」＝「A」曲の残像である「ジェイズ・バー」のトイレに寝転んでいた「小指のない女の子」は、図1の左側に「音」の象徴として女性、すなわち「A」相手として示されている。そして「僕」に介抱されたあと、「小指のない女の子」が翌日の日曜日の朝、「山の手」にある「アパート」で目覚める時点では、彼女は「カリフォルニア・ガールズ」の象徴としての「A」の相手から「僕」が「寝た一番目」の相手に姿を変えると解釈できる。「僕」が「17歳」のときに「寝た一番目」の相手の年齢である「17歳」は、断章8において「20歳より幾つか若く」(32頁)見えた「小指のない女の子」とほぼ一致している。すなわち、「小指のない女の子」が断章9で目覚めてから、彼女は「音」の象徴としての女性から、70年夏の物語の「一週間目」における「連続的な」時間と関連する「僕」が「寝た三人」の女性に置き換えられている。「寝た三人」の相手に関する「連続的」な時間は図1の右側に提示されている。

「16歳」だった「二番目に寝た」相手に対応するのは、「カリフォルニア・ガールズ」が載っているレコードを「僕」に貸した「16歳」の「クラス・メート」である。彼女が行方不明になった話は、70年8月の物語の「一週間目」に設定されており、「一週間目」の終わりにあたる17断章では、高校時代のクラス・メートの居場所を分からぬまま、「僕」は探索を打ち切る。

同じ「一週間目」終わりの土曜日にあたる断章18では、「僕」に「電話」をかけてきてから、断章20において「ジェイズ・バー」で「僕」と待ち合わせる「小指のない女の子」は、「B」の相手に代わる。すなわち、断章20で「小指のない女の子」が「二週間」ぶりに「ジェイズ・バー」で「僕」に会ったことによって、行方不明になった高校時代の「クラス・メート」の「一週間」に及ぶ探索を中心とする話の「洗いだし」が行われたのである。

断章22、すなわち「二週間目」から行われる前の週の「洗いだし」は「DJ」が断章11でかけたリクエスト曲によって暗示されている。「7時」からの放送中にかけられた「レイニー・ナイト・イン・ジョージア」、「フール・ストップ・ザ・レイン」（53頁）という「雨」を曲名に持つリクエストは「洗いだし」を示唆している。断章11におけるラジオ番組は「小指のない女の子」が「僕」に「電話」をかける断章18と、断章20で「8時」過ぎに「僕」と会える間の時間に挿入されていると思われる。「僕」が「8時」の待ち合わせに遅れたことからも、断章20の前に断章11が入るということが暗示されている。したがって、『風の歌を聴け』において三回登場するラジオ番組のうち、断章11における番組は70年夏の物語の「一週間目」の終わりに設定されていると解釈できる。

それでは70年夏の物語の「二週間目」には、どのように「前の週」の話の「洗いだし」が行われたのであろうか。

断章22の終わりに示されているように、「二週間目」の最初の日に当たる日曜日からは、「B」の相手に相当する「小指のない女の子」は、「僕」が彼女の家から帰る途中思い出した「エルヴィス・プレスリー」、すなわち「B」曲の象徴に変わる。変化がおこるこの中間点は、「山の手」と「港」の中間地点、すなわち「鼠」の小説においては難破のあとで「女性」がたどり着いた「島」に相当する。この「島」は、『風の歌を聴け』の時間の構造からいえば、「1967年」に相当すると思われる。この「1967年」は、その年に起きた「車」の「事故」が象徴する「言葉」の死と結びついている年であり、「僕」が「心に思ったことの半分しか口にしない」「17歳」の時期と重なる。「車」の事故のあと、「僕」が「鼠」と「チーム」を組むという設定から、『風の歌を聴け』では、作者は実際に思ったけれども口にしないことの残りの半分を「死んだ言葉」として、「僕」の分身である「鼠」に託している。「鼠」が書こうとしている、難破船を主題とする小説は「洗いだし」という手法を語っており、「鼠」の小説における「女性」と「島」は、断章22の末尾と密接な関係にある。断章22の終わりからは、作者は「女性」、すなわち「小指のない女の子」という比喩ではなく、「音」＝「エルヴィス・プレスリー」の曲によって「カリフォルニア・ガールズ」について語り始める。このように、「1967年」に死なせた「言葉」の「洗いだし」は、断章22の終わりでは「音」で「音」を語ることから始まる。断章22の時点から、「一週間」の間の「小指のない女の子」の不在は、同断章の末尾から「エルヴィス・プレスリー」の曲で「歌」を語り始める時間と重なる。また「鼠」の難破船の話における「女」が「歌」の象徴であることは、「鼠」と「女」に関する話における「女性」の不在が語っている。

図1では、「小指のない女の子」を媒介にして、「寝た女性」という比喩における「一番目に寝た女性」と「二番目に寝た女性」（右側）が、「音」の象徴として「女性」＝「A」相手、「B」相手（左側）に置きかえられている過程が示されている。

断章22の時間設定である「二週間目」の初めの日曜日から、断章37におけるラジオ番組が同じ「二週間目」の土曜日に放送されるまでに、「歌」を伝達するための「ブリッジ」が「山の手」と「港」の間にかけられているということは既述した通りであるが、断章37で「DJ」が読んだ「手紙」は「港」にある「ラジオ局」から放送されて、「手紙」を書いた「三年寝たきり」の女の子は「山の手」にある「病院」から「手紙」を送っている。「港」と「病院」の関係は、断章23の構造からいえば、二つの「星マーク」の箇所に相当し、そして「DJ」が手紙を読み始めてから「B」曲をかける間の「7時～7時10分」までの時間は、同時に、図1における「僕」が「一番目の相手」と寝た断章23の「星マーク」「A」の下の「10分」の時間と重なる。断章37における「三年寝たきり」女の子の「リクエスト」

は、断章22の終わりの曲同様「エルヴィス・プレスリー」の曲、すなわち「B2」曲である。この曲がかけられたあと、「星マーク」「C」のところに「カリフォルニア・ガールズ」が挿入されると同時に、断章23の「星マーク」「A」のところに「カリフォルニア・ガールズ」が入る。冒頭の空白のところ、すなわち「星マーク」「A」に「カリフォルニア・ガールズ」を挿入すると、「連続的」時間における「寝た女の子」とのセックスという比喩は、「僕」の「存在理由《レーゾン・デートゥル》」である「カリフォルニア・ガールズ」の伝達のために用いられていることがわかる。すなわち「C＝A」という構造が浮上する。

つまり、70年夏の物語の「二週間目」の起点である断章22以降は、「小指のない女の子」が象徴する「A」と「B」の相手、すなわち「女性」という比喩ではなく、「B」曲で「歌」を語ることによって物語の「洗いだし」が行われることが分かる。「寝た三人の相手」という比喩と関連する断章23の「B」の部分は、「存在理由《レーゾン・デートゥル》」である「カリフォルニア・ガールズ」を伝達するために、「二週間」のうちに「B」曲に「洗いだされて」いる。70年夏の物語の中に「洗い出された」断章23の「B」の部分において、「B」曲の象徴として「小指のない女の子」と双子の「寝たきりの女の子」、そして「山の手」と「港」の間に「ブリッジ」を架けるために言及された「鼠」の「女」が挙げられる（小図3参照）。『風の歌を聴け』の末尾で語られる、「小指のない女の子」の「堕ろされた子供」は、「B」曲の象徴として使われている「女」、すなわち「B」曲がその「子」であるといえる。

6　断章23の最後の一行について

ここでは、断章23の最後の一行における「三番目」の相手の死の知らせが届いた時間が、具体的に「78年8月22日」に相当するのではないかということを検証したい。「三番目」という数値は「三回目」に死を迎えた物語を示唆する。「車」と物語の三重構造との関連を考察した際に明らかになったように、物語の「一番目」の死は「１９６７年」の「車」の交通事故に相当する。「二番目」の死は、「存在理由《レーゾン・デートゥル》」の喪失が語られる、断章23の「B」の部分における「１９７０年4月4日」に当たる。

今までの考察では、70年夏の物語において行われる「洗いだし」は、『風の歌を聴け』の原型である、断章23の「B」の部分における数値に基づいた表現の「洗いだし」であることが明らかになった。「寝た相手」の数や吸った煙草の本数といった数値に基づいた表現の断念により「4月4日」に死を迎える断章23の「B」の部分は、「4月4日」の倍数である70年「8月8日」に、「音」を表現する物語として生まれ変わる。断章23の「B」の部分と最後の一行の間に設置された「星マーク」、すなわち空白の時間は、断章23の「B」の部分の「洗いだし」のために設けられた「二週間」という70年夏の物語の時間設定に相当する（図3参照、巻末２６４頁）。

「鼠」の話における難破のあと助かった女性との別れと再会、そして「台風」のあと「どこかの浜に捨てられたものが波にさらわれまた打ち上げられる」風景に暗示される「洗いだし」という手法を、断章23の「B」の終わりと最後の一行の間に差し込まれた「二週間」(図3参照)と照合させると、浜と浜の間に行われる「浄化」は、断章23の「B」と最後の一行の間に挟まれた70年夏の物語において行われた断章23の「B」の「洗いだし」と呼応していることがわかる。

断章23の「B」の部分において表現が途絶えてから、倍数の数字によって新たに始められる70年夏の物語は、「二週間」後に「B曲」として「洗いだされる」ことによって、「A曲」である「カリフォルニア・ガールズ」の伝達を可能にした。図3では、断章37における「7時~7時10分」のうちに放送された「エルヴィス・プレスリー」=「B2」曲は、「鼠」が創作した小説において「女」が難破のあと辿り着いた「島」に当たる。そして「B2曲」に続き、「カリフォルニア・ガールズ」が伝達される「7時10分~7時15分」の時間は、浜辺に打ち上げられたものがふたたび「浄化」されたものとして打ち上げられることの象徴である。このことから、『風の歌を聴け』における「歌」の伝達に相当する「星マーク」「A」と「C」における「5分」という時間は「洗いだされた」時間であるといえる。浜辺と浜辺に喩えられた断章23の「星マーク」「A」と「C」の間に行われる「洗いだし」という手法により、70年夏の物語の「一週間目」における「言葉」が「二週間目」の初めに「B1」曲(断章22)に「洗いだされ」、そして同週の終わりに「B2」曲(断章37)に転換されたあと、「浄化」された「5分」の時間において「歌」が「A」と「C」の間に「歌」が反復されるのである。つまり、断章23の

「星マーク」「A」と「C」に伝達された「歌」、すなわち断章13を挿入することによって、断章23の構造の「洗いだし」が行われている。

この小説は断章12における「DJ」からの「電話」から始まり、「二週間」後に、断章37＋断章13に続き、円を閉じるように、断章12に回収される。また同時に、この断章12における「70年8月8日」の「電話」と断章23の最後の一行における「死亡の知らせ」の間に、「8年間」の空白が横たわると考えられる。

「歌」の伝達のあと、断章23の最後の一行における「三番目の相手の死の知らせ」は、「洗い出された」断章23、すなわち『風の歌を聴け』という小説の死を語っている。『風の歌を聴け』の序文における「28歳」の「僕」の「8年間」の沈黙は、断章23の「B」の部分と最後の一行で隔てられた「星マーク」の空白で表現されているといえる。『風の歌を聴け』の原点である、断章23における「B」の記述が「二週間」に及ぶ70年8月の物語の中に「B」曲として「洗いだされて」から、「歌」が伝達される。「歌」の「伝達」は、「8年間」の空白を埋め、そしてそれに続く断章23の最後の一行は、『風の歌を聴け』の序文における語り手の「今、僕は語ろうと思う」という宣言との連続性を生み出していると考えられる。

断章23の形式をもとに築き上げられた『風の歌を聴け』の循環構造を踏まえると、断章23の最後の一行における「三番目の相手」の「死の知らせ」の意味について以下のことが明らかになる。

断章4と断章23の「B」の部分において「死」を迎えたあと、70年夏の物語は、断章12における

「電話」、すなわち「音」の死から始まることがわかる。このように「8月8日」における「7時15分」の「DJ」からの「電話」で物語が「三回目」に死を迎える。「音」の死から始まった物語は、「二週間」後に「B曲」として「洗い出され」、そして断章13における「歌」の伝達、つまり「5分」間の「音」の再生で、『風の歌を聴け』という「小説」に生まれ変わる。そして「歌」の伝達のあと、物語の時間が断章12における「7時15分」の「電話」に回収されると、物語が「三回目」に死を迎えた時点に立ち戻るのである。

その意味で、断章23の最後の一行における「三番目の相手」の「死の知らせ」は、「7時15分」におけるる「DJ」からの「電話」で「三回目」に「死」を迎えた物語の時間と重なる。断章23の「B」の記述が、「B曲」として再生され、そして、断章23の「星マーク」のところに「歌」が「5分」のうちに伝達されたことで、『風の歌を聴け』の原型である断章23に「5分」のうちに命が吹き込まれたことになる。断章23の「星マーク」「C」に「歌」が挿入されたあと、それに続く最後の一行における「死の知らせ」、すなわち断章12における「7時15分」の「電話」は、『風の歌を聴け』という小説の「死」を知らせている。

ここで再度「28歳」の「語り手」と「デレク・ハートフィルード」との関係について触れたい。「28歳」の「僕」は「8年間」の空白を経て、78年の時点で「文章」を書いている。一方、「僕」が「文章」についてすべてを学んだ「ハートフィルード」は、執筆を始めてから「8年」後に自殺する。ここから「ハートフィルード」の自殺と、78年から「8年」前の、「三番目の相手」の自殺との関連が浮かび上がる。「8年間」文章と格闘した末自殺した「ハートフィールド」に対応するのは、断章23の「B」に表現が途絶えてから、「8年間」の空白を得て、「音」が死んだ時点から語り始める「28歳」の「僕」、すなわち断章12における「DJ」である。断章23の「言葉」による表現を「音」に置き換えるため行われる「28歳」の「僕」の「戦い」は、「8月8日」に始まり、「二週間」後の断章37のラジオ番組に続き、断章13における「歌」の伝達のあと、断章23の最後の一行に言及された「死の知らせ」をもって終焉を迎える。

「歌」を伝達するためにつなぎ合わされた小説の断片は、断章13におけるラジオ放送のあと、ふたたび物語が最初の死を迎えた断章4の「砂浜」の場面に逆戻りする（図2参照）。

図2の外枠におかれた「あとがき」における時間設定である「5月」は断章4における「砂浜」の場面と概ね一致する。そして「ハートフィールド」の「墓」が設置されている「北」は断章23の冒頭の「星マーク」「A」の箇所と呼応することから、「歌」が伝達された「港」＝「星マーク」「C」にリンクする。すなわち、「歌」の伝達のあと、70年夏の物語が一周して、断章12の「電話」の時間に戻ると、その時点までは「DJ」の背後にいた「28歳」の語り手「僕」が「8年間の戦い」を終え、「ハートフィールド」として死を迎えるのである。

同時に、「歌」の挿入により断章23の完成、すなわち『風の歌を聴け』という小説の完成とともに、断章23の最後の一行の書き手は、小説を完成させた作家に代わる。「あとがき」では初めて「小説」という言葉が使われていることから、断章23の完成は同時に『風の歌を聴け』という小説の誕生を語っていることがいえる。だが、断章23＝『風の歌を聴け』という小説のたった一行の書き手である作家が断章12「7時15分」の「電話」で、「三番目」の女性の死亡の知らせ、すなわち小説の死の知らせを聞いたと書き記したのは、「死んだ時間」においてである。つまり、断章23の最後の一行における「訃報」は、断章12における「DJ」からの「電話」と重なるため、「7時15分」に「電話」がかかると同時に、断章23の最後の一行の書き手である作家は、死を迎えている。

換言すれば、「そんなわけで、彼女の死を知らされた時、僕は6922本めの煙草を吸っていた」という一行において、作家は「煙草」の「火」で「7時10分~15分」の間に伝達された「歌」を語っているが、「寝た三番目の女性」の「死の知らせ」を聞いた時点では小説における時間設定が「ON」時間から「OFF」時間に切り替わったため、作家は断章23の最後の一行を「死んだ時間」において記していると解釈できる。このように、断章23の最後の一行における「死の知らせ」と断章12における「電話」を図1において「星マーク」が象徴する「ON」の時間と「OFF」の時間を隔てる線＝「7時15分」のポイントに設置すると、「DJ」からの「電話」で「僕」が吸っていた「煙草」に「火」が消されたといえるが、この瞬間は同時に『風の歌を聴け』という小説の死を語っている。

7『風の歌を聴け』の「あとがき」について

『風の歌を聴け』には、この小説が群像新人賞を受賞したのち単行本として出版された際に添えられた一頁半ほどの分量の文章がある。「一九七九年五月」の日付と「村上春樹」の名のある文章「ハートフィールド、ふたたび……（あとがきにかえて）」がそれである。この中で、「村上春樹」はふたたび「ハートフィールド」について語り、「高校生の頃、神戸の古本屋で外国船員の置いていったらしいハートフィールドのペーパー・バックスを何冊かまとめて買ったことがある。」と記し、アメリカに彼の墓をたずね、墓場で「何時間も雲雀の唄を聴き続けた」ことなどが語られる。「ハートフィールド」という作家は存在しないから、この文章も小説の一部と考える他ないが、一体この文章は『風の歌を聴け』という小説とどのような関係を有しているのだろうか。

断章23の最後の一行における「死の知らせ」で『風の歌を聴け』という小説が「78年8月22日」に終焉を迎えたと解釈すれば、約「一年」後に書かれた「あとがき」との関係を探るためには、「鼠」と「僕」の関係における「一年」の年齢の差がヒントとなる。

「1967年春」に起きた「車」の「事故」を語り手の分裂とそれによって生じた「正確な言葉」

の死の象徴として考えるなら、その直後に「僕」と「鼠」によって組まれた「チーム」は、「正確な言葉」を「僕」より「一歳年上」の分身の「鼠」に託すために組まれていると解釈できる。「正確な言葉」の死のあと、「鼠」は「死んだ時間」において「正確な言葉」を語っている。そしてこの小説を締めくくる、断章23の最後の一行で、「28歳」の「僕」が吸った「煙草」の本数で唯一「歌」について語ったのは、「音」が死んだ時間、すなわち「7時15分」においてである。したがって、断章23の最後の一行の書き手であるこの小説の作家は「鼠」と並び、「言葉」が「死んだ」時間において真実を語っているということがいえる。

「8年間」の空白を経て、断章1で語り始めた時点では「僕」は「28歳」であり、そして70年夏の記憶の回想が終わり、後日談が挿入される断章39では「29歳」になったと記されている。70年夏の記憶を書き終えた時点で語り手が「一つ年」を取ったということは、この小説の中で「一つ年上」の「鼠」に与えられた役、すなわち「死んだ時間」において「正確な言葉」を語ることを「29歳」の「僕」が受け継いでいるということを暗示している。

断章23の最後の一行が「78年8月22日」に付け加えられた後、「1979年5月」に「村上春樹」が「ハートフィールド」の墓を訪れる場面も、作中の「僕」が「一歳」年上の「鼠」と「チーム」を組んだ砂浜の場面を反映していると思われる。

つまり、断章23の最後の一行における「正確な言葉」を記してから、「一年」後に「ハートフィールド」の墓へ墓参りする、「あとがき」における「村上春樹」は、砂浜の「車」の「事故」に象徴される「言葉」の死の後「正確な言葉」をゆだねられた「一歳」年上の「鼠」の姿と重なる。すなわち、「ＯＦＦ」状態で断章23の最後の一行＝「正確な言葉」を記したあと、約「一年」後に設定された墓参りの場面では、「村上春樹」は「鼠」になって、「死んだ時間」において「言葉」＝「あとがき」を綴っていると読み取れる。「あとがき」では「鼠」になった作家「村上春樹」は死んだ時間における作家であるから、そのことを示すためにカギカッコを付ける。

村上春樹が「１９６７年」に「死なせた言葉」を分身に託すために「一つ年上」の「鼠」を登場させたと解釈すれば、「あとがき」における「村上春樹」の「ハートフィールド」の墓参りは、「言葉」を「一年」前に死なせた場所へ「墓参り」に行ったといえる。『風の歌を聴け』の断章23における最後の一行は、「村上春樹」が「一年」前に葬った「言葉」であり、その「言葉」は「病院」から送られた「手紙」同様、「北」に葬られていることが分かる（図1参照）。「北」は同時に、断章31で「鼠」と「僕」が出かけた「山の手」に相当する。この断章で「鼠」が古墳の思い出について一行も書けないという記述は、断章23の最後の一行を指しているといえる。「歌」の伝達のあと、断章23の完成と共に、たった一行をこの断章に付け加えるために『風の歌を聴け』という小説が書かれたのである。そこで村上春樹は「言葉」ではなく、「吸っていた」「煙草」によって、この小説、すなわち自分の作家のとしてのつかの間の命を表している。

8　70年夏の物語の二週間の時間設定からはみ出している断章

8月8日から始まる70年夏の物語の最初の「二週間」を「歌」を伝達するための時間として捉えるなら、8月22日の土曜日から26日の間の時間は、断章5、6の沈没船をめぐる場面で再会の時間として語られる時間同様、「洗いだされた」物語の後の時間として読み取れる。

ここでは「18日間」に及ぶ70年夏の物語の主軸である「二週間」の時間からはみ出している時間を区別するために、「14日＋4日」というように捉えたい。

「僕」と「小指のない女の子」の「一週間」ぶりの再会をめぐる断章33、35、36は、「歌」が伝達された翌日の8月23日の出来事として読み取れる。旅行から戻ってきた「小指のない女の子」が「三歳くらい」老け込んでいた（125頁）という記述におけるプラス「三年」の意味について触れてみたい。断章6における難破船に乗り合わせた「鼠」と「女」の再会の場面にも「鼠」は「三年振りに無性に煙草が吸いたかった」と言及することから、「小指のない女の子」と「僕」の再会場面との数値上の接点が見出せる。

今までみてきた「鼠」の難破船の話と70年の物語のつながりから分かるように、「鼠」の話の中の

「島」に相当する断章22が設置されている時点から（図1参照）、70年夏の物語の「二週間目」において行われた「洗いだし」に続き、「歌」の伝達で、「カリフォルニア・ガールズ」と関連する「1963年」、すなわち14歳までの無口の「僕」の時間への逆行が行われている。そして「5分」のうちに行われた「歌」の伝達に続き、断章12における「DJ」の電話は、断章23の最後の一行の「僕」が吸っていた「煙草」の火を消した。つまり、その時点で物語の時間がはじめて「死」を迎えた「1967年」における「車」の事故の場面に逆戻りしている。上記の「僕」と「鼠」それぞれの「女性」との再会の場面に見られる「三年の差」は、「歌」の伝達の前、つまり小説全体の時間構造において出発点として考えている、「僕」が「正確な言葉」による表現を断念した「1967年春」と「歌」の伝達が象徴する「1963年春」との時間の差を指している。つまり、「1967年」の段階では「僕」は「17歳」であり、「無口だった状態」が「1964年春まで」続いていたことから、その時間差は上に言及される「三年」と呼応しているのである。

「僕」が断章23の最後の一行を書き記したことで『風の歌を聴け』という小説を完成させたとはいえ、この一行が書かれた「7時15分」の時点では、物語の時間は「正確な言葉」による表現を断念した1967年の時間に終結しているため、この「言葉」の書き手は「鼠」であると解釈できる。今までの「鼠」の解釈に沿って、断章6の再会の場面における「鼠」が「三年振り」に吸いたいと思った「煙草」という記述は、「死んだ」時間において真実を語っているということがいえる。

以上の「言葉」と「音」の関連から分かるように、村上春樹は「言葉」を「音」に置き換えることで、この小説を完成させているのである。

「僕」と「小指のない女の子」が待ち合わせている場所にさらに注目すると、まず断章33で「YMCA」にいる彼女を「車」で迎えに行き、そこから断章35において「港」に行き、そして最後に、「車」を「港」に置いたまま、彼女の「アパート」まで歩いて行く。この地理的な移動からも、彼女は「YMCA」でフランス語会話を習っているから、「三番目に寝た」女の子の死体が二週間風に吹かれた「大学」の雑木林と重なる。そして「港」は、「歌」が伝達されてから物語が死を迎えた場所である。ここでは「車」を「港」に置いたまま彼女の「アパート」に歩いて向かうことの意味について触れたい。

断章36ではいつ「車」を取りに行くかをめぐって、「小指のない女の子」が「明日の朝じゃまずい？」と「僕」に聞くが、ここでの「車」と「翌日の朝」への言及は断章31における時間設定と地理的な要素との連続性を作り出していると考えられる。断章31では「僕」と「鼠」が出かける場所、すなわち「山の手」にあるホテルの近くとは、断章6での再会の場所、つまり「歌」の伝達の後に小説が「死」を迎えた場所である。この一連の断章のつらなりにおいて「車」の移動に注目すると、「僕」が「車」を置いた場所である「港」は、「ジェイズ・バー」で「小指のない女の子」が発見された所、すなわち「港」と地理的に重なり、そしてそこから翌日に向かう目的地である「山の手」は、断章23の「星マーク」「A」に相当することがいえる。図1に基づいて、地理的および時間的要素をあわせると、「車」の移動は断章23の「A」と「C」の時間軸に沿って行われていることが分かる。ここで見られる「C」

から「A」への移動は、小説が断章23の最後の一行において「死」を迎えた場所に当たる「港」＝「C」から、「あとがき」において「ハートフィールド」の墓が設置されている「北」＝「山の手」の間に円を閉じる形で行われていることがわかる。

続いて、今まで分析した70年夏の物語の構造が凝縮されている断章としての断章10に触れたい。ここではまず「僕」が「ジェイズ・バー」に入ってから「グレープフルーツのよう乳房をつけ派手なワンピースを着た30歳ばかり」（45頁）の「女」が「10分」後に現れた、という時間設定に注目したい。「僕」はもともと「鼠」を待っていたが、代わりに「女」が現れたという設定は、断章9で「小指のない女の子」を介抱したエピソードにおいて「小指のない女の子」を発見する前に、「ジェイズ・バー」から「鼠」に「電話」をかけたところ彼の代わりに「女」が出た、という場面との類似性を見出せる。「鼠」の変わりに「電話」に出た「女」は、直後に発見される「小指のない女の子」に姿を変えると考えられるが、70年夏の「一週間」に及ぶ物語の中に「小指のない女の子」により行われる「洗いだし」という手法を、「30歳」の女性がかけた「電話」の場面を通して再確認できる。

この断章では「40分ばかり」のうち「3回」続いた「長電話」の合間に、「電話」をした「30歳」の女性が、「60年ごろ」は「良い時代」だとコメントしたことに対して、「僕」の「どんなところが？」という質問が「しばらく空中をさまよっていた」（49頁）と示されている。この「40分」という時間は、70年夏の物語において「洗いだし」が行われる「一週間」＝「7時～8時」という時間単位から、断章37における手紙とリクエスト曲に当てられた「10分」と「カリフォルニア・ガールズ」が伝達された「5分」を引いた時間であるということをまず確認したい。物語の構造上、残りの「40分」は、断章12で「7時15分」に「ＤＪ」から「僕」に「電話」がかかった後、断章18および断章22において「二回」に続く「小指のない女の子」からの「電話」により、断章22の末尾から始まるそれまでの物語の「洗いだし」の時間と重なる。見てきたように、「小指のない女の子」からの「二回目」の「電話」のあと「僕」は「エルヴィス・プレスリー」の曲、すなわち「音」で「歌」を語り始めるのである。上記の「60年ごろ」についての質問が空中に浮いたという表現からは、「三番目」の女性の死体が「二週間」風に吹かれたことに象徴される、断章23の形式が連想される。断章10における質問は、70年の物語の年表リストの中に、全ての年号が「63年」という年とその年に関係している、「星マーク」の「Ｃ」と「Ａ」に伝達された「歌」に還元されるまでに「空中をさまよっている」といえる。つまり、「二週間」に及ぶ物語の中で「63年」以降の年代に対する全ての言及はこの「63」年を「ものさし」にして語られているということができる。このことは、断章10の終わりに引用される歌詞『みんなの楽しい合言葉、ＭＩＣ《エムアイシー》・ＫＥＹ《ケーイーワイ》・ＭＯＵＳＥ《エムオーユーエスイー》。』(50頁)にもあるように、「ケネディー」という合言葉によって支えられている。「ケネディー」の名は断章9で「小指のない女の子」が発見された場面、そして70年夏の物語が「洗い出された」後の時間に相当する断章6の「鼠」と「女」の再会の場面にも登場するが、そこからこの言葉と関連する「63年」が70年夏の物語における「ものさし」であることが示唆されている。

断章10の終わりでは60年代の曲からの引用のあと、上記の60年代についてのコメントに対して「確かに良い時代だったのかもしれない」という「僕」の台詞が示すように、ここではじめて語り手の時代についてのコメントが表出されている。しかし、この「僕」の台詞は、「歌」が伝達されてからはじめて記述されていることを指摘したい。「僕」が「小指のない女の子」を発見する直前に「車」を停め、そして「ラジオを聴きながら海を眺めてた」「海岸通」に断章10でもう一度戻るのだが、「海岸」での「僕」のコメントは、ラジオ番組の放送をめぐる表現でいえば、時間がすでに「ＯＦＦ」状態になった、すなわち「歌」を伝達するために要求される60分の時間からはみ出している時間においてのコメントである。

最後に、図1で示された「一週間」単位で行われた「洗いだし」とかみ合わない、断章15に見られる「僕」の「小指のない女の子」との「一週間」ぶりの再会について触れたい。[10]

「小指のない女の子」と関連する時間は「一週間」単位で語られるが、断章9での登場から「一週間」後に「僕」が「レコード」店で彼女に偶然会ったと断章15に書かれていることから、ここに断章9の時間設定とのずれが生じる。「8月8日土曜日」が「小指のない女の子」の初登場に該当すると考えるなら、断章15における「レコード」屋での場面は、8日から「四日」後の、つまり「8月12日」に当たるため、断章9の場面の時間設定との「三日間」のずれを見出せる。

「小指のない女の子」との関りにおいて「一週間」単位からはずれる、「僕」が彼女が働いているレコード屋を訪れた断章15、そしてそれに先立つ「僕」にラジオ局から「Ｔシャツ」が送られた断章14、断章13における「カリフォルニア・ガールズ」、そして「ＤＪ」からの「電話」で始まる断章12を「鏡」

写しのように断章15から遡ると、図1で示された「C↓A」構造との関連が確認できる。『風の歌を聴け』の構造の考察から明らかになったように、「一週間」単位で語られた70年の物語における「洗いだし」は、小説を流れる時間を、「一週間」後にその出発点である、「7時」に「洗い出された」時間として終結させるために行われたのである。

図1から分かるように、断章37にて70年夏の物語の時間が「7時」に「洗い出された」時点では、それぞれの二つの「星マーク」の下上に示された「10分」は共鳴することになる。この「10分」という時間を、「歌」の伝達に先立つ「洗い出された」時間であるということは、断章15で「僕」が歩いて「レコード」を買いに行ったということで語られる。「僕」が「港の辺りをあてもなく散歩してから、目についた小さなレコード店」に入り、そこで「カリフォルニア・ガールズ」の入ったレコードを買う場面は、断章37における「手紙」の中で、「三年寝たきり」の女の子が毎朝「ベッドから起き上って港まで歩き、海の香りを胸いっぱいに吸い込めたら」と想像していることの「洗いだし」として読める。「寝たきり」の女の子の手紙が「10分」のうちに読まれているが、その時間単位は「僕」が歩いて「レコード」を買いに行った時間と呼応する。すなわち、断章15は、図1の縦軸における「A」の下の

---

(10) 加藤典洋氏は、70年夏の物語の「8月8日」に断章11と12における土曜日のラジオ番組を想定しているが、その場合、70年8月の物語は「18日」という時間設定から「一週間」はみだしているため、8月の物語に追加の「一週間」を付け加える必要があると述べている。『村上春樹論集②』若草書房、2006。

「10分」に当たる。そして「僕」がそのときに着た「電話」のイラストの「Tシャツ」は、言葉から切り離された視覚的イメージであるという点において「星マークC」との境界線に位置する断章26における「写真」と結びついている。このように、図1で示された70年夏の物語における「C」と「A」を呼応させるために、断章37とこの断章の鏡写しである冒頭の断章12〜断章15を縦線上に並べると、断章15で「僕」がレコード屋まで「歩く」時間は、「歌」が伝達される「7時10分〜15分」の時間にたどり着くための時間であることがわかる。「洗い出された」小説の中では、最終的に「7時〜7時15分」の時間のみが「リアリティー」を持つ時間である。そして「星マーク」で象徴された「歌」の伝達における「5分」という時間のみが、この小説において「生きている時間」＝「ON」状態の時間である。また、一見噛み合わないように見える断章15における時間設定、そしてただのラジオ番組の一コマに過ぎない断章12〜14までの「話」と断章15に語られる「レコード」の購入は、「洗い出された」物語において、「小指のない女の子」からの「電話」→「写真」（断章26）→「音」という過程を経て、『風の歌を聴け』という小説に生まれ変わる。すなわち上記の「話」が非言語的な表現に変わることでこの小説が生まれることが分かるのである。

断章13　「カリフォルニア・ガールズ」

イースト・コーストの娘はイカしてる。

ファッションだって御機嫌さ。
南部《サウス》の女の子の歩き方、しゃべり方、
うん、ノックダウンだね。
中西部《ミドル・ウエスト》のやさしい田舎娘、
ハートにグッときちゃうのさ。
北部《ノース》のかわいい女の子、
君をうっとり暖めてくれる。

素敵な女の子がみんな、
カリフォルニア・ガールズならね……。

第二章　『世界の終りとハードボイルド・ワンダーランド』

『世界の終りとハードボイルド・ワンダーランド』は、東京に住む「35歳」の「私」の視点から語られる「ハードボイルド・ワンダーランド」の物語と、「街」の「図書館」で「夢読み」の役を与えられた「僕」の視点から語れる「世界の終り」の物語が交互に繰り広げられていく構成となっている。本章では、この小説の二重の構造がどのように「世界の終り」の「街」の地図の構図に反映されているのか、そしてこの「街」の地図と『風の歌を聴け』の断章23はどのような関係にあるのかを考察しながら、『世界の終りとハードボイルド・ワンダーランド』においてどのように「言葉」が「音」に転換されていくのかを明確にしたい。その際、「ハードボイルド・ワンダーランド」で用いられる「洗いだし」「シャフリング」「仮説ブリッジ」という用語を借りながら、『世界の終りとハードボイルド・ワンダーランド』における「言葉」と「音」の関係を論じることにする。

1 「洗いだし」と「新しい秩序」の関係

『世界の終りとハードボイルド・ワンダーランド』という小説は『風の歌を聴け』の続きである。そのことは、『風の歌を聴け』の末尾と「ハードボイルド・ワンダーランド」の冒頭場面と比較すれば理解できる。

「ハードボイルド・ワンダーランド」の冒頭に見られる「ピンクスーツの女の子」(以下「ピンクの女の子」と略する)の「無音声」のしゃべりは、『風の歌を聴け』の末尾で「カリフォルニア・ガールズ」の伝達によって再生された「無口」の「14歳」の「僕」の世界に繋がっている。その世界にたどり着くために、作者は『風の歌を聴け』の夏の物語の「二週間」という時間設定の中で、「一週間目」と結びついている、「古い秩序」における「進化的連続性」とそれと関連する「言葉」を、「二週間目」の初めに、「エルヴィス・プレスリー」曲の「歌詞」の挿入によって「洗いだして」から、「言葉」→「B曲」→「A曲」という過程を経て「古い秩序」の再編を行っている。70年夏の物語の「二週間目」の終わりに、「10分」のうちに「B2」曲がかけられたあと、断章23の「星マーク」に相当する「5分」の間に「カリフォルニア・ガールズ」の伝達が行われたが、この「15分」の間に「新しい秩序」

が作り出されているのである。「新しい秩序」とはすなわち、「連続的な」時間とそれと関連する「言葉」が「洗いだし」という手法を通して無効になったあと、「浄化」された時間において「音」で「音」を語ることによって誕生する秩序のことである。

この『風の歌を聴け』の結末の構造を踏まえると、「私」との「無音」の会話の中「ピンクの女の子」が「長い廊下」の暗喩として「プルースト」（25頁）というように口を動かした、「ハードボイルド・ワンダーランド」冒頭の箇所を、作者が「言葉」を「音」に転換することで作り出した「新しい秩序」におけるコミュニケーションとして読み取ることができる。

『羊をめぐる冒険』の中で「先生」の「秘書」は、「先生だけが本能的に」理解した「意志」という概念を次のように「僕」に説明する。

認識の否定はまた、言語の否定にもかかわってくるんだ。個の認識と進化的連続性という西欧ヒューマニズムの二本の柱がその意味を失う時、言語もまたその意味を失う。存在は個としてあるのではなく、カオスとしてある。君という存在は独自的な存在ではなく、ただのカオスなのだ。私のカオスは君のカオスでもあり、君のカオスは私のカオスでもある。存在がコミュニケーションであり、コミュニケーションが存在なんだ。（189〜190頁）

「秘書」はこの説明に先立ち、「僕」に向かってこの「意志の形を君に説明することなんてできない。

私の説明は私とその意志のあいだのかかわりあいをまたべつな言語的なかかわりあいで示したものでしかない」という。ここに言及される「言葉」と「意志」の間の「べつな言語的なかかわりあい」による説明は、『風の歌を聴け』の断章23において「言葉」と「音」の領域の間に架けられた「ブリッジ」と関連させて考えることができる。この「ブリッジ」は、断章23の二つの「星マーク」の間に架けられ、そして「僕」の「車」での移動によって固定された。「車」の移動により「連続的な」時間における数値に基づいた断章23の「B」の部分の「言葉」が「二週間」に及ぶ70年夏の物語の中で「音」を表す数値、すなわち「B」曲に「洗い出された」あと断章23の「星マーク」の箇所に「カリフォルニア・ガールズ」が挿入されている。

ここまでは『風の歌を聴け』の構造から読み取れる「言葉」から「音」への転換に至る過程、そしてその過程における「洗いだし」の意味を追求してみた。これからは『風の歌を聴け』の結末と「ハードボイルド・ワンダーランド」冒頭の「エレベーター」の場面との密接な関係を示すために、『風の歌を聴け』における断章37、断章13と断章12の時間的なつながりから浮上してきた「15分」(7時〜7時15分)という時間設定と、「ハードボイルド・ワンダーランド」で「私」が「博士」から仕事の依頼を受けるために奇妙な「ビル」に入ってから、「エレベーター」を出るまでの時間設定との比較を行いたい。「私」が「ピンクの女の子」に約束の時間に「八分か九分遅れた」(24頁)ことの理由として、約束の時間に「十分前」に着いたのに「ビル」の入口の手続きに時間が予想以上にかかったことと、

「エレベーター」ののろさを挙げている。ここに言及されている時間を合計した「18〜19分」は、おおよそ『風の歌を聴け』の断章12の冒頭の「7時15分」に対応している。つまり、『風の歌を聴け』は、「18〜19分」で「7時15分」の「DJ」からの「電話」によって始まる70年夏の物語の時間設定と呼応しており、「ハードボイルド・ワンダーランド」の冒頭で「私」は「18〜19分」が経過したあと「エレベーター」から降りる。また、断章12では「7時〜7時15分」の時間が抜かれているように、「私」が「エレベーター」の中で、「咳払い」をすると、その音は「やわらかな粘土をコンクリートののっぺりとした壁に投げつけた時のような妙に扁平な音」に変わるし、口笛で「ダニー・ボーイ」(以下、場合によっては「DB」と略す)の歌を吹くと、「肺炎をこじらせた犬のため息のような音しか出てこな」い。「エレベーター」が「棺桶」に喩えられていることからも、これは断章12の「7時15分」という時点での「音」の死を暗示していると思われる。

『風の歌を聴け』の断章12における「電話」に続き、「小指のない女の子」が泥酔状態で発見されているのに対して、「ハードボイルド・ワンダーランド」では「エレベーター」の扉が開いてから「私」を迎えるのは「音の抜かれた」「ピンクスーツ」の女の子である。「小指のない女の子」と「ピンクの女の子」は各々が初めて登場する場面で「無音」であるという点で共通するが、「ピンクの女の子」が「厚いガラスの向こう側から話しかけ」(25頁)ているかのように見えたことからは、「三年寝たきり」の女の子のリクエストソングがかけられたあと、この入院中の「女の子」が「ハードボイルド・ワンダーランド」の「ピンクの女の子」に変わったかのようにも読める。また、「小指のない女の子」、「三年寝たきりの女の子」と「ピンクの女の子」の年齢に注目すると、「小指のない女の子」が「ジェイズ・バー」で発見された場面では「20歳より幾つか若く」見え、そして「三年寝たきりの女の子」は「ピンクの女の子」と同様、「17歳」であると書かれている。

これからは「無音」になった「ピンクの女の子」の女の子が「エレベーター」の前に現れた時点から、彼女に「音」がふたたび戻るまでの過程を『風の歌を聴け』の70年夏の物語の「二週間」という時間設定に照らし合わせてみたい。

「ピンクの女の子」の案内で「私」が「エレベーター」から「事務室」まで歩いた道、そして「事務室」から「ビル」の地下にある「博士」の「研究室」に辿り着くにはかかった時間を、70年夏の物語の「一週間目」を流れる時間と重ね合わせて考えてみる。『風の歌を聴け』の断章23の「B」の部分における「連続的」に並べられた数値の続きとして、70年夏物語の「一週間目」に当たる断章12、断章14、断章15、断章17では、返されていない「カリフォルニア・ガールズ」というレコードを中心としてストーリーは展開している。これらの断章の中の既述した時間のかみ合わない箇所は、「私」が「エレベーター」から「事務室」に向かう途中で通った長い廊下に「〈936〉のとなりが〈1213〉でその次が〈26〉になっている」(21頁)「でたらめに」並べられた「部屋番号」に呼応しているといえる。

また、「私」が「事務室」から「博士」の「研究室」にたどり着くために必要とされる時間も「15分」である。

70年夏の物語の「二回目」の土曜日に設定されている、断章18における「小指のない女の子」からの「電話」とそれに続く、断章20における「僕」との「8時」での待ち合わせの時間の間に挟まれた「一時間」=「7時~8時」内に、断章11における「DJ」のラジオ番組が挿入されている。「DJ」が登場するのは、11、12、37の「三つ」の断章であるが、「二回目」の土曜日の「ラジオ番組」は断章11に当たる。その裏づけになるのは断章11に記されている「先週は電話がかかりすぎてフューズが飛んじまっ」たという「DJ」の言葉である。この言葉は70年夏の物語が断章12における「7時15分」――「音」の抜かれたところから始まることを示唆していると同時に、断章11は、断章12の「ラジオ番組」から「一週間」後、すなわち70年夏の物語の時間設定において、「二番目」の土曜日に当たるということの証拠にもなっている。

「ハードボイルド・ワンダーランド」では「私」が「博士」の「研究室」に近づいたところ、「博士」は「ポケットの中に両手をつっこんでもそもそ」(45頁)しながら川と滝の轟音を小さくする。この場面は、「DJ」が「雨のジョージア」をかけたのち、「フール・ストップ・ザ・レイン」をかけ、「OFF」状態で終る断章11に似ているといえる。[11]『風の歌を聴け』の構造における「15分」という時間設

(11)『風の歌を聴け』の構造が提示されている図1において「二番目」の土曜日に当たる、断章11のラジオ番組は、「島」すなわち、中間時点に設定されているため、その時点では「カリフォルニア・ガールズ」を伝達するために「ブリッジ」がまた固定されていないということは、この断章が「OFF」状態で終わったことで暗示されていると思われる。また断章11にかけられた「雨」を題に持つ曲も70年夏の物語の「二週間目」から始まる、「一週間目」の物語の「洗いだし」を示唆している。

定と「滝」に辿り着くための時間との一致から、「博士」の「研究室」の前に設置された「滝」は、『風の歌を聴け』において「カリフォルニア・ガールズ」が伝達されている「7時10分~15分」という時間の象徴であるといえる。そして「ハードボイルド・ワンダーランド」の冒頭に見られる「音」をほとんど失った「滝」は、『風の歌を聴け』の断章11の中に言及される「雨」にちんなだ曲同様、「音」の伝達に必要な「ブリッジ」がまだかけられていないことを暗示していると思われる。

一方、「一週間」前に「音抜き」になった「ピンクの女の子」にふたたび「音」が戻されたという件は、70年夏物語の「二週間目」に行われた「ブリッジ」作りに続く、断章37→断章13という順で「15分」のうちに「カリフォルニア・ガールズ」が伝達された時間と呼応していることがわかる。

「ハードボイルド・ワンダーランド」で「7時15分」という「OFF」時間は「無音」になった「ピンクの女の子」に象徴される。「事務室」から、「滝」に隔てられた「博士」の「研究室」にたどり着くために要する「15分」は、『風の歌を聴け』では「カリフォルニア・ガールズ」の伝達が行われる「15分」という時間と重なる。「ピンクの女の子」にふたたび「音」が戻るのは「事務室」と「研究室」を往復するとこによってである。「ピンクの女の子」の「音抜き」から「音入れ」に至る過程は、『風の歌を聴け』の構造において「一週間」ごとに放送されるラジオ番組が挿入されている、断章12→断章11→断章37という順に沿っている。「ピンクの女の子」がふたたびしゃべるようになるまで「私」が「博士」の研究室で「一時間」単位で行った「洗いだし」は、『風の歌を聴け』の断章12で「抜かれた」「15分」という時間に、「浄化」された時間としてたどり着くために「一週間」単位で行われる「洗いだし」と同様の意味を持つことがわかる。

2 「世界の終り」と「ハードボイルド・ワンダーランド」の時間設定

次に「世界の終り」の冒頭章における時間設定と『風の歌を聴け』の時間構図との比較に移りたい。はじめに、「世界の終り」の「一角獣」に関する寓話の中に言及される秩序の変化と「洗いだし」という手法を通して形付けられる「新しい秩序」との関連に着目したい。

春のはじめの一週間だけ、獣たちの戦う姿を見るために人々は望楼に上がる、と門番は言った。雄の獣たちはその時期だけ――ちょうど毛が抜けかわり、雌の出産がはじまる直前の一週間だけ、いつもの温和な姿からは想像もできぬほどに凶暴になり、互いを傷つけあうのである。そして大地に流されたおびただしい量の血の中から新しい秩序と新しい生命が生まれてくるのだ。(36頁)

「一角獣」の世界で秩序の入れ替わりが行われる「春の初めの一週間」とその直後に生まれてくる「新しい秩序と新しい生命」は、『風の歌を聴け』の時間設定において「三番目に寝た女性」が自殺した時期と重なることがわかる。さらに、「一角獣」をめぐる物語における秩序の入れ替わりを、『風の歌を聴け』の70年8月の物語の「二週間」のうちに行われる時間概念と認識の転換と、「ハードボイルド・ワンダーランド」で「無音」になった「ピンクの女の子」に象徴される「新しい秩序」と重ね合わせて考えることができる。このような関連から、「春の最初の一週間」が過ぎた後、「新しい生命」として生まれる「一角獣」を「ハードボイルド・ワンダーランド」の冒頭に「無音」になった「ピンクの女の子」に喩えることができる。

「僕」が初めて「街」にやってきたのも「春」だった。しかも「古い夢読み」という仕事を受けるために最初に「図書館」を訪れた際、そこで番をしている「女の子がカウンタのうしろのドアから姿を見せたのは十分か十五分あとのことだった」（71頁）。「図書館の彼女」が登場するまでに経過した「10分〜15分」、そして「彼女」がその直前に「奥の部屋でかたづけものをしていた」ということからは、「ハードボイルド・ワンダーランド」で「私」が「博士」の「研究室」で行った「洗いだし」すなわち、「かたづけ」によりもたらされた秩序の変化が示唆されている。

上記の場面の位置づけは、「ハードボイルド・ワンダーランド」の「私」が冒頭で吹いていた「DB」の歌詞によって明らかになる。「ダニー・ボーイ」の歌詞は以下の通りである。

Oh Danny boy, the pipes, the pipes are calling
From glen to glen and down the mountain side
The summer's gone, and all the flowers are dying
'Tis you, 'tis you must go and I must bide.

But come ye back when summer's in the meadow
Or when the valley's hushed and white with snow
'Tis I'll be here in sunshine or in shadow
Oh Danny boy, oh Danny boy, I love you so.

And if you come, when all the flowers are dying
If I am dead, as dead I well may be
You'll come and find the place where I am lying
And kneel and say an "Ave" there for me.

And I shall hear, tho' soft you tread above me
And all my dreams will warm and sweeter be

If you'll not fail to tell me that you love me
I'll simply sleep in peace until you come to me.
I'll simply sleep in peace until you come to me.

おお　ダニー　笛の音が　あの笛の音が呼んでいる
谷から谷へ　山肌をぬって響き渡る
夏は去り　すべての花は枯れてゆく
お前は　お前は行かねばならない　私を残して

でも帰っておいで　草地が夏を迎える頃か
谷がしんと静まり　雪で白くなる頃には
私はここで　影に日向に待っているから
おお　ダニー　おお　ダニー　お前を愛しているよ

もしもお前が帰る頃　すべての花は枯れ

たとえ私が　もう死んでいたとしても
お前はきっと見つけてくれる　私の眠る場所を
そしてひざまづき　別れの祈りを捧げてくれる

私はきっと聞くだろう　私の上にお前の柔らかな足音を
そして見る夢はすべて　あたたかく甘いものになるだろう
もしもお前が忘れずに　愛していると言ってくれるなら
ただ安らかに眠ろう　お前が私のもとに来てくれるまで
ただ安らかに眠ろう　お前が私のもとに来てくれるまで

（藤野治美訳）

この歌詞に基づいていえば、『風の歌を聴け』の「カリフォルニア・ガールズ」の伝達のあと、「ＯＦＦ」状態になった物語を象徴するのは、「街」の「図書館」に残された「図書館の彼女」である。「彼女」は上の歌詞の「残さ」れた側にいる。他方、外の世界に出された側にいると考えられるのは、「ハードボイルド・ワンダーランド」の冒頭で「私」の前に現れた「無音」の「ピンクの女の子」である。

「DB」の歌詞における「外」と「内」の関係は、夕暮れどきに「街」の「西の門」から「壁」の外に引き出され、そして毎朝ふたたび「街」に呼び戻されるようになる「一角獣」をめぐる寓話にも反映されている。「街」の「門番」が角笛で吹く「一定の音声パターン」を合図にして、日々繰り返される儀式は次のように語られている。

夕闇が街並を青く染めはじめる頃、僕は西の壁の望楼にのぼり、門番が角笛を吹いて獣たちをあつめる儀式を眺めたものだった。角笛は長く一度、短く三度吹き鳴らされた。それが決まりだった。角笛の音が聞こえると僕はいつも目を閉じて、そのやわらかな音色を体の中にそっと浸み込ませた。角笛の響きは他のどのような音の響きとも違っていた。それはほのかな青味を帯びた透明な魚のように暮れなずむ街路をひっそりと通り抜け、舗道の丸石や家々の石壁や川沿いの道に並んだ石垣をその響きでひたしていった。大気の中にふくまれた目に見えぬ時の断層をすりぬけるように、その音は静かに街の隅々にまで響きわたっていた。

角笛の音が街にひびきわたるとき、獣たちは太古の記憶に向かってその首をあげる。千頭を超える数の獣たちが一斉に、まったく同じ姿勢をとって角笛の音のする方向に首をあげるのだ。あるものは大儀そうに金雀児の葉を噛んでいたのをやめ、あるものは丸石敷きの舗道に座りこんだままひづめでこつこつと地面を叩くのをやめ、またあるものは最後の日だまりの中の午睡から醒め、それぞれに空中に首をのばす。

その瞬間あらゆるものが停止する。動くものといえば夕暮の風にそよぐ彼らの金色の毛だけだ。彼らがそのときにいったい何を思い、何を凝視しているのかは僕にはわからない。ひとつの方向と角度に首を曲げ、じっと宙を見据えたまま、獣たちは身じろぎひとつしない。そして角笛の響きに耳を澄ませるのだ。やがて角笛の最後の余韻が淡い夕闇の中に吸いつくされたとき、彼らは立ちあがり、まるで何かを思いだしたかのように一定の方向を目指して歩きはじめる。束の間の呪縛は解かれ、街は獣たちの踏みならす無数のひづめの音に覆われる。その音はいつも僕に地底から湧きあがってくる無数の細かい泡を想像させた。そんな泡が街路をつつみ、家々の塀をよじのぼり、時計塔さえをもすっぽりと覆い隠してしまうのだ。

しかしそれはただの夕暮の幻想にすぎない。目を開ければそんな泡はすぐに消えてしまう。それはただの獣のひづめの音であり、街はいつもと変わることのない街だ。（30～31頁）

この引用部分の終わりに言及される「夕暮の幻想」という表現を借りながら、「門番」の角笛により一瞬動きを止めた、金色輝く「一角獣」が描かれた上記の全体の場面を本論では「秋の初めの週」に起こされた「夕暮の幻想」として考えたい。それは、「門番」の角笛によって呼び起こされた「夕暮の幻想」は、『風の歌を聴け』における「カリフォルニア・ガールズ」の伝達により「5分」のうちに起こされた「幻想」と響き合っているからだ。ここで用いられる「幻想」とは「音」の伝達により再現された「言葉不在」の世界を意味するのである。

またこの場面を「ハードボイルド・ワンダーランド」冒頭の構造に照らし合わせると、「無音」の「ピンクの女の子」と「音入れ」になった「ピンクの女の子」の間に横たわる「一週間」と「一角獣」の体毛が金色に覆われてくる「秋の初め」の「一週間」との関連が見て取れる。「ピンクの女の子」がつねに付けている「金のイアリング」も「夕暮の幻想」の「一角獣」の描写を想起させる。さらに、『世界の終りとハードボイルド・ワンダーランド』の両方の物語の冒頭場面で「門番」と「博士」各々が「音」を操作していることからも、「博士」が「ピンクの女の子」に「音」を取り戻すために地上に出かけた場面は、「世界の終り」で「門番」が角笛によって呼び起こした「夕暮の幻想」に繋がっているといえる。

断章23は「三番目に寝た」女性の「言葉」で始まり、そして彼女の自殺が知らされた「言葉」で終る。「僕」が「三番目に寝た」女性と最初に出会ったのは、彼女の自殺から「一年」前の「春」に当たり、そして出会いの場は大学の「図書館」であった。

『風の歌を聴け』では、「二週間目」に行われた「洗いだし」により、断章23における「B」の部分が「B」曲＝「エルヴィス・プレスリー」の曲に置き換えられたが（『風の歌を聴け』の図3参照）、断章23の「B」の部分の冒頭の時間設定である「69年8月15日」と70年夏の物語の最初日である「8月8日」の間に見られる「一年・一週」の差は、断章23の「B」の部分から「一年」後に設定されている70年夏の物語の中に「一週間」単位で行われる断章23の「B」の部分の「洗いだし」と対応していた。

「ハードボイルド・ワンダーランド」と「世界の終り」の時間設定を照合させると、「世界の終り」冒頭の章からの引用部分に見られる、金色輝く「一角獣」と関連する「秋の初めの一週間」いう時間は、「ハードボイルド・ワンダーランド」の時間設定である「9月29日~10月3日」と対応していることがわかる。「世界の終り」では「一週間」のうちに金色輝く「一角獣」と、「ハードボイルド・ワンダーランド」の冒頭で「一週間」前に「ピンクの女の子」が「無音」になったという場面を重ねあわせると、「一角獣」が一瞬の輝きを見せたあと、この秋の「夕暮の幻想」の消滅は、「無音」になった「ピンクの女の子」で語られていると言える。

「ピンクの女の子」に「音」が取り戻された場面は、『風の歌を聴け』の断章23と70年の夏の物語の「一年・一週間」の時間のずれとそこから読み取れる「洗い出し」との関連からいえば、「ピンクの女の子」の「9月29日」の登場により、「一週間」前に設定されている「夕暮れの幻想」の場面、すなわち「世界の終り」の物語の「洗いだし」が始まることを意味する。「ハードボイルド・ワンダーランド」冒頭の「ピンクの女の子」が「無音」状態であることは、『風の歌を聴け』の冒頭の断章12における「DJ」からの「7時15分」の「電話」に象徴される、物語における時間が「OFF」状態であることの表れとして読み取れる。すなわち、『風の歌を聴け』の断章12における「DJ」からの「電話」が「僕」にかかった時点から断章23の「B」の部分の「洗いだし」がはじまるように、「ピンクの女の子」の登場により、「世界の終り」の「一角獣」をめぐる寓話は「ハードボイルド・ワンダーランド」の文脈の中に新たに語り始められるようになる。

「世界の終り」の「図書館の彼女」の最初の登場は、『風の歌を聴け』における「カリフォルニア・ガールズ」の伝達のあと、「OFF」状態になった断章23を示唆している。「OFF」状態になった断章23は、「カリフォルニア・ガールズ」の伝達のあと、「街」の「図書館」に葬られていると解釈できる。

「街」の「図書館」に葬られた断章23とこの断章と関連する「世界の終り」の物語の「洗いだし」は、「図書館」に葬られてから「一年」後に、「無音」の「ピンクの女の子」が「ハードボイルド・ワンダーランド」の物語に登場した時点から始まっていると考えられる。

それは「一角獣」の「頭骨」は「一年間地中に埋められてその力を静められてから図書館の書庫にはこばれ、夢読みの手によって大気の中に放出される」（下巻、222頁）という記述からうかがえる。ここに言及される「一年」は、『風の歌を聴け』における「僕」と「鼠」の「一年」の年の差を反映している。

『風の歌を聴け』の「車」の事故のあと「僕」が「鼠」と「チーム」を組んだことには、「僕」が「1967年春」に断念した「正確な言葉」を分身の「鼠」に託す意味があった。「鼠」が「死んだ」時間において受け継いだ「正確な言葉」を、分裂した「17歳」の「僕」の「頭」の象徴として解釈すれば、「世界の終り」における「一角獣」の「頭骨」も「17歳」のときに断念した「正確な言葉」の象徴として考えることができる。第一章に述べたように、断章23に最後の一行を付け加えることで「28歳」の「僕」すなわち、「村上春樹」は『風の歌を聴け』を完成させた。ここで最後の一行における

「OFF」状態の「言葉」を「街」の「図書館」に保管されている「一角獣」の「頭骨」に喩えることができる。「街」の「図書館」に保管されている「一角獣」の「頭骨」はすなわち、そこに葬られている断章23の象徴として考えられる。

死んだ「一角獣」の「頭骨」が「一年」後に「夢読み」の手によって読まれるという時間設定を「ハードボイルド・ワンダーランド」の冒頭の章に照らし合わせると、「無音」の「ピンクの女の子」に「音」が戻った時点で、「世界の終り」の「図書館」に葬られた断章23の再生が始まるということがいえる。「世界の終り」の「図書館」に葬られた断章23の再生はすなわち、「一年」後に設定されている「ハードボイルド・ワンダーランド」の物語において行われている。

「世界の終り」の「図書館の女の子」の「影」と「ピンクの女の子」の間にも類似性がある。「図書館」の「彼女」の「影」は「17歳」のときに死んだことから、同じく「17歳」である「ピンクの女の子」との接点が見られる。この「影」は、「彼女」が「4歳」のときに離され（294頁）、そして「17歳」のときに「街」に戻り、そこで死んだあと「りんご林の中に埋められ」ている（288頁）。この「影」の死は、「無音」になった「ピンクの女の子」、そして『風の歌を聴け』で不伝達に終った「カリフォルニア・ガールズ」と呼応すると思われる。「無音」の「ピンクの女の子」の首筋から漂う「メロン」の匂いをしたオーデコロン（24頁）は「りんご林」に埋められた「影」と呼応し、「音」の死を示唆しているといえる。つまり、『風の歌を聴け』の断章12で「抜かれた」「15分」が暗示する「カリフォルニア・ガールズ」の不伝達は、「ハードボイルド・ワンダーランド」では「無音」の「ピンクの女の子」と呼応し、そして不伝達に終わった「音」の象徴として、「世界の終り」の「りんご林」に埋められた「影」が挙げられる。

『風の歌を聴け』の断章12における「7時15分」の「電話」が果たしている役割から浮上してきたこの小説の循環の構造は、『世界の終りとハードボイルド・ワンダーランド』では「DB」という唄の中に見られる四季の循環と響き合っている。この「唄」における時間設定は、夏の終わりから始まり、冬で締めくくられているが、同様の季節感は「世界の終り」の時間設定にも反映されている。この「唄」の中に笛の音と共に「外」の世界に出て行く「ダニー」は、「夢読み」の手によって読まれた「一角獣の頭骨」が大気の中に放出されているイメージと共振していると思われる。そして「夢読み」の手によって大気に放出された「頭骨」は、「門番」の角笛によって「壁」の外に出された「一角獣」と関連付けることができる。このような関連から、「世界の終り」の中に挿入されている「一角獣」をめぐる物語は「DB」の寓意化であるといえる。この寓話の「洗いだし」は、『風の歌を聴け』の断章23が「街」の「図書館」に葬られてから「一年後」に、「ピンクの女の子」の登場とともに「ハードボイルド・ワンダーランド」の物語の中で行われているのである。

3 「ハードボイルド・ワンダーランド」における「9月29日〜10月1日」の物語と『風の歌を聴け』の「古い秩序」に属する物語

しかし「世界の終り」の寓話の「洗いだし」は「ハードボイルド・ワンダーランド」の物語の中でどのように行われているのであろう。それを見る前に、まず「洗いだし」が始まる前の、「ハードボイルド・ワンダーランド」の最初の「三日間」に及ぶ物語の時間設定および物語の構造に注目しなければならない。

『風の歌を聴け』の70年夏の物語の第一日目に「ジェイズ・バー」の「トイレ」で発見された「小指のない女の子」は、前述のように「ハードボイルド・ワンダーランド」冒頭で「無音」状態で現れた「ピンクの女の子」に呼応している。そして「ジェイズ・バー」の「トイレ」に寝転んでから「一週間」後に、彼女が「僕」に「電話」をかける断章18の場面は、「ハードボイルド・ワンダーランド」で「ピンクの女の子」が最初に登場してから「三日目」の「10月1日」に、彼女が「祖父」の助けを求めるために「私」に「電話」をかける場面（213頁）と対応しているといえる。『風の歌を聴け』の断章18における「小指のない女の子」からの「電話」は、翌日の「第二週」の日曜日から始まる前週の物語の「洗いだし」を示唆するように、「ピンクの女の子」が「私」に「電話」をかけたあと、同じ日の夜に設定されている「地下世界」への探求は、「世界の終り」の物語、そして「9月29日」〜「10月1日」までに語られる「ハードボイルド・ワンダーランド」の物語の「洗いだし」を暗示していると思われる。

上記の時間設定に注目すると、『風の歌を聴け』で「二週間」のうちに断章23「B」の部分の「洗いだし」が行われたあと、「14日＋4日」という構造における残りの「4日」は、「ハードボイルド・ワンダーランド」の物語の時間設定と重なり、「世界の終り」の物語の「洗いだし」のために設けられた時間であるということがいえる。「小指のない女の子」と「ピンクの女の子」の最初の登場から、「一週間」・「三日」後に再登場するまでに記述された物語は、「古い秩序」における「連続的な」時間のもとに語られていると思われる。『風の歌を聴け』の断章23の「B」の部分に見られる、身体的な表現と数値に基づいた記述は、70年夏の物語の「一週間目」において「僕」が「寝た」相手の数をめぐる断章19と呼応し、「連続的」な時間における記述、すなわち「言葉」として読み取れる。「ハードボイルド・ワンダーランド」の最初の「三日間」に語られる物語も直線的に並べられた数値と身体的な表現に基づいていることがわかる。

「ピンクの女の子」との出会いの直後に「私」が回想する、その時点まで「寝た」太った女の子の数とその回数と関連する年号は、「古い秩序」において「連続的」に語られているといえる。70年夏の物語において「連続的」な時間の流れの途絶えは、「僕」に「カリフォルニア・ガールズ」を貸してくれた高校時代の「クラス・メート」の探索が開始から「三日」後に打ち切られたことに象徴される。「ハードボイルド・ワンダーランド」では、「博士」の救助を求める「ピンクの女の子」からの「電話」が「10月1日」に「私」にかかったあと、彼が待ち合わせ先である「スーパー」にたどり着いた際、そこに「ピンクの女の子」が現れなかった場面も「音」の不伝達を示唆している。「ピンクの女の子」は「スーパー」が大好きで、「スーパー」と「事務所」を往復し（84頁）、「週に一回」だけ家に帰る。このことから「スーパー」は「進化」の象徴であるといえる。また上記の場面における「スーパー」を「博士」が進化の境地として挙げている「無音」（85頁）の世界と結び付けることもできる。

「私」の部屋に押しかけてきた「二人組」の男は「私」の所有品のうち「大事なもの」を次から次へと壊していく中で（２４３頁）「ヴィデオデッキ」と「TVモニター」が粉々になった場面は、『風の歌を聴け』の断章4における「車」の事故と関連付けることができる。『風の歌を聴け』では「僕」が「17歳」のときに遭った「車」の事故は、「言葉」および「個の認識」の破壊を象徴するということはそのときに生じた語り手の分裂に支えられている。それに対して、「ハードボイルド・ワンダーランド」で破壊された上記の品物は「音」と「映像」の消滅を語っているのである。また「部屋」の中に散乱する品物は、「私」が回想する故郷の浜辺の風景（下巻、２９７頁）の中に、台風の前に浜辺に捨てられたものと呼応しているといえる。「私」の部屋の破壊が語られる場面は断章23の「B」の部分と呼応し、その日の夜から始まる「古い秩序」の「洗いだし」を示唆しているのである。

「古い秩序」における「音」の死は、「地下世界」への突入の前に挿入されている「ゴムの木」、「煙草の吸殻」そして「アイス・キャンディーの棒」というモチーフを通して改めて語られていると思われる。「世界の終り」で「りんごの木」の下に埋葬された「図書館の彼女」の「影」が不伝達に終わった「音」の「死」の象徴であるのに対して、「ハードボイルド・ワンダーランド」では「りんごの木」に対応しているのは、「私」が住んでいる建物の玄関に置かれた「ゴムの木」の鉢植え（274頁）である。「ゴムの木」の鉢植えの中に捨てられた「アイス・キャンディーの棒」と「煙草の吸殻」は「ハードボイルド・ワンダーランド」における「音」の「葬式」を示唆していると思われる。「吸殻」は、『風の歌を聴け』の断章23の最後の一行に言及される「煙草」と呼応し、そして「アイス・キャンディー棒」は、「ハードボイルド・ワンダーランド」の「図書館」の「女性」が「私」に「一角獣」の歴史について話した際に触れた「一角獣」の「写真」と関連していると思われる。「写真」の中には「一角獣」の「頭骨」の大きさを示すために、そばに「腕時計」（179頁）が置かれているが、この「腕時計」は上記の「アイス・キャンディーの棒」と対応していると考えられる。

『風の歌を聴け』の中に言及される「腕時計」は「浄化」された「15分」という時間の比喩であることがわかる。断章23における「星マーク」が象徴する、「カリフォルニア・ガールズ」の伝達が行われる「5分」とそれに先立つ「10分」は、『風の歌を聴け』の構造が示されている図1において「浄化」された時間として示されている。その時間にたどり着くために『風の歌を聴け』の70年夏の物語の中に行われる「連続的な」時間の「洗いだし」は、「僕」が「寝た三人の女性」と関連する時間を遡る形で行われた。「僕」が「一番目の相手」と「寝た」前に、この相手は「腕時計」をはずしたが、それは

70年夏の物語の中で行われた「洗いだし」の終了を意味していた。すなわち、「腕時計」をはずすという行為は、『風の歌を聴け』における時間の流れは「7時〜7時15分」の時間に切り替わったことの象徴である。このことを踏まえると、上記の「一角獣」の「頭骨」の「写真」における「腕時計」というモチーフは、「街」の「図書館」に保管されている「頭骨」に象徴される、「ＯＦＦ」状態になった断章23の再生を暗示していることがいえる。

「僕」が寝た「三人の女性」と断章23に言及される「存在理由《レーゾン・デートゥル》」との関連に基づいて、ここで「私」に「一角獣」の「写真」を見せた「ハードボイルド・ワンダーランド」の「図書館の女性」と『風の歌を聴け』の断章23との関わりを探ってみたい。

『風の歌を聴け』の70年夏の物語と断章23の構造をあわせた図1では、「一番目」の相手が「腕時計」をはずしたという行為は、「僕」が以前「存在理由《レーゾン・デートゥル》」をテーマに書こうとしたけれども「未完成」に終わった小説が言及される、断章23の「星マーク」「Ａ」の下の「10分」という箇所と呼応している。『風の歌を聴け』の考察を通して明らかになったように、断章23における「言葉」が「音」に転換されることによって断章23の再生が行われ、そして断章23の「星マーク」において伝達された「カリフォルニア・ガールズ」は、「僕」の「存在理由《レーゾン・デートゥル》」の回復に繋がっている。

「ハードボイルド・ワンダーランド」の「図書館」の女性が「私」の家を最初に訪れた際、食事のあとで二人は性関係を結ぼうとしたが、そのときには「私」の「ペニス」は勃起しなかった。しかも「私」の「ペニスが勃起しなかった」のは「東京オリンピックの年以来はじめて」（１５６頁）であるといわれる。東京オリンピックが開かれた「１９６４年」は、『風の歌を聴け』の断章23の「１９６３年」と結びついている。伝達された「カリフォルニア・ガールズ」と関連する「１９６３」年は「14歳」まで「無口」だった「僕」に象徴される「言葉不在」、無垢の世界の復元を指している。「ハードボイルド・ワンダーランド」で「私」の「勃起しなかったペニス」と関連する「１９６４年」を『風の歌を聴け』の図1に連続的に並べてみると、「私」の「勃起のしないペニス」は、断章23における「A」の下に言及される「存在理由《レーゾン・デートウル》」について「未完成」に終わった小説と呼応していることがわかる（『世界』の図1参照）。つまり「１９６４年」における「勃起しないペニス」は、語り手の「存在理由《レーゾン・デートウル》」と結びついているということがいえる。それに対して、「ハードボイルド・ワンダーランド」の最初の「三日間」に言及される、「私」が「１９６４年」以降「女性」と「寝た」行為は、『風の歌を聴け』の断章23の「B」の部分、そして70年夏の物語の「一週間目」に記述される身体的な表現と同様の意味を持ち、「連続的」な時間の中で語られている。

上記のように、「一角獣」の「頭骨」の「写真」における「腕時計」というモチーフは『風の歌を聴け』の「僕」が「一番目に寝た相手」と「ハードボイルド・ワンダーランド」の「図書館の女性」の接点になっている。「私」に一角獣の頭骨の「写真」を見せた「図書館」の「女性」は、『風の歌を聴け』の「一番目の相手」同様、断章23の「存在理由《レーゾン・デートウル》」についての「未完成」の小説と関わっているということがいえる。一方、「ゴムの木」の鉢植えの中に置かれた「煙草の吸殻」と「アイス・キャンディーの棒」は、『風の歌を聴け』における「カリフォルニア・ガールズ」の伝達のあと「ＯＦＦ」状態になった断章23を暗示しているのである。

4 「シャフリング」の意味について

しかし「私」が行なう「シャフリング」は、一体、何を意味しているのだろうか。「私」は「洗いだし《ブレイン・ウォッシュ》の済んだ数値」を「コンピューター計算用の数値」に並べかえることで「シャフリング」を「少なくとも二時間の間」行うという。「シャフリング」のパスワードである〈世界の終り〉と「私」の「意識の核」とのつながりは次のように説明されている。

私のシャフリングのパスワードは〈世界の終り〉である。私は〈世界の終り〉というタイトルのきわめて個人的なドラマに基づいて、洗いだし《ブレイン・ウォッシュ》の済んだ数値をコンピューター計算用に並べかえるわけだ。もちろんドラマといってもそれはよくTVでやっているような種類のドラマとはまったく違う。もっとそれは混乱しているし、明確な筋もない。ただ便宜的に「ドラマ」と呼んでいるだけのことだ。しかしいずれにせよそれがどのような内容のものなのかは私にはまったく教えられてはいない。私にわかっているのはこの〈世界の終り〉というタイトルだけなのだ。

このドラマを決定したのは『組織《システム》』の科学者連中だ。私が計算士になるためトレーニングを一年にわたってこなし、最終試験をパスしたあとで、彼らは私を二週間冷凍し、そのあいだに私の脳波の隅から隅までを調べあげ、そこから私の意識の核ともいうべきものを抽出してそれを私のシャフリングのためのパス・ドラマと定め、そしてそれを今度は逆に私の脳の中にインプットしたのである。彼らはそのタイトルは〈世界の終り〉で、それが君のシャフリングのためのパスワードなのだ、と教えてくれた。そんなわけで、私の意識は完全な二重構造になっている。つまり全体としてのカオスとしての意識がまず存在し、その中にちょうど梅干しのネタのように、そのカオスを予約した意識の核が存在しているわけなのだ。（190～191頁）

〈世界の終り〉が「私」のパスワードとして定められるようになるまでの時間設定に目を向けると、「私」は「計算士」になるために「一年」にわたってトレーニングをこなし、そのあとで『組織《システム》』の科学者によって「二週間」「冷凍」されていた間に「意識の核」が引き出されたと記されている。ここに言及される「トレーニング」に必要とされる「一年」は、断章23の「B」の部分の冒頭の時間設定と70年夏の物語の時間設定の間に横たわる「一年」と呼応し、そして「意識の核」が抽出されるまでにかかった「二週間」という時間単位は、『風の歌を聴け』の70年夏の物語において「カリフォルニア・ガールズ」が伝達されるようになるまでの「二週間」と一致するのである。

また、「シャフリング」を行う前に必要な手続きとして挙げられる「テープレコーダー」の設定に注目すると『風の歌を聴け』の構造との繋がりがさらに明確になる。「私」がテープレコーダーの「ディジタル式のテープ・カウンターを16まで進め、次に9に戻し、ふたたび26に進め」て（195頁）から、「定められた音声パターンを三回繰り返して」聞いたあと―それは信号であり、〈世界の終り〉のコールと共に「シャフリング」が始まると語られている。この一連の工程において「私」が操作した「テープ・カウンター」の「三つ」の数値は、「私」が「博士」の「研究室」で「洗いだし」を行った後に引き出された数値、すなわち「洗いだし」済みの数値として考えることができる。「私」が「シャフリング」を始める前に欠かさずに行う「洗いだし（ブレイン・ウオッシュ）」という作業は、既述した通り、「与えられた数値を右側の脳に入れ、まったくべつの記号に転換してから左側の脳に移し、左側の脳に移したものを最初とはまったく違った数字としてとりだし、それをタイプ用紙にうちつけていく」（59頁）作業であるが、このプロセスを『風の歌を聴け』の70年夏の物語の中に行われる断章23の「B」の部分の「洗いだし」と関連づけて言えば、まん中に線を引いた「ノート」に喩えられた断章23の「右側」に収められた「連続的」に並べられた「数値」は、70年夏の物語の中に「音」を表す数値に転換され、「ノート」の「左側」に移されたあと、「二週間」後に行われる「カリフォルニア・ガールズ」の伝達に伴い、「浄化」された時間――15分を示す数値として取り出されている。

テープ・カウンターの「三つ」の数値も、「カリフォルニア・ガールズ」の伝達のあと「洗いだされた」断章23において「音」を表す数値として考えることができる。

『風の歌を聴け』の70年夏の物語は「7時15分」に設定されている「DJ」からの「電話」（断章12）

が象徴する、不伝達に終わった「カリフォルニア・ガールズ」すなわち、「音」の死からはじまる。この物語における時間が一周して、断章13における「カリフォルニア・ガールズ」の伝達の時間のあと、断章12の「電話」の時間に立ち戻ると、その時点でこの「電話」は「音」の死と共にこの小説の死を告げている。70年夏の物語における時間の流れがふたたび「7時15分」に戻ると、この時間が暗示する「音」の「二回目」の死を表すために「7時15分」+「1分」=「7時16分」というように『風の歌を聴け』の時間設定を変更させることができる。

この「16分」は上記の「テープ・カウンター」の「16」に対応し、まん中に線の引いた断章23の「左側」に「洗いだし」済みの数値として書き込むことができる。また、『風の歌を聴け』の末尾に「OFF」状態になった断章23と呼応する、「無音」状態の「ピンクの女の子」の登場も「16分」に設定することができる。「ピンクの女の子」が「エレベーター」の前に現れた時間に相当する「16分」はすなわち、上記の「テープ・カウンター」の「16」という数値に対応すると思われる。

「16」に続く「9」も「一週間」前に「無音」になった「ピンクの女の子」を語っている。そして「26」という数値に関して、それを「9→17=26」というように、「9」からそれにたどり着くために「17」という数値に置き換えることとする。さらに、この「17」を「14+3」に分解された数値として考えると、「17」は『風の歌を聴け』の70年夏の物語の時間設定である「二週間」=「14」、そして「ハードボイルド・ワンダーランド」の最初の「三日間」=「3」の時間設定を示している。

この「14」は『風の歌を聴け』の構造において「カリフォルニア・ガールズ」の伝達に至る「二週

間」＝「14」という時間設定と重なり、「カリフォルニア・ガールズ」の伝達と共に、断章23の「左側」に「洗いだし」済みの数値として取り出されている。また『風の歌を聴け』の構造に基づいた「ハードボイルド・ワンダーランド」の冒頭の場面で「一週間」前に「音抜き」になった「ピンクの女の子」にふたたび「音」が戻った時点で、「音入れ」になった「ピンクの女の子」は、『風の歌を聴け』で「カリフォルニア・ガールズ」の伝達と結びついている「二週間」＝「14」という数値に対応するのである。

次に「3」の意味についてであるが、この数値は「ピンクの女の子」が「音入り」になったから「ハードボイルド・ワンダーランド」の物語において「洗いだし」が始まるまでに設定されている「三日間」と重なっている。「連続的」な時間における「3」の「洗いだし」は、「私」が「シャフリング」を行う直前に定められた「音声パターン」を「三回」聞くことによって行われていると思われる。「私」が「シャフリング」の前に「三回」繰り返して聞く「音声パターン」と上記の「14＋3」という数値との関連をさらに探るには、「世界の終り」の物語において「門番」が「一角獣」を「街」から外の世界に移行させるために、「信号」として角笛を「長く一度、短く三度」吹き鳴らす（31頁）という場面が参考になる。「門番」が角笛を「一度長く」ならした「音」に対応するのは「14」＝「カリフォルニア・ガールズ」であると思われる。そして「三回短く」吹かれた角笛は「3」という数値に関わっている。

また、「門番」が「三回短く」鳴らした角笛と関連する「3」は、「ハードボイルド・ワンダーランド」の最初の「三日間」の物語で「私」に「三回」かかってきた「電話」と呼応している。「三回」「電話」がかかったうち、「地下世界」への突入の前に「ピンクの女の子」が「二回」かけた「電話」は、『風の歌を聴け』の断章18と断章22において「小指のない女の子」から「二回」続けてかけられた「電話」同様、「洗いだし」の前に出された「信号」としての役割を果たしているといえる。断章22における「電話」を合図に、同断章の末尾から「連続的な」時間における数値の「洗いだし」が始まるという『風の歌を聴け』の構造を踏まえ、「博士」の救助を求める「ピンクの女の子」からの「電話」が引き続き「二回」かかったあと、「テープ・カウンター」「14＋3」の「3」という数値の「洗いだし」が行われたということがいえる。

それではどのように上記の「14＋3」という数値の「シャフリング」が行われたのだろうか。「私」は「シャフリング」を行う前に、「洗いだし」済みの転換数値を「左」に置き、そして「新しいノート」を「右」に置く（195頁）。このことから「左」に置かれた数値に対応するのは「洗いだし」済みの「14＋3」という数値であると解釈できる。この「14＋3」と呼応する「門番」のならす角笛の合図も、地理的な位置から言えば「街」の「左」側に置かれた「門」から出されているのである（「街」の地図参照、巻末267頁）。

「ピンクの女の子」が「私」に「電話」をかけたことによって「3」という数値の「洗いだし」が行われていると解釈すれば、「電話」をかけた日（10月1日）の夜から始まる「地下世界」の探索は、「世界の終り」の物語において「門番」が「長く一度、短く三度」角笛を鳴らすことによって「一角獣」

を「街」へ誘導することと呼応していると言える。「ピンクの女の子」が「シャフリング」に必要な「信号」、すなわち「電話」をかけたことを機に、「14＋3」という数値が「ノート」＝「街」の地図の左側に移される。「地下世界」への突入は、「門番」の角笛のコールにより「一角獣」が「街」に呼び寄せられている寓話の「洗いだし」の始まりでもある。本論で「街」の地図における「門」を「ハードボイルド・ワンダーランド」の「三日目」の日に「音」の死が語られたあと、「閉じられる」ようになった「私」と「僕」の「耳」の象徴として考えたい。そして「壁」に囲まれた「街」全体は、「東京オリンピック」以来「進化的連続性」と表象された時間が「進化」の終焉に伴い「無音」になったことの比喩であるといえよう。

5 「地下世界」における「古い秩序」の「洗いだし」

今までの考察から明確になったように、「14＋3」という数値の「洗いだし」によって生まれた「新しい秩序」において、「ピンク」は「生まれたての一角獣」として「私」を「10月1日」の夜に「地下世界」へ導く役を与えられている。暗黒世界への移行は、「世界の終り」の「街」の「門」によって象徴される「私」の「閉じられた耳」の突破を同時に意味する。「ピンクの女の子」と「私」が「地下世界」に突入した時点から、「世界の終り」の「街」の地図の「洗いだし」が始まるのである。

「世界の終り」の物語における「古い秩序」の象徴としての「一角獣」の「頭骨」は、「1967年」に生じた語り手の分裂を暗示している。『風の歌を聴け』の断章4における「車」の事故以来、語り手の分身である「鼠」は、「一角獣」の比喩でいえば「頭骨」・「頭」の象徴として「死んだ時間」において真実を語っている。断章23の「星マーク」の箇所に伝達された「カリフォルニア・ガールズ」が挿入されたあと、最後の一行における「正確な言葉」は「街」の「図書館」に葬られているということがいえる。「街」の「図書館」に保管された「一角獣」の「頭骨」とは、すなわち「OFF」状態になった断章23の比喩であり、「街」の地図そのものも「OFF」状態になった断章23の象徴として理解できる。その意味で、「地下世界」への突入は「OFF」状態の断章23に喩えられた「街」の地図の「洗いだし」の始まりを意味するのである。ここで私が用いる「洗いだし」は、『風の歌を聴け』の構造を例にいえば、『風の歌を聴け』の断章23の「B」の部分における「言葉」と「連続的」に並べられた数値が「音」――「カリフォルニア・ガールズ」を表現する物語・数値に転換されていく過程を指す。本章でも「古い秩序」の象徴である「世界の終り」の物語における「言葉」が「音」を表現する物語に再構築される過程を、「洗いだし」という用語を用いながら「言葉」と「音」の関係を考察していきたい。

「地下世界」への移行が「私」の「左耳」から「頭」への突入であると解釈すれば、「街」の中心を流れる「川」に隔てられた、「街」の「北半分」は、分裂した語り手の「頭」の象徴として理解できる。

一方「街」の「南半分」は語り手の「体」の象徴である。「死んだ時間」における「言葉」に基づいた「世界の終り」の物語が語り手の「頭」に関わるとすれば、「私」が「1964年」以降「寝た太った女性」の数とそれに関連した年号が「連続的」に語られる「ハードボイルド・ワンダーランド」の物語は、語り手の「体」に関わるのである。身体的な表現に基づく「ハードボイルド・ワンダーランド」の最初の「三日間」の物語、そして「私」と「ピンクの女の子」が「暗黒世界」に入り込んだのち「やみくろ」の聖域に辿り着くまでに語られる物語双方とも、語り手の「表層意識」に関連して語られていると解釈できる（図1参照、巻末266頁）。対して、「街」の「北半分」＝「頭」と、この領域と重なる「やみくろの聖域」は、語り手の「深層心理」＝「意識の核」を指しているのである（図1参照）。

それではどのようにして「暗黒世界」に入ったのちに語り手の「表層意識」と関連する「連続的」な時間における身体的な表現の「洗いだし」が行われるのであろうか。

「私」と「ピンクの女の子」が奇妙なビルに向かう途中で見かけた「スカイライン」とそこに乗っていた若い男女をめぐるエピソードは、「私」が信号を待っていた間に目に浮かんだ風景の一部として語られている。その場面で現代風の音楽を流しながら夜の都市を駆けめぐる「スカイライン」は、「進化的連続性」の象徴である。

私の車の（中略）右横にはスポーツタイプの白いスカイラインに乗った若い男女がいた。夜遊びに向かう途中か帰る途中かはわからないが、二人ともなんとなく退屈そうな顔をしていた。二本の銀のブレスレットをつけた左手首を窓の外に出した女がちらりと私の方を見た。べつに私に興味があったわけではなく、他にこれといって見るべきものがないので私の顔を見たのだ。(320頁)

このエピソードの構成に注目すると、「私」の目線がまず「右横」に止まった「車」に行き、そしてそこから「車」に乗っていた「女」の「左手首」に移っている。このような構成は、『風の歌を聴け』で「僕」と「寝た三人の女性」に象徴される「連続的」な時間——図1の右側に書き込まれた数値——を「車」での移動によって繋いでいく70年夏の物語の「一週間目」の構造を連想させる。上の地上の風景の一コマの「洗いだし」がどのように行われているかは、「私」が「暗黒世界」に世界に入ってから想像していた「スカイライン」の「女」とのセックスをめぐる場面との比較によって明らかになる。

私は自分がスカイラインの運転席に座り、隣に女の子を乗せて、デュラン・デュランの音楽とともに夜中の都市を疾走しているところを想像してみた。あの女の子はセックスをするときに左の手首にはめた二本の細い銀のブレスレットをはずすのだろうか？　はずさないでくれればいいな、と私は思った。服を全部脱いだあとでも、その二本のブレスレットは彼女の体の一部みたいにその手首にはまっているべきなのだ。(中略)

私は自分がブレスレットをつけたままの彼女と寝ている様を想像してみた。彼女の顔がまるで思い出せなかったので、私は部屋の照明を暗くすることにした。暗くて顔がよく見えないのだ。藤色だか白だか淡いブルーだかのつるつるとしたシックな下着をとってしまうと、ブレスレットが彼女が身につけている唯一のものとなった。それはかすかな光を受けて白く光り、シーツの上で軽やかな心地良い音を立てた。

そんなことをぼんやりと考えながら梯子を下りていくうちに、雨合羽の下で私のペニスが勃起しはじめるのが感じられた。やれやれ、と私は思った。どうして選りに選ってこんなところで勃起が始まるんだろう？　どうしてあの図書館の女の子——胃拡張の女の子——とベッドに入ったときは勃起しないで、こんなわけのわからない梯子のまん中で勃起したりするのだ？　たった二本の銀のブレスレットにいったいどれだけの意味があるというのだ。それも世界が終わろうとしているようなときに。（349～350頁）

「私」が奇妙なビルの「事務室」から「地下世界」に降り始めたときに、「左の手首」に「二本の細い銀ブレスレット」をはめた「女性」とのセックスを想像した際の「勃起したペニス」は、『風の歌を聴け』の語り手の「存在理由《レーゾン・デートゥル》」と関連し、「新しい秩序」を生み出すための装置に変わったと考えられる。語り手の「表層意識」および「深層心理」と『風の歌を聴け』の断章23の構造をあわせた図1によって言えば、「私」の「ペニス」が勃起した時点では、語り手は「事務室」から「やみくろ」の聖域が占めている空間へ移動する途中だったため、この空間は、図1における語り手の「表層意識」の層に相当する。この「表層意識」の領域はまた、「存在理由《レーゾン・デートゥル》」に関わる「未完成に」終わった小説が言及される断章23の「星マーク」「A」の下の箇所と重なっているから、「私」の勃起した「ペニス」は「存在理由《レーゾン・デートゥル》」という言葉と「未完成に」終わった小説と関わっている。

それを踏まえた上で、語り手の「深層心理」のレベルに関わる物語の考察に移ると、「世界の終り」の「僕」が人の「心」について「図書館」の「彼女」と話した際、「僕」は、心は「とても不完全なものだ（中略）でもそれは跡を残すんだ。そしてその跡を我々はもう一度辿ることができるんだ。雪の上についた足跡を辿るように」（314頁）と語る。この文における「心」を「カリフォルニア・ガールズ」として解釈すれば、「心の跡」は『風の歌を聴け』における「カリフォルニア・ガールズ」の伝達のあと残された「ブリッジ」として捉えられる。『風の歌を聴け』の70年夏の物語の「二週間目」に行われる「古い秩序」の「洗いだし」と「ハードボイルド・ワンダーランド」の物語で繰り広げられる「やみくろ」との「戦い」を比較するとき、双方が『風の歌を聴け』の断章23を基軸に展開していることがわかる。図1（第一章）で、70年8月の物語の「二週間目」の時間軸のはじめにと終わりに「B1」曲と「B2」曲が配置されている。対して、「やみくろ」の「ドーム」状の聖域の入口と出口に「巨大な魚が二匹で互いの口と尻尾をつなぎあわせて円球を囲んでいる図柄」（370頁）の「レリーフ」が配置されている。この「レリーフ」の「全体の大きさはLPレコードほどだった」（下巻、153頁）と言われることから、『風の歌を聴け』の70年夏の物語の「二週間目」の構造における「B1」曲と「B2」曲の配置との類似性が見られるのである（図1参照）。

地下の「ドーム」状の空間に入ってから、「私」と「ピンクの女の子」が唄っていた『ペチカ』『ホワイト・クリスマス』『自転車の唄』という「三つの唄」は、『風の歌を聴け』の構造における「B1」曲、「B2」曲、そして「カリフォルニア・ガールズ」＝「歌」に対応しているといえる。これらの「三つ」の「唄」は「やみくろ」の聖域に入ってから「塔」に向かう途中で唄われているから、まん中に線を引いた断章23に喩えられた図1では、図の「左」側に入っていることがわかる。『風の歌を聴け』の構造が表示された図1（第一章）でも「B1曲、B2曲、歌」は「まん中に線の引いたノート」に喩えられた断章23の「左」側に入っている。『世界の終りとハードボイルド・ワンダーランド』の語り手の「深層心理」に関わる「三つ」の「唄」は、「洗いだし」済みの「3」という数値に対応している。それに対して「14」＝「カリフォルニア・ガールズ」は、「僕」の「存在理由《レーゾン・デートゥル》」についての「未完成に」終わった小説が配置されている語り手の「表層意識」の層に関連していると思われる。

『世界の終りとハードボイルド・ワンダーランド』における上記の「三つ」の唄はこの小説の結末を予告しているのである。「私」が『ペチカ』を唄ったあと、この「唄」の続きとして自分で作った歌詞に注目したい。

> みんなでペチカにあたっていると誰かがドアをノックするのでお父さんが出てみると、そこに傷ついたとなかいが立っていて「おなかが減っているんです。何か食べさせて下さい」というのだ。それで桃の缶詰をあけて食べさせてやる、といった内容だった。最後はみんなでペチカの前に座って唄を唄うのだ。（376頁）

この「唄」に登場する「となかい」は『１９７３年のピンボール』の冒頭文の「トナカイの話」と重ね合わせて考えることができる。「トナカイの話」はトロツキーの伝記に基づいており、そこではトロツキーは「闇にまぎれてトナカイの橇を盗み、流刑地を脱走した」（20頁）。流刑地から脱走して二日後、彼は疲労のために死んでしまった「トナカイ」を前に「私は必ずやこの国に正義と理想と、そして革命をもたらしてやる」と誓う。ここでトロツキーが誓た「革命」は、「やみくろ」の「ドーム」型の空間に象徴される「１９６４年」以降の「進化的連続性」と「個の認識」＝「言葉」に支配された世界の転覆によってもたらされると考えられる。「私」自作の歌詞における「となかい」の登場は、トロツキーが誓っていたことすなわち、「革命」の実現を暗示している。

「となかい」が食べた「桃の缶詰」の「桃」は、「街の図書館」の「彼女」の「影」が葬られている「りんご林」、そして「ピンクの女の子」が放つ「メロン」の香りを連想させる。「影」の死は前述のように不伝達に終った「音」の象徴として解釈できるし、「ピンクの女の子」の放つ「メロン」の香りも「ドーム」型の空間に入る直前に消えたしまった（３６８頁）ことから、「メロン」は「表層意識」の領域と結びついており、「カリフォルニア・ガールズ」の象徴であることが分かる。それに対して「桃」が言及される上記の歌詞は、「私」が「ドーム」＝「頭」に相当する空間に入ってから唄われているから、「桃」は、「意識の核」＝「深層心理」のレベルの物語に関わっているといえる。歌詞の中の「桃の缶詰」は、従って「ピンク色のスーツ」を着ている孫娘に象徴される「不伝達」に終わった「唄」

＝「ＤＢ」と結びつけて考えることができる。この「唄」の「不伝達」は、「私」が奇妙なビルの「エレベーター」の中に「ＤＢ」を口笛で吹いたときに「音」が歪んでいたことに象徴されている。その直後に「エレベーター」の前に現れた「無音」の「ピンクの女の子」も「不伝達」に終わった「ＤＢ」の象徴として捉えられる。

「唄」の魂の象徴である「ピンクの女の子」に導かれ、「ハードボイルド・ワンダーランド」の「私」は「音」と「光」の世界を取り戻すべく――「街」に葬られた断章23を再生させるべく――「古い秩序」の象徴である「やみくろ」と「戦って」いるのである。この「戦い」は同時に、語り手の背景にいる作家自身の「戦い」でもある。「私」が作った歌詞の最後にあるように、この小説が「ＤＢ」の伝達のために書かれていると考えるなら、作者の「古い秩序」との「戦い」は、「唄」の伝達のために必要な「ブリッジ」を自分の「頭」＝「深層心理」と「体」＝「表層心理」の間に架けるために行われているといえる。

『風の歌を聴け』では「カリフォルニア・ガールズ」の伝達に必要な「ブリッジ」は「曲」と「写真」の提示で作られているが、「リクエストソング」の紹介、または「写真」の説明に費やされた「言葉」は、「ブリッジ」を架けるための装置に過ぎない。『風の歌を聴け』の70年夏の物語で「ブリッジ」は「車」での移動に繋ぎ合わされたが、『世界の終りとハードボイルド・ワンダーランド』の「表層心理」のレベルにおける物語も「車」での移動中に語り手が見かけた光景のもとに繰り広げられている。「地下世界」に入ったのち、地上の光景の「洗いだし」は、それらを語り手の内部の一部として「映像化」することによって行われているといえる。同時に、「ハードボイルド・ワンダーランド」における地下通路の「映像化」は、「世界の終り」の「街」の地図を語り手の体内の地図として語ることによって行われている。したがって、地下世界の「映像化」によって、真っ二つにわかれた「街」に象徴される、分裂した語り手の「頭」と「体」の間に「ブリッジ」が架けられるようになる。

「ドーム」型の空間が象徴する語り手の「頭」の部分に入ったのち、「深層心理」に関わる物語は「三つの唄」によって小説の構造を語るとともに、特定の「言葉」＝「桃」の記号化によって形づけられていく。「私」が「スーパー」で見かけた「果物の缶詰」の「巨大な蟻塚」（２１９頁）とそのわきにあった〈ＵＳＡ・フルーツ・フェア〉のポスターの中の「美しい娘」は、上記の「ピンクの女の子」と「桃」との関連を示唆している。地下の「ドーム」型の空間に入ってから「桃」への言及は、『ペチカ』に続き、「私」と「博士」との再会が語られる〈塔〉の場面の中に見出させる。

「私」が〈塔〉に隠れている「博士」に「桃の缶詰とコンビーフ缶」（下巻、73頁）をあげたあと、「博士」は〈塔〉で「桃の缶詰」を食べる。この行為は、作者がおこそうとしている「革命」に繋がっていると思われる。前述の「となかい」、「桃」と「唄」との関連からいえば、「桃の缶詰」を食べるという比喩は、「桃」＝伝達されなかった「唄」の「魂」を「ピンクの女の子」の案内で体内に巡らせることにより、「唄」の伝達に必要な「ブリッジ」作りを行なうことを暗示している。「博士」が「桃」を〈塔〉で食べたことは、〈塔〉に象徴される、止まった、「浄化」された「15分」以内に行われる「唄」の伝達——「革命」の実現が暗示されている。

地下世界で繰り広げられている「やみくろ」との「戦い」は、「唄」の伝達の時間――「15分」という時間単位にたどり着くための「戦い」である。このことは、暗黒世界に入ってから「私」と「ピンクの女の子」との距離は「十五メートル」以内に保たれている（354頁）ことから読み取れる。二人の間の距離がこのように定められているのは、「ピンクの女の子」がつけている「やみくろよけの発信機」が発信する音波は、この場合、「やみくろ」を「十五メートル」以内に近づけない効果をもたらしているからである。「やみくろ」の「嫌がる音波」は、「14＋3」に象徴される、「カリフォルニア・ガールズ」＋「唄」の名残であると解釈できる。「DB」の伝達に先立ち展開される「やみくろ」との「戦い」は、「1964年」以降の「連続的な」時間との「戦い」であると同時に、「個の認識」と結びついている「言葉」との「戦い」でもある。

「私」が「ピンクの女の子」の靴音の跡を音声化しようとした際、「いろんなことばと文章をその靴音に当てはめながら歩きつづけた」（386頁）場面では、「言葉」を音声に変えることで行われるそれらの分解あるいは記号化が見られる。特に「私」が「ピンクの女の子」の靴の音を「フィンランド語」に置きかえた箇所は、「となかい」という記号と並び、小説の末尾に生まれる「革命」を示唆していると思われる。

「ハードボイルド・ワンダーランド」の終わりに「博士」は「フィンランド」へ行くことになるが、ここで「フィンランド」は「私」が「やみくろ」の聖域の中で唄っていた『ホワイト・クリスマス』の中の雪景色と呼応していることがわかる。

夢みるはホワイト・クリスマス
白き雪景色
やさしき心と
古い夢が
君にあげる
僕の贈りもの

夢みるはホワイト・クリスマス
今も目を閉じれば
橇の鈴の音や
雪の輝きが
僕の胸によみがえる
（377頁）

上の唄から連想される雪景色の中に残された「橇」の跡は、『風の歌を聴け』における「カリフォルニア・ガールズ」の伝達のあと残された「ブリッジ」すなわち、「世界の終り」の「僕」の「心」の中に刻まれた「跡」と共振している。「博士」に隠れた作者がおこそうとしている「革命」はその跡を辿ることによって実現される。「ピンクの女の子」と「15メートル」範囲以内で「私」が彼女の足跡を「フィンランド語」に音声化する前述の場面は、『ホワイト・クリスマス』の歌詞によって「世界の終り」の物語の終わりを語るのと同様の意味を持つことがわかる。一方、「私」が「フィンランド語」に音声化した「ピンクの女の子」の足跡を「言葉」に置きかえようとしたところ、「ことばの印象からすると『農夫は道で年老いた悪魔に出会った』」（386頁）と記されているように「言葉」への転換が行われる。

つまり、「ピンクの女の子」の足跡の「フィンランド語」への音声化、そして『ホワイト・クリスマス』という「唄」が、「音」の領域において「DB」の伝達に必要な「ブリッジ」を作り上げているのに対して、「フィンランド語」の音声化から「言葉」への転換が行われた際、「フィンランド語」・「フィンランド」という記号から連想する、「博士」と「となかい」によりもたらされる「革命」は、「年老いた悪魔」が登場する話に置きかえられていることが分かる。「音」↓「言葉」への過程は「やみくろ」に象徴される「1964年」以降の時間の流れ＝「古い秩序」に含まれているが、「言葉」↓「音」という過程において行われる「言葉」の「記号化」または「音声化」は、「やみくろ」に象徴される「1964年」以降の時間とその時間における「言葉」の分解を意味している。「連続的な」時間における「言葉」の分解により、「言葉」と「音」の間に架けられた「ブリッジ」が固定されていくのであり、「言葉」から「音」への「ブリッジ」作りは、「唄」の伝達が行われる「浄化」された「15分」という時間に繋がっている。

「やみくろ」と関連する「古い秩序」における時間の流れは「世界の終り」の「街」で「三日に一度」地下から「まるで地獄から吹きあがってくる」（下巻、283頁）と言われる「風」に喩えられている。この「風」は、『風の歌を聴け』の70年夏の物語の「一週間目」に吹いていた「死」の風、あるいは「ハードボイルド・ワンダーランド」では、「9月29日～10月1日」の間に吹いた「風」と同様の意味を持つ。「死」の「風」は「世界の終り」の「街」の地図の「左」側に設置された「門」から「右」側に置かれた「発電所」の方へ吹いているといえるが、この方向は断章23に喩えられた図1において

いる。

それに対して、「私」と「ピンクの女の子」が「ドーム」状の空間から「横穴」に入った時点では、「風」は二人を脱出口に導き、「右から左へ」吹く（下巻、156頁）「命」の「風」に変わった。

次には『世界の終りとハードボイルド・ワンダーランド』の構造における「横穴」の位置をより明確にするために、『風の歌を聴け』の断章32における火星の「井戸」の構造と、そこから読み取れる『風の歌を聴け』の70年夏の物語の構造を参考にしつつ、二つの小説の接点を探りたい。

火星の「井戸」の中の「横穴」の位置は、『風の歌を聴け』の70年夏の物語の構造が提示されている図1において「病院」＝「頭」と「港」＝「体」の中間点である「島」＝「首」の位置と重なっていた。断章32および70年夏の物語ではその時点から「音」→「言葉」という方向から、「言葉」→「音」への方向転換が行われる。対して、『世界の終りとハードボイルド・ワンダーランド』における「横穴」は「やみくろ」の聖域の出口を示す「レリーフ」の上に当たるのである。この「レリーフ」＝「やみくろ」の塔の「向こう岸の壁の水面の少し上あたり」（下巻、130頁）に設置されており、その位置は「やみくろ」の聖域の出口と接続する「横穴」の位置は、上記の『風の歌を聴け』の断章32における「横穴」の位置と70年夏の物語における「島」の位置と重なっていることから（「世界の終り」の図1と『風の歌を聴け』の図1参照）、「横穴」に入ってから「右」から「左」へ吹く「風」は、「街」の地図の「左半分」が占めている「音」の領域へ吹き、「唄」の伝達につながる「命」の「風」に変わるということが明らかになる。

「横穴」が占める空間と重なる「街」の「南半分」＝「体」に入ったのち、「ピンクの女の子」という「唄」の魂に導かれて行われる「1964年」以降の時間の「洗いだし」は、二人が「太いコンクリートーパイプ」の形をした「下水道」の出口にたどり着いたところまで続く。図1における「下水道」は「表層意識」の層内に入っており、「世界の終り」の「街」の地図によっていえば、この位置は「たまり」と重なっているのである。「下水道」の位置同様、図1における「1964年に勃起しなかった私のペニス」、そして「存在理由《レーゾン・デートゥル》」についての未完成の小説をめぐる断章23の箇所も、「表層意識」レベルの物語に関わっているのである。


次に「水」を共通点に持つ二つの位相――「下水道」・「たまり」を「1964年に勃起しなかった」「私」の「ペニス」＝「存在理由《レーゾン・デートゥル》」をテーマに未完成に終わった小説と関連させて考えてみたい。

『羊をめぐる冒険』は、「自己療養行為としてセックス」と「暇つぶしとしてのセックス」を対比させながら女の子と寝ることの意味について次のように語っている。

> 終始自己療養行為というセックスもあれば、終始暇つぶしというセックスもある。はじめは自己療養行為であったものが暇つぶしとして終わる例もあれば、逆の場合もある。（43頁）

「暇つぶしとしてのセックス」の例は、『風の歌を聴け』の「20歳」の「僕」が、その時点まで「寝た三人」の女性について語った断章19、「ハードボイルド・ワンダーランド」では「9月29日〜10月1日」に及ぶ物語において回想される「太った女性」とのセックスがあげられる。「僕」と「寝ていた三人の相手」をめぐる記述＝「言葉」は、70年夏の物語の「一週間目」に設定されている記述同様、「連続的」な時間枠において語られていた。一方、同じ物語の「二週間目」の初めには「女と寝る」という比喩＝「言葉」から、「音」の比喩としての「女」への転換が行われていた。つまり「二週間目」の「言葉」から「音」への「ブリッジ」作りは、「三人の女性」(断章19)と関連する「連続的」な時間を遡る形で「一週間」単位で行われた。

70年夏の物語の「二週間目」の構造に対応するのは、「地下世界」の通過が語られる、「10月1日」の夜に設定される「ハードボイルド・ワンダーランド」の物語である。「やみくろ」の聖域に入ってから「ピンクの女の子」が「私」自作の歌詞の中の「桃」という記号に変わったあと、「博士」が「桃の缶詰」を食べたことが象徴するように、「桃」＝「DB」の残像を辿ることによって「ドーム」状の空間と「下水度」の間に「ブリッジ」が築き上げられていく。したがって「連続的」な時間の「浄化」が「下水道」への到着まで続いていると解釈すれば、「下水道」からの脱出は「新しい秩序」の誕生につながっているのである。

上記の二種類の「セックス」と「秩序の変化」との関係を踏まえると、「ペニス」と「下水道」を次のように関連させることができる。すなわち「下水道」からの脱出に至る「ハードボイルド・ワンダーランド」の最初の「三日間」の物語で「暇つぶしとしてのセックス」と結びついた「ペニス」は、

「下水道」からの脱出のあとでは「自己療養行為としてのセックス」の象徴に転換されるのである。この新たな構造において「下水道」は「新しい秩序」との橋渡しを作っているということがいえる。

さらに『世界の終りとハードボイルド・ワンダーランド』の地図にける「ペニス」の喩えとしての「下水道」と「たまり」を「海」と関連させて考えると、村上春樹の小説において「新しい秩序」を生み出すためのフィルターとして機能する「海」というモチーフ同様、「下水道」と「たまり」を潜り抜けることによって「暇つぶしとしてのセックス」の比喩であった「ペニス」は、「新しい秩序」＝語り手の「存在理由《レーゾン・デートウル》」の回復につながる「ペニス」に置き換えられることになるであろう。

6 「ダニー・ボーイ」の伝達のために

ここで「暗黒世界」からの脱出口である「下水道」を「博士」が〈塔〉で提示した第2の「図」（下巻、125頁、本章で図2）および『世界の終りとハードボイルド・ワンダーランド』の構造が示された図1に照らし合わせてみたい。「博士」が提示した第2の図において「下水道」の位置を「ポイント②」と重ね合わせて考えれば（図1・2参照）、『世界の終りとハードボイルド・ワンダーランド』の図1においてこのポイント②は図の「左」側に設置されていることがわかる。一方、私が〈塔〉の位置に沿って引いた縦線の反対の「右」側には「ポイント①」が設置されている。この「ポイント①」とそこから伸びる線は、『世界の終りとハードボイルド・ワンダーランド』の構造において「音」の伝達が行われる「15分」という時間単位に相当すると思われる。

『世界の終りとハードボイルド・ワンダーランド』の図1と『風の歌を聴け』の図1を比較すれば、『風の歌を聴け』では「7時〜7時15分」の間に伝達された「カリフォルニア・ガールズ」は、まん中に線の引いた断章23の「左」側に入っている。他方『世界の終りとハードボイルド・ワンダーランド』では「音」の伝達により生まれる「新しい秩序」は、図1の「右側」の「ポイント①」に象徴されている。それは、「ハードボイルド・ワンダーランド」における「シャフリング」が行われたあと、「コンピューター計算用」に並べかえられた数値は「ノート」の「右」側に出されているからである。

「ポイント②」から「ポイント①」への移動は、「私」が「レンタ・カー」店に勤める「女性」から借りた「車」によって行われる。「レンタ・カー」店に勤める「女性」から借りた「車」は、『風の歌を聴け』の70年夏の物語において「僕」が高校時代の「クラスメイト」から借りた「カリフォルニア・ガールズ」のレコードというモチーフに通じる。「レンタ・カー」店の「女性」が「私」に「17歳」の「クラスメイト」を思い出させることも、「ハードボイルド・ワンダーランド」の結末が『風の歌を聴け』の構造に基づいて構成されていることの傍証となる。

「私」の高校時代の「クラスメイト」と「レンタ・カー」店の「女性」との類似性からは、「僕」が「17歳」のころから「寝て」いた「三人の女の子」に象徴される『風の歌を聴け』の「連続的な」時間と、「車」による行われるこの「連続的」な時間の逆行が連想される。『風の歌を聴け』では断章23の縦軸に沿って行われる「音」↓「言葉」への転換に続き、70年夏の物語の中盤から「車」での移動により「言葉」↓「音」への逆転が行われた。「ハードボイルド・ワンダーランド」における「レンタ・カー」の「女性」に似た「私」の「クラスメイト」は、のちに「革命活動家と結婚し、子供を二人産んだが、子供を置いて家出したきり今では誰にも行方がわからない」(下巻、243頁)と記される。彼女が産んだ「二人の子供」とは、『風の歌を聴け』と『世界の終りとハードボイルド・ワンダーランド』両小説において「車」の案内役の「小指のない女の子」、「ピンクの女の子」そして「レンタ・カー」店の「女性」の案内により生まれる「子供」すなわち、それぞれの小説において伝達された「歌・唄」のことである。

それでは「世界の終り」と「ハードボイルド・ワンダーランド」両物語において「DB」がどのように伝達されていくのであろうか。

「ポイント②」および「ポイント①」を「シャフリング」が行われる前に浮上してきた「14＋3」という数値と関連させて考えると、図1における「左」側の「ポイント②」は、「暗黒世界」に入り込む前に「INPUT」された「14＋3」という数値に対応している。「14＋3」という数値の「洗いだし」は、すでに見てきたように、「14」↓「カリフォルニア・ガールズ」、そして「3」↓「電話」、または「三つの唄」に置きかえることによって行われている。対して「ポイント①」は「コンピューター計算用に並べかえられた」、「ノート」の「右」側に移された「洗いだし」済みの数値を示しているから、「ポイント①」の最後にある「ＯＵＴＰＵＴ」も「14＋3」という数値から生まれる「音」の象徴として捉えられる。したがって、「博士」が提示した図2における「ポイント①」から「ＯＵＴＰＵＴ」に至る線は、「7時〜7時15分」のうちに行われる「14＋3」という「音」の伝達を指しているのである。

「私」が「図書館」の近くにある「図書館の女性」の「家」に辿り着いたところ、その時点は、「ポイント①」への到着を意味するのである。「図書館の女性」の「家」への到着＝「ポイント①」への到着はすなわち、『世界の終りとハードボイルド・ワンダーランド』の構造における「15分」という時間設定への切り替えを暗示している。この「家」に着いたあと「私」は彼女と「三回」性交を行う。この「性交」という行為は、すでに指摘したように「自己療養行為としてのセックス」であり、「下水道」からの脱出のあと「ハードボイルド・ワンダーランド」の物語の中にもたらされる「秩序の変化」につながっている。

しかしなぜ「三回」なのであろうか。それはこの「性交」が『風の歌を聴け』の断章23における未完成に終わった「存在理由《レーゾン・デートゥル》」についての小説に関わっているからである。『風の歌を聴け』の構造における語り手の「存在理由《レーゾン・デートゥル》」と「音」との関係で考察したように、70年夏の物語において「言葉」が「Ｂ1曲・Ｂ2曲」に転換されてから「7時10分〜15分」のうちに行われた「カリフォルニア・ガールズ」の伝達は、語りの「存在理由《レーゾン・デートゥル》」の回復を意味していた。従って「三」という数値は、『風の歌を聴け』における「僕」の「存在理由《レーゾン・デートゥル》」である、上記の「三つの曲」と呼応することになる。つまり、「カリフォルニア・ガールズ」の伝達のあと、「私」が「図書館の女性」と「三回」「性交」をしたことによって、「カリフォルニア・ガールズ」と関連する、「洗いだし」済みの「14」という数値の伝達が行われているのである。

「カリフォルニア・ガールズ」＝「14」の伝達は、「私」と「ピンクの女の子」が「地下世界」を通過した途中「右から左」へ吹くようになった「風」に促されていると思われる。すでに見てきたように、「暗黒世界」の中間地点である「横穴」に入ってから「右から左」へ吹くようになった「風」は二人を出口に導いたのであるが、「左」から「右」へ向きを変えた「風」は、「街」の「図書館」に葬られている「ＯＦＦ」状態の断章23を「ＯＮ」状態に導く「生命」の「風」であった。そのことは「世界の終り」の地図、すなわち語り手の「内部」の地図における「発電所」と「たまり」の位置によって明らかになる（「街」の地図および図1参照）。両者の位置関係から分かるように、「地下世界」で「シャフリング」が行われた前に、「左」から「右」へ吹いた「風」は、「横穴」の通過に伴い、「発電所」＝「右」から、「たまり」＝「左」へ吹きはじめる。この「風」は、「博士」が「地下」でばらまいた「ペーパー・クリップ」との接触で電気に変わり、「下水道」に喩えられた「ペニス」すなわち、「ポイント①」にまで運ばれてくる。この「ポイント①」はまた「図書館の女性」の「家」と重なっている。「私」と「図書館の女性」が「ポイント①」で「三回」「性交」をしたことによって行われる「カリフォルニア・ガールズ」＝「14」の伝達は、「ポイント①」の方へ吹いてくる「風」に促されているといえる。小説を流れる時間が「ポイント①」で「15分」という時間単位に切り変わったことは、「ハードボイルド・ワンダーランド」の「図書館」の「女性」が「性交」の前に取っていた「ブレスレットの形をした腕時計」に象徴されている（下巻、278頁）。「性交」の前に「腕時計」をはずす行為が、小説の時間軸における「浄化」された「15分」という時間単位につながっているということは、すでに本論第一章に述べた通りである。ここで指摘しておきたいのは、「図書館の女性」との「三回」の「性交」という行為は、語り手の「表層意識」の層に関わっていることから、「三回」の「性交」と結びついている「カリフォルニア・ガールズ」＝「14」の伝達は、「15分」という時間単位の最初の「10分」の間に行われているということである（『世界の終りとハードボイルド・ワンダーランド』の図1参照）。

「図書館」の「女性」との「性交」のあと、「私」が「二回」聞いた「ビング・クロスビー」の「DB」は、「3」という数値の伝達につながっている。『世界の終りとハードボイルド・ワンダーランド』の構造における「カリフォルニア・ガールズ」から「DB」への伝達は、「世界の終り」の物語において「図書館」の「彼女」が「母」の記憶を媒体にして目覚めた「心」（下巻、254頁）というモチーフを通して語られている。ここで言及される「世界の終り」の「女性」の「母」とは、「ハードボイルド・ワンダーランド」の物語において伝達された「歌」＝「カリフォルニア・ガールズ」であると解釈できる。「14」＝「カリフォルニア・ガールズ」＋「二回」かけられた「DB」が電流に流れて、「街」の「門」すなわち、語り手の「左耳」に運ばれると、そこで「世界の終り」の「僕」が思い出した「DB」＝「唄」に変わり、「門」＝「閉じられた耳」の突破と共に、大気に放出されていくのである。

上記の構造を「博士」が提示した図2における「ポイント①―A」→「OUTPUT」に照らし合わせると、「私」と「図書館」の「女性」との「性交」に象徴される、伝達された「14」＝「カリフォルニア・ガールズ」は、上記の「ポイント①―A」に相当し、図2における「ポイント①―A」の間の距離は、「10分」単位で行われる「カリフォルニア・ガールズ」の伝達に対応しているのである。『風の歌を聴け』の構造において「5分」（7時10分〜15分）の間に伝達された「カリフォルニア・ガールズ」＝「母」は、同小説において「A曲」に相当しているのに対して、『世界の終りとハードボイルド・ワンダーランド』で「シャフリング」が行われた結果、「カリフォルニア・ガールズ」＝「14」は、語り手の「表層意識」と関わり、「10分」のうちに伝達されている（図1、2参照）。

一方、「5分」のうちに行われる「DB」の伝達は、上記の図2における「A→OUTPUT」として示されている。この図式における「A」は「DB」に相当しているのである。

このように、「14＋3」という数値に象徴される、「母」―「カリフォルニア・ガールズ」＝「14」の伝達のあと、「母」の「子供」である「DB」＝「3」の伝達によって『世界の終りとハードボイルド・ワンダーランド』という小説が生まれる。

語り手の内部に作り上げられた「電気サーキット」＝「ブリッジ」の上に「歌＋唄」が語り手の「頭」（街の北半分）に吹き込まれた瞬間、世界では「街」の「図書館」に保管されている一角獣の「頭骨」が「覚醒」する。

頭骨が光っているのだ。部屋はまるで昼のように明るくなっていた。その光は春の陽光のようにやわらかく、月の光のように静かだった。棚の上に並んだ無数の頭骨の中に眠っていた古い光が今覚醒しているのだ。頭骨の列はまるで光を細かく割ってちりばめた朝の海のように、そこに音もなく輝いていた。しかし僕の目は彼らの光を前にしても、もう何の眩しさをも感じることはなかった。光は僕にやすらぎを与え、僕の心を古い思い出がもたらすあたたかみで充たしてくれた。僕は僕の目がすでに癒されていることを感じることができた。もう何ものも僕の目を痛めつけることはできないのだ。

それは素晴しい眺めだった。あらゆるところに光が点在していた。透きとおった水底に見える宝石のように彼らは約束された沈黙の光を放っていた。僕は頭骨のひとつを手にとって、指先でその表面をそっとなぞってみた。そして僕はそこに彼女の心を感じることができた。彼女の心はそこにあった。それは僕の指先に小さく浮かんでいた。その光の粉のひとつひとつは微かなあたたかみと光しかもたなかったが、それは誰にも奪い取ることのできないあたたかみと光だった。（下巻、288頁）

「僕」が「DB」を思い出した場面に続いて語られる「頭骨」の覚醒は、「街」の「図書館」に葬られている断章23の再生の比喩として読み取れる。『世界の終りとハードボイルド・ワンダーランド』の図1の「ポイント①」から電流に乗った「歌＋唄」が語り手の「耳」＝「門」を破った際、「門」の突破は、断章23の「星マーク」の空間と「文章」の間に引かれた線の突破でもある。図1おいて「音」と「言葉」の境界線は「門」と街の「壁」の間に引かれた線に相当するが、この「線」＝「耳」の突破は、『世界の終りとハードボイルド・ワンダーランド』における時間の流れが「ON」状態に切り替わったことを意味するのである。「街」の「壁」に相当する、断章23の「星マーク」の箇所において「5分」のうちに行われる「唄」の伝達は、「街」の「図書館」で一瞬の輝きを放った「覚醒」した一角獣の「頭骨」に象徴されている。

「OFF」状態の断章23を「一角獣」の「頭骨」に喩えるなら、『風の歌を聴け』における「カリフォルニア・ガールズ」の伝達のあと「街」の「図書館」に葬られている断章23の比喩として、一角獣の死から「一年間」土に埋葬される獣の「頭骨」が挙げられる。そして一角獣の「頭骨」が埋葬されてから「夢読み」の手によって「読まれる」ようになるまでの「一年間」は、「歌」の伝達のあとで「街」の「図書館」に葬られた断章23が再生するまでの「一年」と呼応しているのである。

「世界の終り」の「街」全体を『風の歌を聴け』における「カリフォルニア・ガールズ」の伝達のあと「OFF」状態になった断章23に喩えることができる。「世界の終り」の「僕」が作った「街」の地図は同時に、「1967年」以来「頭」＝「北半分」と「体」＝「南半分」に分裂した語り手自身を象徴的に語っているのである。この語り手の分裂は『世界の終りとハードボイルド・ワンダーランド』という小説の二重の構造に反映されている。「世界の終り」の物語は前述のように、「街」の「図書館」に葬られている「死んだ」時間における「言葉」に基づいている。その意味で「世界の終り」の物語は「街」の「北半分」に象徴される語り手の「頭骨」の領域と関わり、この領域における「世界の終り」の「僕」の物語は、『風の歌を聴け』における「ＯＦＦ」状態の「正確な言葉」に基づいた「鼠」の物語の延長線上にあるといえる。それに対して、「35歳」の語り手の「私」の視点から展開する「ハードボイルド・ワンダーランド」の物語は、身体的な表現と「連続的」に並べられた数値を主軸とする断章23の「Ｂ」の部分同様、「街」「南半分」に象徴される語り手の「体」の領域を中心に語られている。このように「世界の終り」の「街」の地図を断章23と関連させると、「唄」の伝達のために「街」の「頭」と「体」の領域の間にかけられた「ブリッジ」は、「１９６７年」に分裂した語り手がふたたび一つになる道であることがわかる。すなわち、「世界の終り」の結末において光りを放つ、「覚醒」した「頭骨」は、断章23の再生の象徴であると同時に、「１９６７年」に分裂した語り手の「頭」と「体」の合体の瞬間を語っているのである。

「頭」と「体」の合体は、「35歳」の「私」が「暗黒世界」を通過することにより、分断した「街」の地図が語り手の内部の地図として再構築されたときに実現する。「17歳」の頃（１９６７年）に語り手の分裂が生じてから、『世界の終りとハードボイルド・ワンダーランド』において「頭」と「体」の合体が実現するまでには、「18年」にわたる「戦い」が繰り広げられた。その「戦い」は、「ハードボイルド・ワンダーランド」における「35歳」の「私」の〈世界の終り〉という題の「ドラマ」として語られているのである。この「ドラマ」は、「私」の背景にいる「博士」すなわち、作者自身の「ドラマ」でもある。「博士」が〈塔〉で「桃の缶詰」を食べたことによって暗示される「革命」は、この小説の結末に「覚醒した」一角獣の「頭骨」に象徴される、分裂した作者の「頭」と「体」の合体がもたらした「革命」である。

「ハードボイルド・ワンダーランド」の各章の冒頭が「Bob Dylan」のイラストによって飾られているのも、「Bob Dylan」が音楽の世界にもたらした「革命」を、作家としての村上春樹が小説の世界にもたらす「革命」に擬したかったからと思われる。村上春樹が起こした「革命」を『風の歌を聴け』の構造に基づいていえば、「言葉」による表現の断念から始まる物語が「音」の世界を表現する物語に再構築される過程において、「音」が「音」を語るようになった瞬間にもたらされているのである。また、『世界の終りとハードボイルド・ワンダーランド』の構造を省略すれば、作者は自分の内部に築き上げられた「電気サーキット」の上に「右」から「左」へ吹く「風」に「歌＋唄」を乗せることによって、「言葉」不在の、浄化された世界を作り上げた。この「言葉」が無効になった瞬間に「革命」が実現した。作者が起こした「革命」は、「世界の終り」の結末に「覚醒」した一角獣の「頭骨」に象徴されているといえるが、そこで眠りから呼び覚まされた「頭骨」は、「言葉」不在の、「音」に支配された無傷の世界の再現を暗示するのである。

それゆえ「門」＝語り手の「耳」から放出された「ダニー・ボーイ」によって「5分」のうちに行われる断章23の再生は、『世界の終りとハードボイルド・ワンダーランド』の構造において「ON」状態の時間を指しているのである。この「ON」状態の時間は、前述のように、一角獣の頭骨の「覚醒」の場面に象徴されているが、この小説の循環の構造を示すために、頭骨の「覚醒」の場面と共振する

「世界の終り」冒頭の「夕暮の幻想」に再度目を向けたい。「門番」の角笛の合図に一瞬動きを止め、「金色」に輝く一角獣は、一瞬の輝きをみせる「一角獣」の「頭骨」同様、「歌＋唄」の伝達によって「5分」のうちに行われる断章23の再生を暗示しているのである。「一角獣」の「頭のまん中から伸びる一本の長い」（30頁）と真っ白な角は「街」の中央広場に聳え立つ「時計塔」と「ドーム」状の空間の中心に設置されている〈塔〉とともに、『世界の終りとハードボイルド・ワンダーランド』の構造における「15分」という時間単位の象徴である。「門番」が「長く一度、短く三度」角笛を吹き鳴らすことによって起こされた「夕暮の幻想」は、小説の末尾に「歌＋唄」の伝達が行われる「15分」という時間単位と呼応していることがわかる。

さらに「僕」が「夕暮の幻想」を眺めた「西の壁」の上の「望楼」の位置は、「門」と「壁」の境界線――図1における断章23の「星マーク」の空間との境界線に設置されている。つまり「夕暮の幻想」を眺めた「僕」は、「世界の終り」の末尾において「歌＋唄」が放出されている場所＝「門」と同じ線に立っている。このような地理的な類似性からも、「世界の終り」の冒頭における「夕暮の幻想」を不伝達に終わった「唄」＝「DB」の象徴として解することができる。

ここでは「門番」の角笛の最後の余韻が消えたあと、歩き始めた「一角獣」のひづめの音が生んだ「幻想」に再度注目したい。

束の間の呪縛は解かれ、街は獣たちの踏みならす無数のひづめの音に覆われる。その音はいつも僕に地底から湧きあがってくる無数の細かい泡を想像させた。そんな泡が街路をつつみ、家々の塀をよじのぼり、時計塔さえをもすっぽりと覆い隠してしまうのだ。

　しかしそれはただの夕暮の幻想にすぎない。目を開ければそんな泡はすぐに消えてしまう。それはただの獣のひづめの音であり、街はいつもと変わることのない街だ。（30〜31頁）

「僕」が「一角獣」のひづめの「音」から想像する、「地底から湧きあがってくる無数の細かい泡」をめぐる「幻想」は、「ハードボイルド・ワンダーランド」では「私」と「ピンクの女の子」が「博士」の隠れている〈塔〉に辿りつく場面、すなわち溢れ出してきた水と格闘しながら、「ねじ山のようにらせん状に刻みこんだ階段」（下巻、43頁）を登る場面と呼応していると思われる。やみくろの聖地に置かれている「らせん状」の階段の〈塔〉と「夕暮の幻想」の場面における「門番」の「角笛」に関わる、「らせん」形の一角獣の「角」は、「僕」が「夕暮の幻想」を眺めていた、「門」の上の「望楼」同様、語り手の「閉じられた耳」の比喩として読み取れるのである。

　さらに「夕暮の幻想」が起きたあと、「一角獣」が通っている道を辿ると、そのルートは、小説の末尾で「歌＋唄」の伝達のために築き上げられた「ブリッジ」と同じであることがわかる。「門番」の角笛の合図が鳴り止んだ瞬間に、「一角獣」が向かう「西の門」は、のちに「歌＋唄」が伝達される場所でもある。「夕暮の幻想」の場面が不伝達に終わったということは、彼らが「街」の外に出されたあとに向かう「獣の土地」という彼らのねぐらの位置に象徴されていると思われる（「街」の地図参照）。

門の外には獣たちのための場所がある。獣たちは夜のあいだそこで眠る。小さな川が流れていて、その水を飲むこともできる。その向こうには見わたす限りのりんご林がつづいている。まるで海原のようにどこまでもつづいているのだ。（中略）

秋の獣たちはそれぞれの場所にひっそりとしゃがみこんだまま、長い金色の毛を夕陽に輝かせている。彼らは大地に固定された彫刻のように身じろぎひとつせず、首を上にあげたまま一日の最後の光がりんご林の樹海の中に没し去っていくのをじっと待っている。やがて日が落ち、夜の青い闇が彼らの体を覆うとき、獣たちは顔を垂れて、白い一本の角を地面に下ろし、そして目を閉じるのである。（35〜36頁）

「獣の土地」の描写で終わる「夕暮の幻想」の場面は、不伝達に終わった角笛の「長く一度、短く三度」の合図＝「14＋3」の「音」を暗示している。つまり、一角獣が眠る「獣の土地」は、「北」の「りんご林」の向こうにあることから、「りんご林」に葬られた「図書館の女の子」の「影」同様、『世界の終りとハードボイルド・ワンダーランド』の冒頭に不伝達に終わった「14＋3」の「音」を語っているのである。

今まで考察してきた『世界の終りとハードボイルド・ワンダーランド』の構造を『風の歌を聴け』の70年夏の物語の構造と比較すれば、両小説は不伝達に終わった「音」から始まることがわかる。不伝達に終わった「世界の終り」の冒頭の「夕暮の幻想」の場面は、「17歳」のときに「街」で死んであと「りんご林」に葬られている「図書館の女の子」の「影」に象徴されている。また、「ハードボイルド・ワンダーランド」の冒頭の奇妙なビルの「エレベーター」の場面において「私」が「DB」を口笛で吹いた際、「音」が歪められていることから、『風の歌を聴け』の断章12における「抜かれた」「15分」同様、「音」の不伝達が暗示されている（両説における図1参照）。『風の歌を聴け』と『世界の終りとハードボイルド・ワンダーランド』両方が構造上に起点としている不伝達に終わった「15分」という時間単位に「浄化」された時間として小説の末尾に円を閉じるために、「やみくろ」に象徴される「連続的」な時間とその時間における「言葉」との「戦い」が行われている。この「戦い」を通じて、『風の歌を聴け』の断章23の形式をとった「街」の地図が語り手・作者の内部の地図として再構築されるが、語り手の・作者の内分に作り上げられた「電気サーキット」を通して、「5分」のうちに行われる断章23の再生は、「1967年」以来分裂が続いている、語り手・作者の「18年」ぶりの「頭」と「体」の合体を同時に語っているのである。

第三章『ノルウェイの森』「ドラマⅠ」

1 「ノルウェイの森」が呼び寄せる言葉の再生

「世界の終り」の「街」の地図と『風の歌を聴け』の構造の比較からわかるように、「街」の地図の「南半分」が象徴する語り手の「体」に対応するのは『風の歌を聴け』の断章23の「B」の部分における身体的な表現と数値をもとにした記述である。『風の歌を聴け』の70年夏の物語において、断章23の「B」の部分は「二週間」に及ぶ「洗いだし」を経て「エルヴィス・プレスリー」（以下「EP」と略す）の「B1」曲と「B2」曲に置き換えられたあと、「7時10分〜15分」のうちに「カリフォルニア・ガールズ」（以下、場合によっては「歌」と表記する）が伝達される。「洗いだされた」断章23における「星マーク」の箇所で「歌」が伝達されたあと、『世界の終りとハードボイルド・ワンダーランド』における「ダニー・ボーイ」＝「唄」の伝達は、語り手の「左耳」の象徴である「街」の「門」を突破することで行われる。換言すれば、『風の歌を聴け』の断章23の「C」と「A」の「星マーク」における「歌」の伝達のあと、この章の構造を遡る形で、「CとA」における「歌」↓「唄」＝「B曲」が『世界の終りとハードボイルド・ワンダーランド』で伝達される（『風の歌を聴け』の章と『世界の終りとハードボイルド・ワンダーランド』の章の図1参照）。この「B曲」＝「唄」が伝達される位置に相当する「門」は、「街」の「北半分」が象徴する「僕」の「頭」に当たるため、「CとA」における「歌」が象徴する語り手の「体」との合体は、『世界の終りとハードボイルド・ワンダーランド』の末尾で「15分」のうちに行われる「歌」と「唄」の伝達を通して語られていることがわかる。

さて『ノルウェイの森』の冒頭の章に言及される時間設定と地理的な要素を『世界の終りとハードボイルド・ワンダーランド』と『風の歌を聴け』の地図と照らし合わせながら考察していきたい。『世界の終りとハードボイルド・ワンダーランド』の発表から二年後、１９８７年に発表された『ノルウェイの森』の初版に付された「あとがき」には次のように書かれている。

この小説はきわめて個人的な小説である。『世界の終り……』が自伝的であるというのと同じ意味あいで、F・スコット・フィッツジェラルドの『夜はやさし』と『グレート・ギャツビイ』が僕にとって個人的な小説であるというのと同じ意味あいで、個人的な小説である。

まず、前作の『世界の終りとハードボイルド・ワンダーランド』が「自伝的」小説であるということに関して考えてみたい。上記の発言は『世界の終りとハードボイルド・ワンダーランド』の「ドラマ」と関連づけて、作者の「17歳」から続く「頭」と「体」の分裂を指していると考えられる。『風の歌を聴け』から『世界の終りとハードボイルド・ワンダーランド』に至る分裂した作者の「ドラマ」を辿ると、『風の歌を聴け』の断章23における「未完成の小説」が「歌」の伝達によって完成したあと、OFF時間において断章23の最後の一行を書き記した作者は、『風の歌を聴け』の「あとがき」を書いた「村上春樹」同様、「死んだ」時間における「言葉」を操る作者である。

『風の歌を聴け』の断章23の完成の後、小説を流れる時間が作者の分裂が始まった「1967年」に戻ったように、『世界の終りとハードボイルド・ワンダーランド』では、分裂した作者の姿は、「世界の終り」の「街」の地図における「南半分」が象徴する作者の「体」と、「北半分」が象徴する「頭」の分離を通して語られている。『風の歌を聴け』の断章23の最後の一行に記された「言葉」と関連する「1967年」から、「18年」後に設定されている『世界の終りとハードボイルド・ワンダーランド』における「唄」の伝達は、「世界の終り」の「街」の地図が象徴する分裂した作者の「頭」と「体」の合体を語っている。

「歌」の伝達の前に、『風の歌を聴け』の断章23の構造を再度確認すると、身体的な表現と数値による記録を中心とする断章23「B」の部分の終わりの時間設定は、「僕」が「三番目に寝た」相手の自殺と重なることがわかる。また彼女の死後、死体が発見されるまで「二週間」風に吹かれたという件における空白の「二週間」の象徴として、断章23の「B」の部分と最後の一行の間に挟まれた「星マーク」の箇所が挙げられる。「三番目に寝た」女性の「首吊り」による自殺は、同時に作者の分裂した「頭」と「体」の比喩として読み取れる。『風の歌を聴け』の構造の考察から明らかになったように、70年夏の物語の「二週間」のうちに行われる「連続的な時間」とそれと関連する「言葉」の「洗いだし」の末、断章23の「B」の部分が「B」曲に置き換えられたあと、「星マーク」の空白に「歌」が伝達されるのである。断章23の「星マーク」「C」にあたる、「歌」の伝達に続き、この構造を遡る形で『世界の終りとハードボイルド・ワンダーランド』で伝達された「B」曲＝「ダニー・ボーイ」は、「洗いだし」の前に、『風の歌を聴け』の断章23の「B」の部分と最後の一行の間に挟まれた、「二週間」風に吹かれた「三番目」の相手の死体が象徴する、作者の分裂した「頭」と「体」の合体を語っている。

『ノルウェイの森』の冒頭の章における時間設定と地理的な要素に注目すると、『世界の終りとハードボイルド・ワンダーランド』の「ドラマ」との関連が浮かび上がる。『ノルウェイの森』の第一章の冒頭「飛行機」が着陸した直後に、BGMとして機内に流れたビートルズの「ノルウェイの森」の旋律は「37歳」の「僕」の脳裏に「18年」前のある「草原」の風景をはっきりと浮かび上がらせる。この記憶の回復は、「１９６７年」に語り手の分裂が生じてから「18年」後に、「街」の「門」、すなわち「僕」の耳から放出された「ダニー・ボーイ」に象徴される語り手の「体」と「頭」の合体という

「世界の終り」の「ドラマ」の続きとして読むことができる。『ノルウェイの森』冒頭の場面に登場する「ハンブルク」空港は、「ハードボイルド・ワンダーランド」の物語で二回言及される「フランクフルト」と同じドイツの地名であるという点で共通している。「ハードボイルド・ワンダーランド」では「私」が「地下世界」に突入する前に、スーパーで「世界の終り」の「街」に類似する「フランクフルト」の観光ポスターを眺め（上巻、218頁）、そして「地下世界」からの脱出のあと、「世界の終り」という「ドラマ」の開始まで、残りのわずかな時間を「フランクフルトに行ってそこで人生を終える」（下巻、204頁）と考えていたと書かれていた。

「ハードボイルド・ワンダーランド」で語られる「私」の「地下世界」からの脱出は、「壁」に囲まれた「街」が象徴する「1963年」以降、進化と関連する「連続的」時間と「言葉」が支配する世界からの脱出として捉えられる。脱出のあと、残りの「洗いだされた」ともいえる時間を「飛行機」に乗って「フランクフルト」で過ごすという「私」の考えは、『羊をめぐる冒険』に見られる「僕」の「飛行機」による移動の延長線上にあると解釈できる。『羊をめぐる冒険』では、断章23における「C」＝「東京」と「A」＝「北海道の草原」の「星マーク」と呼応する地名の間に、「ブリッジ」が作り上げられていく過程において、「東京」と「北海道」の草原との中間地点にあたる、「札幌」にある「いるかホテル」までの移動は「飛行機」で行われている。この「飛行機」で移動した空間は、『風の歌を聴け』の構図における、「C」の「星マーク」と「島」の間の空間と重なっており（『風の歌を聴け』の図1参照）、「飛行機」は「洗いだされた」時間・空間を指している。

それゆえ『ノルウェイの森』の冒頭場面における「飛行機」の「ハンブルク」空港への到着は、「唄」の伝達の後、「洗いだされた」『世界の終りとハードボイルド・ワンダーランド』の「街」への到着として読み取れる。ルフトハンザ機内で流れた「ノルウェイの森」により呼び起こされた「18年」前の「草原」の風景が「僕」の「頭」の「ある部分を執拗に蹴りつづけている」(11頁)という件に注目すると、ここに言及される「頭のある部分」とは、『世界の終りとハードボイルド・ワンダーランド』の結末に「ダニー・ボーイ」が伝達された場所にあたる「街」の「門」、すなわち「僕」の「左耳」であると解釈できる。「ドイツ」に到着した「飛行機」が示唆する統一された「世界の終り」と「ハードボイルド・ワンダーランド」の地図、すなわち「ダニー・ボーイ」の伝達によって行われる「18年」前に分裂した語り手の「体」と「頭」の合体は、機内で流れた「ノルウェイの森」が「いつもとは比べものにならないくらい激しく僕を混乱させ揺り動かした」という記述を通して語られていると思われる。語り手は「37歳」の彼の「頭」を「いつもより長く、いつもより強く」蹴り続けた「風景」に促されて第一章の「文章を書いている」(12頁)と記しているのである。

この「文章」は、『風の歌を聴け』の断章23の構造と「街」の地図に基づいた「世界の終り」の「ドラマ」の続きとして読み取れる。「僕」の「ドイツ」への到着を「世界の終り」の「街」への到着として解釈すれば、「37歳」の語り手は、「街」が象徴する「1967年」に「言葉」が葬られている世界で「死んだ」時間において、『ノルウェイの森』の「文章」を書いていることになる。この「文章」の執筆は、『風の歌を聴け』と『世界の終りとハードボイルド・ワンダーランド』の原型である断章23を再生させるために、「37歳」の語り手が『ノルウェイの森』の「文章」を書き始めたといえよう。

『風の歌を聴け』と『世界の終りとハードボイルド・ワンダーランド』を比較した際述べたように、『風の歌を聴け』では断章23の「B」の部分が「B」曲として「洗い出された」あと、断章23の「C」と「A」の「星マーク」に伝達された「歌」が挿入される。続いて、『世界の終りとハードボイルド・ワンダーランド』では、断章23を遡る形で、「CとA」における「歌」の伝達に続き、「B」曲である「ダニー・ボーイ」が伝達されている。『世界の終りとハードボイルド・ワンダーランド』では、「歌」から「B」曲へ、という順で行われる「音」の伝達は、断章23の構造に基づいた「世界の終り」の「街」地図において、「街」の「南半分」=「体」と「北半分」=「頭」の間に築き上げられた「ブリッジ」の上に「電波」を送ることで行われている。この「ブリッジ」は、『風の歌を聴け』に言及される「火星」の「井戸」を連想させ、また『ノルウェイの森』の冒頭に回想された「草原」の風景の中に、「直子」の「話」として記されている「井戸」と関連していると考えられる。

ここでは『風の歌を聴け』の断章23と『世界の終りとハードボイルド・ワンダーランド』の「街」の地図のもとに作成した図（『世界の終りとハードボイルド・ワンダーランド』の図1参照）に沿って、「ダニー・ボーイ」の伝達に至る過程をまとめたい。「発電所」から送られた「風」は「電流」に変わったあと、「私」と「ハードボイルド・ワンダーランド」の「図書館の女性」との「三回」の「性交」を通して「歌」の伝達が行われている。「性交」=「歌」の伝達に続き、「図書館の女性」の部屋で彼女がかけた「ダニー・ボーイ」は「電流」に乗って、「僕」の「左耳」に運ばれる。そこで「左耳」の鼓膜とその象徴である「街」の「門」を破ってから、「壁」が象徴する断章23の「星マーク」、すなわち「5分」のうちに「ダニー・ボーイ」が伝達される。伝達された「唄」は「壁」を破ってから、「門」の前にある「りんご林」に放出される。「りんご林」は、『世界の終りとハードボイルド・ワンダーランド』の冒頭に不伝達に終わった「唄」の象徴である「世界の終り」の「図書館の女の子」の「影」が葬られている場所として解釈できる。

これからは「ブリッジ」が反映されていると思われる『ノルウェイの森』の冒頭部分の「井戸」の考察に移る。第一章では、「直子」の「話」において「井戸」は次のように回想されている。

彼女は僕に野井戸の話をしていたのだ。そんな井戸が本当に存在したのかどうか、僕にはわからない。あるいはそれは彼女の中にしか存在しないイメージなり記号であったのかもしれない――あの暗い日々に彼女がその頭の中で紡ぎだした他の数多くの事物と同じように。でも直子がその井戸の話をしてくれたあとでは、僕はその井戸の姿なしには草原の風景を思い出すことができなくなってしまった。実際に目にしたわけではない井戸の姿が、僕の頭の中では分離することのできない一部として風景の中にしっかりと焼きつけられているのだ。僕はその井戸の様子を細かく描写することだってできる。井戸は草原が終わって雑木林が始まるそのちょうど境い目あたりにある。(12頁)

『世界の終りとハードボイルド・ワンダーランド』の「街」の地図において「唄」が伝達される位置

に注目すると、『ノルウェイの森』冒頭に回想される「草原」の風景における「井戸」の位置との接点が見出せる。『世界の終りとハードボイルド・ワンダーランド』では、「唄」が「壁」を破ってから「りんご林」に放出される構造に呼応するのは、上記の引用部における「雑木林」であると考えられる。「井戸」の「話」における「雑木林」の位置を定めるために、注目したいのは、「井戸」の「話」を含めて、「草原」の記憶の蘇りは、「草原」を吹き抜ける「風」の描写によって始まるということである。

十月の風はすすきの穂をあちこちで揺らせ、細長い雲が凍りつくような青い天頂にぴたりとはりついていた。空は高く、じっと見ているると目が痛くなるほどだった。風は草原をわたり、彼女の髪をかすかに揺らせて雑木林に抜けていった。梢の葉がさらさらと音を立て、遠くの方で犬の鳴く声が聞こえた。まるで別の世界の入口から聞こえてくるような小さくかすんだ鳴き声だった。その他にはどんな物音もなかった。どんな物音も我々の耳には届かなかった。誰一人ともすれ違わなかった。まっ赤な鳥が二羽草原の中から何かに怯えたようにとびあがって雑木林の方に飛んでいくのを見かけただけだった。歩きながら直子は僕に井戸の話をしてくれた。（9頁）

この描写の中の「風」が「草原」から「雑木林」の方に吹くことから、ここに言及される「風」は、「唄」の伝達を助ける「風」として機能している。『世界の終りとハードボイルド・ワンダーランド』

では、「街」の「門」から「風」に乗り、「15分」のうちに「りんご林」の方に伝達された「歌」と「B」曲＝「唄」を同じく象徴するものとして、『ノルウェイの森』の「37歳」の「僕」の回想の中の「草原」から「雑木林」の方に飛んだ「二羽」の「まっ赤な鳥」が挙げられる。また、「草原」の風景が回想される時間設定に目を向けると、それが「10月」であるということから、『世界の終りとハードボイルド・ワンダーランド』の末尾で「唄」が伝達された日付にあたる「10月2日」との関連が見出される。

『世界の終りとハードボイルド・ワンダーランド』と『ノルウェイの森』の冒頭部を比較するにあたって留意したいのは、両小説は「音」によって呼び起こされた風景の描写から始まるということである。「世界の終り」の冒頭に「門番」の角笛により呼び起こされた「夕暮の幻想」は、この物語の末尾に、「唄」の蘇りにより「図書館」に保管された「一角獣」の「頭骨」が輝きを放つ場面と呼応し、不伝達に終わった「唄」の描写と解されるが、「世界の終り」の冒頭に「僕」が「夕暮の幻想」を眺めた場所にあたる「西の壁」の「望楼」に注目すると、「望楼」の位置は『ノルウェイの森』の冒頭に記された「井戸」の位置と重なることがわかる。「望楼」は「門」と同じ線上にあり、そして『世界の終りとハードボイルド・ワンダーランド』の図1においてこの線は、「門」と「壁」を隔てる線、すなわち断章23における「星マーク」＝「壁」の前に引かれた線（『世界の終りとハードボイルド・ワンダーランド』の図1参照）に対応することがいえる。「世界の終り」の地図において「望楼」と「壁」が占めている位置を、「直子」の「話」における「井戸」の位置に照らし合わせてみれば、上記の「井戸」に関する引用部分にもあるように、「井戸」は「草原」と「雑木林」の「境い目」に設定されているから、この「井戸」の位置は「街」の「壁」が象徴する、断章23における「星マーク」の空間＝「5分」と呼応している。

『世界の終りとハードボイルド・ワンダーランド』の冒頭の「夕暮の幻想」の場面における「僕」の置かれた位置を踏まえながら、『ノルウェイの森』における「草原」の風景の回想の中、「直子」が「僕」に「井戸」の「話」をする前に二人の位置に注目してみると、その位置は「井戸」の位置同様、「草原」と「雑木林」の「境」に当たるということがいえる。先ほどの引用箇所からも確認できるように、「草原」の風景が最初に語り手の記憶の中に蘇った場面では「まっ赤な鳥」二羽が「草原」から「雑木林」の方に飛んだという描写は、「僕」が「直子」と草原を散歩した場面の一部として記されている。

『世界の終りとハードボイルド・ワンダーランド』と『ノルウェイの森』の冒頭の場面における語り手の置かれた位置は、「井戸」が象徴する、断章23における「星マーク」と「文章」の間に引かれた線、すなわち「ノート」の「まん中に引かれた線」が隔てる「音」と「言葉」の領域の「境」を暗示しているといえる。『世界の終りとハードボイルド・ワンダーランド』では、「僕」が「夕暮の幻想」を眺めた「望楼」に呼応する場所は、「僕」と「直子」が散歩した「草原」と「雑木林」の「境」である。『世界の終りとハードボイルド・ワンダーランド』では「世界の終り」と「ハードボイルド・ワンダーランド」の間に掘られた「井戸」に、「電流」に乗せた「歌」と「唄」の伝達によって、「世界の終り」

の冒頭の「夕暮の幻想」の場面が再生されるという作品構造が浮かび上がった。二つの小説の冒頭部分の類似性からは、『ノルウェイの森』では「ノルウェイの森」の旋律によって蘇った「草原」の風景、そしてその中に現れた「直子」との散歩の場面を、『世界の終りとハードボイルド・ワンダーランド』における「夕暮の幻想」の場面同様、不伝達に終わった「ノルウェイの森」の象徴として解釈できる。

ここで「37歳」の語り手が「18年」ぶりに「文章」を書き始めた動機について確認したい。第一章の終わりに、語り手は「18年」前に「直子」と交わした約束を守るために「文章」を書いているという。冒頭に回想された「草原」の場面の中で、「直子」が「僕」に「私のことを覚えていてほしいの」(19頁)と訴えたことを思い出したため、「僕」は「18年」ぶりに執筆をし始めた。それまでに語り手は「直子について書いてみようと試みたことが何度もある。でもそのときは一行たりとも書くことができなかった」と記している。ここに記述される、「18年間」に及ぶ空白は、『風の歌を聴け』の断章23に言及される「未完成」に終わった小説のあと、断章23の「B」の部分における数値による表現が途絶えたことにより生じた空白を指しているといえる。数値による表現の断念と同時に語られる「三番目に寝た」相手の「首吊り」による自殺は、前述のように、分裂した作者自身の比喩として解釈できる。

「私のことを覚えていてほしいの。私が存在し、こうしてあなたのとなりにいたことをずっと覚えていてくれる?」(19頁)という「直子」の「言葉」は、断章23の冒頭に載せられた「三番目に寝た」女性の「言葉」同様、作者の「存在理由《レーゾン・デートウル》」と関わっている。『風の歌を聴け』と『世界の終りとハードボイルド・ワンダーランド』では、断章23における「言葉」を「音」に置き換えることで「存在理由《レーゾン・デートウル》」が語られていることが明らかになった。この二つの小説では、『風の歌を聴け』の断章23の構造における「星マークC」と「洗いだされた」「B」の部分を遡る形で「歌」＋「唄」の伝達が行われたあと、断章23の冒頭の「星マーク」「A」の上に載せられた「三番目に寝た」相手の「言葉」は、作者が「1967年」に断念した「正確な言葉」による表現と関わっているといえる。この「三番目」の女性と関連する「正確な言葉」による表現の回復が「直子」が「僕」に訴えた「言葉」の背景にあると考えられる。「直子」との約束を果たすために、「18年」ぶりに「文章」の執筆を開始した「37歳」の「僕」の姿は、「1967年」に「言葉」が葬られてから「18年ぶり」に果たされた「体」と「頭」の合体により、「頭」と関連する「言葉」の再生を動機に「文章」を書いている作者の姿と重なるといえる。

2 「ひっくりかえし」としての『ノルウェイの森』

『村上春樹全作品月報』（1991年）別刷エッセイの中で、作者はこの小説を「リアリズム小説」であったと主張し、その創作意図について、次のように述べている。[12]

この小説の中で僕がやりたかったことは、いうなれば（これはあとになって気づいたことなのだが）『風の歌を聴け』の完全なひっくりかえしである。『風の歌を聴け』も『ノルウェイの森』もフォーマット自体はどちらもいわゆる青春小説である。そこに描かれているものは、二十歳前後の青年が成長過程でみつめる世界の光景である。しかしそのふたつの小説の違いは決定的である。『ノルウェイの森』を書くときに僕がやろうとしたことは三つある。まず第一に徹底したリアリズムの文体で書くこと、第二にセックスと死について徹底的に言及すること、第三に、『風の歌を聴け』という小説の含んだ処女作的気恥ずかしさみたいなものを消去してしまう『反気恥ずかしさ』を正面に押し出すことである。

この小説が『風の歌を聴け』の「完全なひっくりかえし」であるということを、今まで考察してきた『風の歌を聴け』で「洗いだされた」断章23の構造を遡る形で行われる「音」の伝達の「ひっくりかえし」であると考えることができる。

『ノルウェイの森』の構造を、『風の歌を聴け』の構造の「ひっくりかえし」として捉えた際、『ノルウェイの森』における「ノルウェイの森」という曲を、上記に述べた『風の歌を聴け』の構造において、「B1」曲の象徴として解釈できる。同時に、「ひっくりかえされた」『風の歌を聴け』の構造に沿って、『世界の終りとハードボイルド・ワンダーランド』で伝達された「ダニー・ボーイ」を、断章23における「B2」曲に相当する曲として捉えることができる。前述のように、『世界の終りとハードボイルド・ワンダーランド』では、「唄」の伝達は、「洗いだされた」断章23を遡る形で行われるため、『風の歌を聴け』の断章23の「星マーク」「C・A」における「歌」の伝達に続き、「世界の終り」の物語の中に伝達された「ダニー・ボーイ」は、『風の歌を聴け』の構造における「B2」曲（断章37）にあたることがわかる（『風の歌を聴け』の章の図1参照）。

『ノルウェイの森』の冒頭場面の考察の中に触れたように、ここで回想される「ノルウェイの森」の旋律により呼び起こされた「草原」の風景の場面を、『世界の終りとハードボイルド・ワンダーランド』の続きとして読むことができる。『世界の終りとハードボイルド・ワンダーランド』の末尾で「僕」は「図書館の女の子」の心を見つけたあと、この「女の子」の心をさらに知るために「街」に踏み留まることを決意する。ここでこの「女の子」と関連する「街」の「図書館」を断章23の「未完成の小説」に関わる「言葉」が葬られている「墓地」として読み取ることができる。また「図書館」に勤める「女の子」の「心」をもっと知るために「街」に留まるという「僕」の決意を、「図書館」に葬られた断章23を新たな「唄」の伝達によって再生させる、という作者の意図の表れとして読み取ることが

(12)「100パーセント・リアリズムへの挑戦」、「自作を語る」、『村上春樹全作品1979——1989、6』講談社、1991、7頁

可能である。

『ノルウェイの森』の第一章に「ノルウェイの森」により呼び起こされた「草原」を『世界の終りとハードボイルド・ワンダーランド』の「街」に置き換わったものとして解釈できる。また、『ノルウェイの森』冒頭に言及される「井戸」は、上記に述べた「街」の「井戸」の出口にあたる、「門」と「壁」の位置と重なるため、『ノルウェイの森』の第一章における「井戸」の「話」は『世界の終りとハードボイルド・ワンダーランド』の構造の中に築き上げられた「井戸」を含意しているといえる。『ノルウェイの森』冒頭の「直子」の話における「井戸」が『世界の終りとハードボイルド・ワンダーランド』の「街」の構造の中に築き上げられた「井戸」と重なっていると解釈すれば、『世界の終りとハードボイルド・ワンダーランド』の中にすでに構築された「井戸」を通して行われる「ノルウェイの森」という曲の伝達が『ノルウェイの森』の第一章で予告されているといえる。

ここで指摘したいのは、「草原」の風景が回想されている場面における時間設定である「1969年」は、「僕」が「1967年」に「正確な言葉」による表現を断念してから「2年」後にあたる。また興味深いことに、この「2年」の差は、同時に『ノルウェイの森』の第一章における語り手の年齢である「37歳」と「ハードボイルド・ワンダーランド」の「私」の年齢である「35歳」の間の年齢の差と重なっている。

『ノルウェイの森』の冒頭の回想の場面における「1969年」を、『世界の終りとハードボイルド・ワンダーランド』と『ノルウェイの森』で「ひっくりかえされた」断章23の構造と照合させると、

「1969年」という年号を次のように位置づけることができる。

『風の歌を聴け』では「歌」の伝達のあと、最後の一行に記された「言葉」は、「僕」が「1967年」に断念した「正確な言葉」と重なる。この最後の一行における「言葉」は、『風の歌を聴け』の断章23の構造のもとに書かれた「世界の終り」の物語では、「街」の「図書館」に葬られている。『風の歌を聴け』の最後の一行における「死んだ言葉」の象徴として、「一角獣」の「頭骨」が挙げられる。「一角獣」の「頭骨」は「一年間」土に埋められたあと、「街」の「図書館」に運ばれてから、「夢読み」の手によって、読まれているという寓話を、『風の歌を聴け』と『世界の終りとハードボイルド・ワンダーランド』の中に組み込まれた断章23の構造に照らし合わせれば、断章23の最後一行における「言葉」が「一年間」「図書館」に葬られてから、「ダニー・ボーイ」の伝達によって、断章23が再生されているということがわかる。前述のように、『世界の終りとハードボイルド・ワンダーランド』で伝達された「ダニー・ボーイ」は、「ひっくりかえされた」断章23における「B2」曲にあたる。また『世界の終りとハードボイルド・ワンダーランド』では「一年」単位で語られる「唄」の伝達を上記の「ひっくり返された」断章23の時間設定に照らし合わせると、『風の歌を聴け』における「歌」の伝達のあと、断章23の最後の一行における「言葉」は「1967年」に当たるため、「ダニー・ボーイ」＝「B2」曲が伝達されるのは「一年」後の「1968年」に当たるということがいえる。

『ノルウェイの森』の構造を断章23の「ひっくりかえし」であるということを踏まえると、『世界の終りとハードボイルド・ワンダーランド』における「ダニー・ボーイ」の伝達と関連する「1968

年」から、「一年」後にあたる「1969年」は、『ノルウェイの森』冒頭の「草原」の場面の時間設定と重なることがわかる。従って、「ひっくりかえされた」断章23における「B1」曲は、『ノルウェイの森』では「ノルウェイの森」と呼応し、「1969年」に伝達されることになる。

以上の考察からは『ノルウェイの森』の冒頭の場面における時間設定は断章23と密接な関係にあることが分かる。

3 「キズキ」の死

それでは、第二章から語り始められる、「19歳」の「僕」と「直子」の「一年ぶり」の再会の場面における時間設定と地理的な要素について触れていきたい。

二人の再会は「1968年5月」に設定されているが、この日付は「僕」の高校時代の友達と「直子」のボーイ・フレンドである「キズキ」が「1967年5月」に自殺してから「一年」後にあたる。「1967年の5月」は、『風の歌を聴け』では「僕が鼠と出会った」「3年前の春」(18頁)に当たり、このとき、記述したように「僕」は「言葉」による表現を断念してその機能を「鼠」に託した。また、断章23の最後の一行における「言葉」は砂浜の場面(断章4)において断念された「正確な言葉」であると解釈できる。「正確な言葉」は「１９６７年」と結びついているということを強調したい。『ノルウェイの森』が断章23の「ひっくりかえし」であるということを念頭に入れれば、この小説における出発点は『風の歌を聴け』の断章23の最後の一行、すなわちそこに記された「言葉」と連想する時間、「１９６７年」であるといえる。

これからは『風の歌を聴け』の結末と「キズキ」の死との関連を探ってみたい。「キズキ」が自殺した夜の直前に、最後に「キズキ」に会って一緒に「港」で「ビリヤード」をしたのは「僕」だった。その日に、「四回」ゲームをしたうちに最初のゲームだけを「僕」が勝ち、残りの「三つ」のゲームを「キズキ」が勝ったため、その日のスコアは「1対3」であった。ここに言及される、「港」にある「ビリヤード屋」は『風の歌を聴け』における「ラジオ局」と地理的に重なり、そして「キズキ」が「三回」勝ったということは『風の歌を聴け』の構造において「B1」曲、「B2」曲、そして「歌」という「三つ」の曲と呼応していると考えられる。「僕」は「キズキ」の最後の「ショット」を次のように回想している。

それはずいぶんむずかしいクッションを必要とするボールで、僕はまさかそんなものがうまく行くとは思わなかった。でも、たぶん何かの偶然によるものだとは思うのだけれど、そのショットは百パーセントぴったりと決まって、緑のフェルトの上で白いボールと赤いボールが音も立てないくらいそっとぶつかりあって、それが結局最終得点になったわけです。今でもありありと思い出せる

くらい美しく印象的なショットでした。（下巻、131頁）

ここに言及される「美しく印象的なショット」は、『風の歌を聴け』の断章37では、「DJ」が「三年寝たきり」の「女の子」のリクエスト・ソングとしてかけた「EP」の曲と呼応しているといえるわけだが、その同じ作用が「キズキ」が最後に撞いた「ショット」によって引き起こされたと考えられる。すなわち、断章23において「歌」の伝達により「煙草」に「火」がつけられたように、「白いボール」と「赤いボール」をぶつかりあわせた「キズキ」の「ショット」は「歌」の伝達と関連している。

『風の歌を聴け』の構造における断章37＋断章13とそれに続く断章23の最後の一行を、上記の「ビリヤード」の場面に照合させると、「キズキ」が最後に撞いた「白いボール」は、「EP」＝「B2」曲にあたり、そして「5分」のうちに行われる「歌」の伝達により、「僕」が「吸っていた煙草」に「火」がつけられたことと呼応し、「キズキ」の最後の「ショット」における「赤いボール」がその象徴であるともいえる。このような断章23との関連は、「キズキ」との「ビリヤード」のゲームのあと、二人が「一服して煙草を吸った」（36頁）という箇所からも見出せる。

すでに見てきたように、『風の歌を聴け』の断章23最後の一行における「三番目に寝た」女性の「死の知らせ」は断章12における「7時15分」に「僕」に「DJ」からかけられた「電話」と置き換えることができる。「DJ」からの「電話」はいわば、「僕」がそのときに吸っていた「煙草」に「火」を消した。すなわち、「7時10〜15分」の間に「歌」が伝達されたあと、最後の一行における「電話」は70年夏の物語の死と同時に『風の歌を聴け』という小説の死を語っている。

「15分」の「電話」は同時に「DJ」の死を語っている。何故なら「キズキ」は「ガレージ」で「カー・ラジオ」をつけっぱなしにしたまま「車」の中で自殺をしたからである。しかも「キズキ」が「ガレージ」の「車」の中で自殺したことは『風の歌を聴け』の断章4における「車」の事故を連想させる。つまり「キズキ」が自殺した「1967年5月」は、『風の歌を聴け』の出発点と終点でもある、断章4における砂浜の「車」の事故とそれと結びついている「正確な言葉」の死の時間と重なることが分かる。「車」で図った自殺は、『風の歌を聴け』の結末──断章23の最後の一行における時間が、物語が「一回目」の死を迎えた「1967年」に立ち戻ることを示唆している。

『ノルウェイの森』が『風の歌を聴け』の「ひっくりかえし」であると考えると、この小説の出発点である「1967年5月」における「キズキ」の自殺は、断章23の最後の一行における「言葉」が「死」を迎えたことと同時に「1967年春」に「僕」が「正確な言葉」による表現を断念したことを語っている。

4 「ノルウェイの森」の伝達

「言葉」の死に当たる「1967年春」から「一年」後に設定されている「直子」と「僕」の再会の場面は、「一角獣」の「頭骨」が「一年間」土に埋められてから「図書館」に運ばれてくるという「一年」単位で語られる「世界の終り」の物語を連想させる。「世界の終り」では「僕」が「図書館の女の子」に始めて会うのは「街」の中心にある「図書館」である。「世界の終り」の冒頭で「夢読み」が「一角獣」の「頭骨」を「図書館」に読みにきたのは、「頭骨」が象徴する、『風の歌を聴け』の断章23の最後の一行における「言葉」を「読む」ためと解釈できる。

『世界の終りとハードボイルド・ワンダーランド』の「街」の地図と「東京」の地図を比較すれば、「僕」と「直子」の偶然の出会いの舞台である東京の「中央線」は「街」の中心を流れる「川」に喩えることができる（「街」の地図と『ノルウェイの森』の図1参照）。さらに、「直子」と「僕」が電車から降りたのが新宿・東京間のほぼ真ん中に位置する「四ツ谷駅」であるということは、この駅が「街」の中心に置かれている「図書館」の象徴であると考えることができる。すなわち、「僕」と「直子」の「一年ぶり」の再会の舞台である「四ツ谷駅」は、「世界の終り」では、断章23の最後の一行における

「言葉」が葬られている「図書館」と重なる。偶然に電車の中で出会ったとき「直子」は「映画」を見に行こう（37頁）と思っていたのに対して、「僕」は「神田の本屋に行くところだった」。この文章は、そこに言及される「映画」と「本」との関連から「世界の終り」の「ドラマ」の続きを示唆している。『世界の終りとハードボイルド・ワンダーランド』では「地下世界」の映像化によって行われる「街」の地図の再構築は、「唄」を伝達するための「ブリッジ」作りにもつながっている。前述のように、「死んだ」言葉の象徴として「街」で唯一リアリティーのある時間は、「一年」単位で語られる「音」の伝達、すなわち、断章23の再生のために設けられた「一年」という時間である。『ノルウェイの森』では「僕」と「直子」が再会してから「一年」の間、毎週日曜日に、東京をあてもなく歩き続けたという場面を、「世界の終り」の「僕」と「図書館の女の子」が「一年」を通して「街」を歩いた場面の続きとして読み取れる。「直子」とのあてのない散歩を通して語られる、彼女の「正確な言葉」さがしは、断章23の構造、そしてそれに基づいた『世界の終りとハードボイルド・ワンダーランド』と『ノルウェイの森』の構造を反映していると思われる。

『うまくしゃべることができないの』と直子は言った。『ここのところずっとそういうのがつづいてるのよ。何か言おうとしても、いつも見当ちがいな言葉しか浮かんでこないの。見当ちがいだったり、あるいは全く逆だったりね。それでそれを訂正しようとすると、もっと余計に混乱して見当ちがいになっちゃうし、そうすると最初に自分が何を言おうとしていたのかがわからなくなっちゃうの。まるで自分の体がふたつに分かれていてね、追いかけっこをしてるみたいなそんな感じなの。まん中にすごく太い柱が建っていてね、そこのまわりをぐるぐるとまわりながら追いかけっこしているのよ。ちゃんとした言葉っていうのはいつももう一人の私が抱えていて、こっちの私は絶対にそれに追いつけないの』(41頁)

ここに言及される分裂した体と「正確な言葉」の関連は、断章23の最後の一行とその前の「文章」を隔てる空白に象徴される、作者の「体」=断章23の「B」の部分と「頭」=最後の一行における「言葉」の分裂を語るといえる。この分裂は断章23の終わりに、「三番目に寝た」女性の「首吊り」自殺に象徴されている。『ノルウェイの森』の冒頭の章を考察した際述べたように、この小説を『風の歌を聴け』の断章23の「ひっくりかえし」として読み取れば、「直子」が探し続けている「正確な言葉」を、「三番目に寝た」女性の「言葉」が記されている、断章23の冒頭の一行の「言葉」と関連させることができる。断章23冒頭の一行における「言葉」は、作者が「1967年」に断念した「正確な言葉」である。上記の引用における体をまん中に隔てる「太い柱」もまた、『風の歌を聴け』の冒頭に言及される、語り手が書こうとしている「リスト」における「まん中に引かれた線」、すなわち断章23のまん中に引かれた縦線(『風の歌を聴け』の章、図1参照)と関連付けることができる。

断章23では「女」という比喩により行われる「連続的な」時間とそれと関連する「言葉」の「洗いだし」は、「歌」=「音」の象徴として用いられた「女」という比喩が断章23の「右側」から縦線の

「左側」の「音」に置き換えられることで完成した。『ノルウェイの森』では「直子」と「キズキ」との付き合いにおいて、「僕がゲストであり、キズキが有能なホストであり、直子がアシスタントであるTVのトーク番組」（43頁）に喩えられた三角関係の中で、「直子」の「アシスタント」の役は、『風の歌を聴け』における「歌」の比喩として用いられた「女」と重なる。「キズキ」の死から「一年」後に、「僕」と「週に一度」に行う散歩において、「直子」は「世界の終り」の「図書館の女の子」が「僕」の「夢読み」を手伝うように、「ノルウェイの森」を伝達するための「ブリッジ」作りを手伝っているといえる。

『風の歌を聴け』では、「鼠」の「古墳」の思い出の中で語られた「濠」で隔たれた「古墳」＝「北」と「南」に相当する「港」の位置関係が『風の歌を聴け』の構造のもとになっている。この「鼠」の地図に基づいて、断章23の「星マーク」二箇所の間に「歌」を伝達するために「ブリッジ」がかけられている。『ノルウェイの森』では、前作品における「ブリッジ」作りは「僕」のルーム・メートである「突撃隊」にまつわる冗談を通して語られている。

「僕」と「突撃隊」の寮の部屋に貼られた「写真」をめぐる冗談は、「僕」自身が作った冗談として語られている。そこで「突撃隊」が部屋に「アムステルダムの運河」の写真を貼った理由について友達に聞かれた際、「僕」が「突撃隊はこれ見ながらマスターベーションするんだよ」と冗談のつもりで答えている（29頁）。友達皆がこのジョークを信じたため、後に、誰かが「運河」の写真の代わりに「サンフランシスコのゴールデン・ゲート・ブリッジ」（53頁）の写真を貼ったのだが、それは「突撃隊」がその写真の前でマスターベーションできるのかどうか確認するためである。その写真はまた後に「氷山」の写真にとりかえられた。「写真」がとりかえられた順番に注目すると、「運河」の写真は上記に述べた「鼠」の「古墳」の思い出における「濠」と呼応するといえる。「濠」は『風の歌を聴け』の断章23の構造の中に組み込まれた70年夏の物語の「二週間」の境に当たる、私が引いた「横線」（『風の歌を聴け』の章の図1参照）、そして「世界の終り」の「街」の地図における「川」と呼応するといえる。

それに続く、「ゴールデン・ゲート・ブリッジ」の写真からは、「街」の「南」＝「体」と「北」＝「頭」に間に掘られた「井戸」を通して伝達された「唄」が連想される。「唄」の伝達は、「世界の終り」の「街」の「図書館」に収められた「一角獣」の「頭骨」が「光」を浴びた場面を通して語られるが、そこで光り輝く「頭骨」は同時に合体した作者の「頭」と「体」の象徴でもある。「ゴールデン・ゲート・ブリッジ」の写真も、分裂した作者の体を模した「街」の「南」と「北」半分の間にかけられた「ブリッジ」の上に伝達された「唄」、すなわち合体した作者の体を示唆している。その意味で「突撃隊」の部屋に貼られた「写真」と「マスターベーション」についての冗談は同時に分裂した作者が背後に存在する、「世界の終り」の「ドラマ」のパロディでもある。

これらの「写真」と「僕」の冗談における「マスターベーション」との関係は、『風の歌を聴け』における「鼠」と「僕」の関係を反映していると思われる。「鼠」の話における視覚的な表現は『風の歌を聴け』の地図、すなわち「歌」が伝達された「ブリッジ」の骨組みを提示しているのに対して、「僕」

の物語は「寝た女」の数に象徴される、「連続的な」時間において「暇つぶし」としての「セックス」を中心とする記述から出発し、「鼠」が提示した地図、すなわち断章23の二箇所の「星マーク」の間に「ブリッジ」をかけることで「連続的」な時間を「洗いだして」いく。その過程で「暇つぶし」としてのセックスにおける「女」という比喩は、「歌」の伝達で「僕」の「存在理由《レーゾン・デートゥル》」を語る「セックス」相手に変わる。「セックス」と「音」の関係に関しては、「僕」と「直子」の性関係が描写されている場面を通してさらに追求していきたい。

「突撃隊」が毎朝ひとつの運動も抜かさずに「ラジオ」体操を行うという場面は、『風の歌を聴け』のラジオのリクエスト番組における「DJ」の役、そして『ノルウェイの森』では「僕」が日曜日以外に毎朝「36回」ねじを巻く場面（下巻、94頁）と呼応していると思われる。「直子」に宛てた手紙の中に「僕」は次のように書いている。

> 君が毎朝鳥の世話をしたり畑仕事をしたりするように、僕も毎朝僕自身のねじを巻いています。ベッドから出て歯を磨いて、髭を剃って、朝食を食べて、服を着がえて、寮の玄関を出て大学につくまでに僕はだいたい三十六回くらいコリコリとねじを巻きます。さあ今日も一日きちんと生きようと思うわけです。自分では気がつかなかったけれど、僕は最近よく一人言を言うそうです。たぶんねじを巻きながらぶつぶつと何か言っているのでしょう。

ここで言及されている「36」という数値は、『風の歌を聴け』の断章37と呼応するといえる。断章37ではラジオのリクエスト番組の最初の「10分」のうちに「DJ」が「三年寝たきりの女の子」の「手紙」の朗読した後、彼女のリクエストである「EP」＝「B2」曲をかけたことで、「歌」の伝達を手伝っている。断章37で放送された「EP」は「マッチ」として、それに続く、「カリフォルニア・ガールズ」＝「歌」に「火」をつけたと解釈できる。『ノルウェイの森』では「僕」が毎朝欠かさずに「36回」ねじを巻くという行為は、寮の儀式として毎朝行われる国旗掲揚と国歌斉唱に象徴される「連続的」な時間の流れを、自分の「思考システム」における時間の流れに転換させるために行っていると考えられる。そこで「36」という数値から連想できる、『風の歌を聴け』の断章37における「10分」は、作者が作り上げた物語の構造の中に「浄化」された時間を指していると思われる。

この「浄化」された「15分」という時間にたどり着くために行われる「連続的」な時間の「洗いだし」は、『ノルウェイの森』では「36回」ねじを巻くという表現で表されている。そこで「突撃隊」が毎朝ひとつの運動も抜かさずに行うラジオ体操が、「僕」が毎朝ねじを巻く儀式と呼応し、「突撃隊」と「ラジオ体操」をめぐるエピソードを通して、作者は自分で作った「思考システム」を笑いのたねにしていると考えられる。

『ノルウェイの森』の「突撃隊」が地理専攻の学生であるということ、そして「『地図』という言葉を口にするたびにどもってしまう」(30頁)という箇所における「地図」と「言葉」の関係からいえば、「突撃隊」の役割は「鼠」同様、視覚的な表現で物語の構造を語ると考えられる。彼が「僕」に「螢」

をくれたことが記された箇所は、「鼠」が「古墳」の思い出の話をした『風の歌を聴け』の断章31と呼応しているといえる。「古墳」の話のもとに断章23で作り上げられた「ブリッジ」の上に「5分」のうちに伝達された「歌」は、この小説における「ON」の時間、すなわち「生きた」時間を示している。この「生きた」時間はまた断章23の最後の一行では「僕」が吸っていた「煙草」の「火」で表現されているが、そこにおける「火」と、「唄」の伝達により「光」を浴びた『世界の終りとハードボイルド・ワンダーランド』の「頭骨」は、イメージ的に「螢」と重なることがわかる。このことから、「突撃隊」と関連する「螢」は、「鼠」が提示した「地図」のもとに伝達された「歌」・「唄」の残像の象徴であるといえる。

次に「僕」と「直子」が再会してから「一年後」、すなわち「1969年」4月の半ばに設定されている「直子」の「二十歳」の誕生日の場面を考察する。東京での「直子」との再会を『世界の終りとハードボイルド・ワンダーランド』の「街」の「夢読み」と「図書館の女の子」を中心とする物語の続きとして読み取れば、「一年」経った後の再会という時間設定は、「世界の終り」の「街」で「一年」単位で「唄」の伝達が行われていることと関連している。

『世界の終りとハードボイルド・ワンダーランド』の「街」が『ノルウェイの森』では「東京」に置き換えられていると解釈すれば、「東京」の「街」では、どのように「唄」の伝達のために「ブリッジ」が作られているのだろうか。ここでは「世界の終り」の「街」の地図、そして「街」の地図のもとである『風の歌を聴け』の断章23の構造を「東京」の地図に照らし合わせた図1（巻末268頁）に沿って、考察を進めたい。

「直子」が誕生日の日に喋った内容に注目すれば、彼女の独特の喋り方からは『風の歌を聴け』の断章23の構造とその中に含まれた70年夏の物語の構造を見出すことができる。

直子はその日珍しくよくしゃべった。子供の頃のことや、学校のことや、家庭のことを彼女は話した。どれも長い話で、まるで細密画みたいに克明だった。たいした記憶力だなと僕はそんな話を聞きながら感心していた。しかしそのうちに僕は彼女のしゃべり方に含まれている何かがだんだん気になりだした。何かがおかしいのだ。何かが不自然で歪んでいるのだ。ひとつひとつの話はまともでちゃんと筋もとおっているのだが、そのつながり方がどうも奇妙なのだ。Aの話がいつのまにかそれに含まれるBの話になり、やがてBに含まれるCの話になり、それがどこまでもどこまでもつづいた。終りというものがなかった。僕ははじめのうちは適当に合槌を打っていたのだが、そのうちにそれもやめた。僕はレコードをかけ、それが終わると針を上げて次のレコードをかけた。ひととおり全部かけてしまうと、また最初のレコードをかけた。（73頁）

引用部分におけるAの話からBの話、そしてCの話へ、という展開は、『風の歌を聴け』では「僕」が「寝た三人」の相手と関連する、断章23における「A」、「B」と「C」という構造と重なると思われる。

『風の歌を聴け』の断章23の構造においては、この章の二箇所の「星マーク」の間に挟まれた「B」の部分が、「寝た三人」の相手をめぐる記述同様、「連続」的な時間において語られる。この「連続的」な時間を70年夏の物語の中に「一週間」単位で「洗いだす」過程において、断章23の「B」の部分と呼応する、「B」の相手がまず「B1」曲に変わり、そしてその週の終わりに「B1」曲が「B2」曲に変わり、土曜日のラジオ番組の「7時〜7時10分」の間に伝達されることになる（図参照）。続いて、「7時10分〜15分」の間に「歌」の伝達が行われる。「歌」が伝達されるまでに、「A」の相手と関連する断章23における「未完成」な小説は、「星マーク」「A」に「歌」を挿入することで完成する。同時に断章23の「B」の部分の終わりに語られる、「三番目に寝た」相手と関連する、「存在理由《レーゾン・デートゥル》」の喪失は、「星マーク」「C」に「歌」を挿入することで、伝達された「歌」が「僕」の「存在理由《レーゾン・デートゥル》」に変わる。このように「星マーク」の「C」と「A」に「歌」を挿入することで、「C」相手と「A」相手は「歌」の象徴に変わり、そして「C」＝「A」という『風の歌を聴け』の円環構造が浮かび上がる。今まで論じてきた「言葉」と「音」の関係に再度注目すると、断章23冒頭の「未完成」な小説の背景にある、作者が「17歳」のころに断念した「正確な言葉」による表現が「音」に置き換えられたことでこの断章の「再生」が行われるということがわかる。

「直子」の話し方における「A」の話から「C」の話へ広がっていく構造は、『ノルウェイの森』では「直子」の「療養所」でのルーム・メートである「レイコ」がギターで弾いた「フーガ」の構造を連想させる。「フーガ」の構造を上記に述べた断章23の構造に照合させると、「A」曲である「カリフォルニア・ガールズ」が『風の歌を聴け』の冒頭でその象徴である「小指のない女の子」、すなわち「女」という比喩を通して語られ、そして「一週間」後に、「女」という比喩は「B」曲に変わったあと、最終的に「C」曲＝「カリフォルニア・ガールズ」として伝達される。さきほどの引用における「直子」の喋り方は『風の歌を聴け』の断章23を反映している。そこで「女」という比喩で「音」を語ることから「音」で「音」を語るという過程は、「直子」が喋っているうちに「僕」がかけたレコードを通して語られている。

注目したいのは、「僕」が「直子」が話している間に最初にかけた「レコード」を最後にもう一度かけているということである。このかけ方は、『風の歌を聴け』の円環構造、すなわち「C曲＝A曲」を示唆している。そして「僕」が最初と最後にかけたレコードは「ビートルズ」の「サージェント・ペパーズ・ロンリー・ハーツ・クラブ・バンド」であるということからは『ノルウェイの森』の構造が反映されていると思われる。この小説の冒頭に見られる、「ノルウェイの森」という旋律で呼び起こされた「18年」前の「草原」風景の場面は不伝達に終わった「ノルウェイの森」を語っているが、「僕」と「直子」をめぐる物語において、その出発点および結末は「ノルウェイの森」で締め括られるという構造が、「僕」が「直子」の誕生日の夜にかけた曲の順番からも暗示されている。

「直子」の長いお喋りは次のようにして終る。

ふと気がついたとき、直子の話は既に終わっていた。言葉のきれはしが、もぎとられたような格好で空中に浮かんでいた。正直に言えば彼女の話は終わったわけではなかった。どこかでふっと消えてしまったのだ。彼女はなんどか話しつづけようとしたが、そこにはもう何もなかった。何かが損なわれてしまったのだ。（略）彼女は作動している途中で電源を抜かれてしまった機械みたいに見えた。（74頁）

ここに言及される、「どこかでふっと消えた」「直子」の「言葉のきれはし」、そして「電源を抜かれた機械」に喩えられた彼女の表情は、『風の歌を聴け』の断章23の終わりの「歌」の伝達のあと、物語が「OFF」状態になったことを語っているといえる。断章23の最後の一行で、「歌」の死は、「カリフォルニア・ガールズ」の象徴である「三番目に寝た」相手の「訃報」を通して語られる。「僕」が「三番目に寝た」女性の「訃報」を知らされたときに、吸っていた「煙草」の「火」で「歌」の伝達＝「ON」状態が表されている。そして「訃報」が意味する、物語における「ON」状態から「OFF」状態への切り替えが、消された「煙草」の「火」という比喩で語られていたが、同様に「直子」の喋りの終わりの「どこかでふっと消えた」「言葉のきれはし」も同じ事態を語っているのである。

これからは『風の歌を聴け』の断章23の構造に含まれた、『世界の終りとハードボイルド・ワンダーランド』の「街」の地図とそれに合わせた「東京」の地図が表示されている、図1により、断章23における「B1」曲に相当する、「ノルウェイの森」の伝達の過程を見ていきたい。

「僕」が「直子」の「誕生日」の夜に彼女と関係を結んだ場面で、この場面の舞台である「直子」の「アパート」の地理的な位置に注目すると、『ノルウェイの森』冒頭の「草原」の風景の地理的な設定との間に類似性が見出される。『ノルウェイの森』冒頭の「草原」の場面において「僕」と「直子」が散歩していた「草原」と「雑木林」の位置関係は、「世界の終り」の「街」の地図において「西の門」＝「草原」と「りんご林」＝「雑木林」に相当する。そのときに「直子」の話の中に言及される「井戸」は、「草原」と「雑木林」の境に置かれていることから、「街」の地図において「壁」、すなわち、断章23では「星マーク」の箇所にあたると解釈した。

この小説の主な舞台である「東京」を「世界の終り」の「街」に置き換えてみると、「国分寺」にある「直子」の「アパート」は、「街」の「西門」と方角的に重なることがわかる（図1参照）。「国分寺」は「中央線」の沿線にあるということから、「僕」と「直子」の「再会」の場面の舞台である、「中央線」との関連が生まれるが、「再会」の場面を考察した際述べたように、ここで「中央線」を「街」の「川」に置き換えることができる。「直子」の「家」の周辺に注目すると、近くに「きれいな用水が流れて」いるという文がある（51頁）。そして「直子」が通っていた「英語の教育で有名なこぢんまりとした大学」は「武蔵野のはずれにある」（51頁）ということがわかる。

ここで「国分寺」にある「直子」の「家」、そしてその近くの「用水」との位置関係を定めるには、「僕」が「突撃隊」からもらった「螢」にまつわる記憶が語られている場面が手がかりになる。第三章のおわりに、「1969年7月」に設定されている、「螢」にまつわる場面では、「僕」が「寮」の屋上にある「給水塔」から「螢」を放つ前に、それまでの「螢」にまつわる思い出を次のように回想している。

> 螢を最後に見たのはいつのことだっけなと僕は考えてみた。そしていったい何処だったのだろう、あれは？　僕はその光景を思いだすことはできた。しかし場所と時間を思い出すことはできなかった。夜の暗い水音が聞こえた。煉瓦づくりの旧式の水門もあった。ハンドルをぐるぐると回して開け閉めする水門。大きな川ではない。岸辺の水草が川面をあらかた覆い隠しているような小さな流れだ。あたりは真暗で、懐中電灯を消すと自分の足もとさえ見えないくらいだった。そして水門のたまりの上を何百匹という数の螢が飛んでいた。その光はまるで燃えさかる火の粉のように川面に照り映えていた。（87頁）

この場面に記述される「僕」の「螢」にまつわる最後の思い出の風景は、『世界の終りとハードボイルド・ワンダーランド』では、光り輝く「一角獣」の「頭骨」で語られる「唄」の伝達の場面を暗示していると思われる。『世界の終りとハードボイルド・ワンダーランド』では「耳」＝「壁」を突破し、放出される「唄」が、『ノルウェイの森』では「水門のたまり」の上に「燃えさかる火の粉のように」照り映える「螢」にまつわる記憶として語られているのである。

「直子」の「家」が置かれた位置、すなわち「国分寺」を上の引用における「水門」と照合させると、

「国分寺」は「街」の地図において「門」に当たるから、ここで「門」は「螢」にまつわる「水門」と置き換えることができる。「川面」の上に光る「螢」は、「街」の地図における「壁」、すなわち断章23で「歌」+「唄」が挿入されている「星マーク」の箇所と重なる。また、上の引用における小さい「川」を「直子」の「家」の近くにある「用水」と置き換えることができる（図1参照）。そして「街」で「唄」=「螢」が放出されている「りんご林」は、『ノルウェイの森』冒頭の「草原」の風景の場面において「雑木林」に対応するといえるが、「東京」の地図では、それに当たるのは「直子」が通っている、武蔵野はずれにある「大学」である（図1参照）。『風の歌を聴け』では「三番目に寝た」女性が「大学」の「雑木林」の中で首を吊ったことを確認しておきたい。この彼女の「首吊り」による自殺は、分裂した作者の比喩であり、『世界の終りとハードボイルド・ワンダーランド』では分裂した作者の体の象徴である「川」によって「南」と「北」に隔てられた「街」に「ブリッジ」をかけることで「ダニー・ボーイ」=「B2」曲が「西門」=「頭」から「りんご林」に放出された。

今までみてきた「街」の地図との関連性からは「直子」の「家」は、「世界の終り」では「唄」が伝達された位置に設置されていることがわかる。そして「家」と「大学」の間に設置されている「用水」は、『ノルウェイの森』の冒頭の場面における「井戸」、すなわち断章23の「星マーク」にあたることがいえる。

それではどのように「ノルウェイの森」が「直子」の「家」から「雑木林」、すなわち「大学」の方に放出されているのか。

『ノルウェイの森』が『風の歌を聴け』の断章23の「ひっくりかえし」であると考えれば、「歌」＝「Ｃ」の伝達に続き、『世界の終りとハードボイルド・ワンダーランド』における「ダニー・ボーイ」＝「Ｂ２」の伝達の後は、『ノルウェイの森』では「ノルウェイの森」＝「Ｂ１」の伝達は、「直子」との「性交」を通して行なわれている。『風の歌を聴け』では「連続的」な時間における「暇つぶしとしてのセックス」は、「歌」の伝達のあと、「僕」の「存在理由《レーゾン・デートゥル》」である「歌」＝「音」を語るために「自己療養としてのセックス」に変わる。すなわち、「歌」の伝達のあと、「歌」の象徴である「女性」とのセックスを通して、「歌」の伝達が語られている。

『ノルウェイの森』の「直子」が「Ｂ」曲の象徴であると解釈すれば、同じく「Ｂ」曲である「ダニー・ボーイ」の伝達のあと、「直子」とのセックスで「Ｂ」曲、すなわち「ノルウェイの森」の伝達が語られているということがいえる。「水たまり」の上に燃えさかるかのように「光」を放つ「螢」にまつわる記憶が『世界の終りとハードボイルド・ワンダーランド』における「唄」の伝達を語っているように、『ノルウェイの森』では、「僕」と「直子」の「一回」限りの「性交」は「螢」の記憶をめぐる場面と呼応しており、「Ｂ曲」である「ノルウェイの森」を語っている。すなわち彼女とのセックスは、「Ｂ曲」の伝達に繋がる「自己療養としてのセックス」である。

「ビートルズ」の「ノルウェイの森」の歌詞も、『ノルウェイの森』における「誕生日」の場面同様、一晩限りの「女性」との関係を語っている。「女」の家に招かれた男性は、「女」と話が弾み、やがて彼女の家に泊まることになるが、ただそこでは性関係は言及されていない。男性が目覚めたときの様子は最後の連では次のように歌われている。

翌朝　目が覚めると俺ひとり
かわいい小鳥は飛んでいってしまった
俺は暖炉に火をくべた
まるでノルウェーの森にいるみたいだ

And when I awoke I was alone
This bird has flown
So I lit a fire
Isn't it good Norwegian wood?

この歌詞(13)の「鳥」は、『ノルウェイの森』冒頭の「草原」風景の場面の中に回想された「二羽の真っ赤な鳥」というモチーフと重なる。「草原」の風景の場面で、「雑木林」の方に飛んでいく「二羽の鳥」は、伝達された「カリフォルニア・ガールズ」と「ダニー・ボーイ」の象徴として解釈できるが、「ノルウェイの森」の歌詞における「鳥」も「僕」と「直子」の「性交」により語られる「B」曲、すなわち伝達された「ノルウェイの森」の象徴として読み取れる。

また、上記の歌詞における暖炉につけられた「火」というモチーフは、『風の歌を聴け』における「歌」の伝達の象徴として、「僕」が吸っていた「煙草」の「火」、または『世界の終りとハードボイルド・ワンダーランド』では「光」を放つ「頭骨」とそれと呼応する、「光」を放つ「螢」というモチーフと重なる。『ノルウェイの森』では「直子」との「性交」のあと、「僕」が彼女を寝かせてから、「四月の雨を見ながら煙草を吸った」（77頁）と記述されている。これは断章23の終わりに、「僕」が「三番目に寝た」女性の「訃報」を知らされたときに「吸っていた」「煙草」という一行と呼応している。『風の歌を聴け』では「僕」が「歌」が伝達されている間に（5分）、小説における「ON」状態を断章23の最後の一行における「吸っていた」「煙草」の「火」で表現しているといえる。対して、『ノルウェイの森』では「直子」との「性交」が描かれている場面において「性交」に当てられた時間は、「ノルウェイの森」の伝達が行われる時間＝「ON」の時間を意味するということがいえる。したがって、「性交」のあと、「僕」が「煙草を吸った」時間は、「ノルウェイの森」の伝達が行われたあと、すなわち「OFF」状態の時間にあたる。『ノルウェイの森』における「性交」の後に吸う「煙草」というモチーフの挿入は、この小説が断章23の構造の「ひっくりかえし」であることを暗示している。

ここで『ノルウェイの森』冒頭の「草原」の場面が再度語られる第六章に目を向けると、小説の冒頭で回想された「草原」の置かれた位置は、「街」の「西門」と重なることから、「僕」と「直子」が「草

（13）「ノルウェイの森」の歌詞を本章の終りに載せる。

原」を散歩した場面は不伝達に終わった「ノルウェイの森」の象徴として解釈できる。二人が「草原」を散歩する場面は、「世界の終り」冒頭の「秋の夕暮の幻想」で「一角獣」が「金色」に輝く場面と呼応し、「音楽」によって呼び起こされた風景であるから、両小説において不伝達に終わった「唄」の象徴として読み取れる。

さらに『ノルウェイの森』冒頭場面とこの場面が再度語られる第六章においても時間設定は「10月」の初めであるから、『世界の終りとハードボイルド・ワンダーランド』で「唄」が伝達されている時間設定との連続性が見られる。その意味で、第六章の舞台である、「直子」のいる「療養所」における出来事は、「世界の終り」の「ドラマ」の続きとして読み取ることができる。

第六章で「僕」は「直子」との「再会」から「一年」後、すなわち「1969年10月」に「直子」のいる京都近くの「療養所」を訪れるが、そこに挿入されている、「僕」が「直子」と「草原」を散歩する場面は、この小説の冒頭に描かれた「草原」の風景の場面の再現である。この場面の再現は「ノルウェイの森」という曲の伝達を図るために行なわれている。そのことは、「僕」と「直子」との間接的「性交」が語られる、第六章の「草原」の場面の中の「指」のモチーフに注目すれば明らかになる。すなわち「草原」の中で「直子」が「指」で「僕」を射精に導いたということであるが、これは、「世界の終り」で「僕」が「夢読み」として「一角獣」の「頭骨」に「指」を当てることで「古い夢」を「読」む場面と呼応する。また、『風の歌を聴け』では「鼠」はいつも次の話に移る前に「10本」の「指」を点検する。つまり「指」のモチーフは、物語における時間を「音」の伝達が行われる時間に導くために導入されているのである。その意味で『ノルウェイの森』第六章の「僕」が「直子」の「指」で「射精」に導かれる場面は、「誕生日」の場面における「自己療養としてのセックス」同様、この小説における「ON」状態、すなわち「ノルウェイの森」という曲の伝達を語っている。

以上の考察から、「ノルウェイの森」の伝達は『風の歌を聴け』の断章23と『世界の終りとハードボイルド・ワンダーランド』、両小説の文脈の中で語られていることが明らかになった。「ノルウェイの森」の伝達はまず、断章23の「ひっくりかえし」として読み取れる「直子」の「誕生日」をめぐる場面では「直子」との「性交」を通して語られる。続いて、「世界の終り」の「ドラマ」の続きとして考えられる、第六章における「草原」の場面では「直子」の「指」による「僕」との間接的「性交」を通して再度語られているのである。

Norwegian wood

I once had a girl
Or should I say she once had me?
She showed me her room
Isn't it good Norwegian wood?

She asked me to stay
And she told me to sit anywhere
So I looked around
And I noticed there wasn’t a chair

I sat on a rug biding my time
Drinking her wine
We talked until two
And then she said it’s time for bed

She told me she worked in the morning
And started to laugh
I told her I didn’t
And crawled off to sleep in the bath

And when I awoke I was alone
This bird has flown

So I lit a fire
Isn't it good Norwegian wood?

昔　ある女を引っかけた
それとも　こっちが引っかけられたのか
彼女は俺を部屋に招いて言った
〝ノルウェーの森みたいに素敵でしょ〟

〝泊まっていってよ
好きなとこに座ってくつろいで〟
俺は部屋を見まわした
でも　椅子なんかひとつもなかった

そこで敷物の上に腰をおろし
ワインを飲みながら時間をつぶす
すっかり話しこんで2時になった

すると彼女〝もう寝なくちゃ〟

朝から仕事だと言って
彼女はおかしそうに笑いだした
こっちは暇だと言ってみても始まらず
俺はしかたなく風呂で寝ることにした

翌朝　目が覚めると俺ひとり
かわいい小鳥は飛んでいってしまった
俺は暖炉に火をくべた
まるでノルウェーの森にいるみたいだ

第四章　『ノルウェイの森』「ドラマⅡ」

1　「緑」との出会いと新しいドラマの始まり

「僕」と「直子」を中心とする物語を『世界の終りとハードボイルド・ワンダーランド』の「ドラマ」の続きとして解釈すれば、第六章における「直子」との間接的な「性交」を通して改めて語られる「ノルウェイの森」の伝達は、「僕」が「直子」のいる「療養所」を訪れた「三日間」のうち二日目の「1969年10月7日」にあたる。「ダニー・ボーイ」＝「B2」、「ノルウェイの森」＝「B1」曲ともに、「街」の地図における「西門」、すなわち「東京」に地図において「直子」の家にあたる「国分寺」という同位置から伝達されていることがわかる（図1参照）。

このように『ノルウェイの森』の構造を「ひっくり返された」断章23と、その中に含まれた「世界の終り」の「ドラマ」の続きとして捉えれば、「ノルウェイの森」＝「Ｂ１」の伝達のあと、この小説の構造は次に断章23における「星マーク」「Ａ」の下に位置する「未完成」の小説（『風の歌を聴け』の断章23参照）と関わりを持つことが予想される。『風の歌を聴け』の考察に基づいていえば、断章23の冒頭に言及された「未完成」の小説は、「僕」が「17歳」のときに断念した「正確な言葉」による表現に関わっている。この解釈をさらに裏付けるために、これからは『ノルウェイの森』の第四章から登場する「緑」に焦点を当てて論を進めていきたい。

「緑」を中心とする物語の構造と、『風の歌を聴け』の断章23およびその中に含まれている「世界の終り」の「街」の構造との関連を探るためには、「僕」と「緑」の出会いの場、およびその時間設定が重要になる。

「僕」と「緑」の出会いは、「１９６９年9月の半ば」の月曜日に、二人が受講した「演劇史Ⅱ」という講義の後に設定されている。「エウリピデス」についての講義が「11時半」に終わったあと、「僕」は「早稲田大学」の近くにある「レストラン」で「緑」と初めて出会う。ここから解かるように、二人の接点は「早稲田大学」とそこで月曜日「10時～11時半」の間に行われる「演劇史Ⅱ」の講義である。

『風の歌を聴け』で「僕」が「三番目に寝た」女性と知り合ったのは「大学の図書館」であった。「僕」は「１９６９年春」にこの女性と出会い、その「一年」後に彼女は「大学」の「雑木林」で自殺している。「1970年4月」に設定されている「三番目に寝た」相手の自殺は、断章23の「B」の部分における数値による表現の放棄に象徴される「僕」の「存在理由《レーゾン・デートゥル》」喪失の時期と重なるから、「三番目」の相手の「死」は、この数値による表現の断念、すなわち断章23の「死」の象徴として読み取れる。このことから、「三番目に寝た」相手との出会いと別れの場所である「大学」および「大学の図書館」は、断章23における「B」の部分、すなわち死んだ時間の「言葉」が葬られている場所として考えることができる。『風の歌を聴け』では、断章23の「B」において表現が途絶えたのち、「8年間」の空白を経て、断章23は「歌」の伝達によって再生された。そして「歌」が伝達されたあと、断章23の最後の一行における「言葉」は、「三番目に寝た」女性と関連する断章23の「B」の部分の「OFF」の時間の「言葉」同様、「大学の図書館」に葬られているということがいえる。その場合の「大学の図書館」は『世界の終りとハードボイルド・ワンダーランド』の「街」における「図書館」と、『ノルウェイの森』でその位置に相当する「僕」と「直子」の出会いの場である「四ツ谷駅」に置き換えることができる。

「直子」との再会から「一年」後の「1969年4月の半ば」に設定されている「ノルウェイの森」の伝達のルートに注目すれば、「東京」の地図における「直子」の「家」＝「国分寺」の位置から、彼女が通っている「大学」の方に「ノルウェイの森」が放出されているため、ここにも断章23における「三番目に寝た」女性が自殺した「大学の雑木林」との接点が見出せる。「1969年4月半ば」に行われる「ノルウェイの森」の伝達に続き、「療養所」近くの「草原」の場面における「ノルウェイの森」の伝達が「1969年10月」に改めて語られたあと、「世界の終り」の「ドラマ」が終結したということがいえる。

「大学」と「大学の図書館」が断章23とそれに基づいた「世界の終り」の「ドラマ」の「言葉」が葬られている場所を指すとすれば、『ノルウェイの森』では「ノルウェイの森」の伝達後、終焉を迎えた「世界の終り」の「ドラマ」は「早稲田大学」の「図書館」に葬られているということがいえる。ここでいう「ドラマ」は、『世界の終りとハードボイルド・ワンダーランド』の「ドラマ」とその続きである、「僕」と「直子」を中心とする「ドラマ」において「ダニー・ボーイ」と「ノルウェイの森」が伝達されたあと、死を迎えた「世界の終り」の「ドラマⅠ」を指す。

「世界の終り」の「ドラマⅠ」に幕が下ろされたあと、第四章で「緑」と「僕」が「大学」で出会ったことは、「世界の終り」の「ドラマⅡ」が始まったこととして解釈できる。「僕」と「緑」が受講する「演劇史Ⅱ」という講義名からも連想できるように、ここで「世界の終り」の「ドラマⅡ」の幕が開くのである。『ノルウェイの森』における「ドラマⅡ」は、「大学の図書館」に葬られた断章23における「A」、すなわち「未完成」の小説と関わっている。「東京」の地図の中の「早稲田大学」の位置は、「僕」と「直子」を中心とする「ドラマⅠ」の舞台となった「中央線」の「四ツ谷」と「国分寺」の位置より「北」に当たるということからも、断章23の構造における「未完成」の小説（星マーク「A」の下の箇所）が配置されている位置との関連が伺える（図1参照）。

「僕」と「緑」の出会いの場面における時間設定をさらに詳しく見ると、月曜日午前中の「講義」が終わったあと、「僕」は「大学」から「十分ばかり」(92頁)のところにある「レストラン」で昼ごはんを食べていた時に「緑」と出会う。この「大学」から「10分ばかり」離れた「レストラン」の位置は、『風の歌を聴け』では「僕」が泥酔した「小指のない女の子」を発見した場所に当たる、「港」の近くにある「ジェイズ・バー」の位置と呼応している。また「10分ばかり」という時間単位で語られる「大学」と「レストラン」の間の距離は、「ハードボイルド・ワンダーランド」冒頭の「エレベーター」の場面を考察した際浮上してきた「15分」という時間単位と関連していることがわかる。「ハードボイルド・ワンダーランド」の冒頭に「私」が「ビル」に入ってから、約「15分」後に「エレベーター」の前に「無音」の「ピンクの女の子」と会うが、この場面における「ピンクの女の子」の登場は記述したように、「一角獣」を中心とする物語において、毎年春のはじめに「新しい秩序」とともに生まれる「新しい生命」(36頁)の象徴として読み取れる。「新しい秩序」は、『風の歌を聴け』の断章23において「言葉」を「音」に変えることで生まれる新しい「秩序」の喩えである。

「緑」はその「レストラン」で「僕」の前に現れたとき、「まるで春を迎えて世界にとびだしたばかりの小動物のように瑞々しい生命感を体中からほとばしらせていた」(95頁)と描写されている。「生命感」にあふれた「小動物」に喩えられた「緑」は、「世界の終り」における「生まれたての一角獣」の比喩である「ピンクの女の子」を思わせる。また、彼女と結びついている「春」のイメージは、「1970年4月」に死を迎えた、断章23の再生を暗示していると言える。「ハードボイルド・ワンダーランド」で「9月29日」に登場する「17歳」の「ピンクの女の子」は「音」の伝達により断章23の再生を暗示する。そのことを踏まえると、「ピンクの女の子」より「一年」年上の「18歳」の「緑」の登場は、「ひっくり返された」断章23において「A」の箇所――「言葉」の再生を暗示していると思われる。

「僕」が「緑」と出会う時間帯が「お昼」にあたることも「ハードボイルド・ワンダーランド」の結末における時間帯と一致する。「ハードボイルド・ワンダーランド」における「私」が「ピンクの女の子」と「地下」の世界を通過したあと、「私」の意識が「世界の終り」の世界に移行するのも翌日の「10月3日」月曜日の「正午」のことである。記述した通り、「世界の終り」という「ドラマ」の背景には「街」の「図書館」に葬られた断章23の再生があるが、「ハードボイルド・ワンダーランド」の終わりに「私」が「世界の終り」という自分の「意識の核」の世界に入るということは、断章23におけ る「ダニー・ボーイ」＝「B曲」の伝達のあとに、断章23が葬られている場所である「街」の「図書館」、すなわち「世界の終り」の冒頭で「僕」と「図書館の女の子」との最初の出会いが語られた場面に立ち戻ることによって「ハードボイルド・ワンダーランド」の物語が終結することを意味する。

『ノルウェイの森』における「僕」は「四ツ谷駅」＝「街」の「図書館」で「直子」にふたたび会う。この場面は、「ハードボイルド・ワンダーランド」の「私」が10月3日の「正午」に、自分の「意識の核」である「世界の終り」の世界に入る場面の延長線上にある。「世界の終り」の「ドラマ」の続きである「直子」と「僕」を中心とする物語は、「直子」の誕生日である4月半ばに「ノルウェイの森」が伝達されたあとで終息する。従って「世界の終りのドラマII」が始まる時点は、第四章で「緑」と

「僕」が月曜日の「お昼」に出会うときである。この場面における二人の接点である「大学」は、「四ツ谷」＝「街」の「図書館」同様、断章23が葬られた場所にあたる。それゆえ「早稲田大学」および「大学の図書館」が「ドラマⅡ」の出発点である。また「東京」の地図における「早稲田大学」・「図書館」の位置は、断章23の「A」の下に言及される「未完成」の小説の位置と重なるから、「僕」が「17歳」のときに断念した「正確な言葉」の復活が「ドラマⅡ」で暗示されているということがいえる。

ここでは、前章において引用した「僕」がねじを巻く場面における「大学」の位置にも注目すべきである。「僕」が毎朝、「大学」に着くまでに「だいたい三十六回くらいコリコリとねじを巻」く（下巻、94頁）という行為は、「連続的」な時間を「洗いだす」ことによって「浄化」された時間にたどり着くための手続きと解される。したがってそれは「大学」の「図書館」に葬られている断章23における「A」＝「言葉」の再生の端緒でもある。

2 「緑」による新しい秩序の導入の方法

それでは、「緑」という女性は「ドラマⅡ」においてどんな役回りを演じているのだろうか。「僕」に初めて会ったとき「緑」は「僕」から「ノート」を借りる。「演劇史Ⅱ」のこの「ノート」

は、『風の歌を聴け』の冒頭に記述された「まん中に線の引いたノート」と呼応すると考えられる。「緑」がこの「ノート」を「僕」に返却するのは「一週間」後のことであるから、ここにも「僕」と「小指のない女の子」を中心とする『風の歌を聴け』の物語の「一週間」という時間単位との連続性が見られる。

「緑」は「9月半ば」に「ノート」を借りてから「一週間」後に当たる月曜日の「演劇史Ⅱ」の授業に「十五分」ほど遅れて教室に入ってくる。断章20の「僕」は、「小指のない女の子」と出会ってから「一週間」後の「土曜日」に、待ち合わせの場所である「ジェイズ・バー」に「8時」という約束の時間に遅れて入ってきた。ここにおける「土曜日」、「8時」という時間設定は、毎週「土曜日」の「7時〜9時」の間に放送される「ポップス・テレフォン・リクエスト」というラジオ番組の時間と重なっている。このことを念頭に置くと、断章20における「僕」の遅刻は、この断章の前に、断章11の「電話リクエスト」の番組が挿入されていることを示唆していた。また、断章11にかけられた曲が「雨」を曲名に持つということからは、翌日、すなわち断章22の時間設定である「第二週」の「日曜日」から始まる、「第一週」と関連する「連続的」な時間の「洗いだし」が暗示されていた。

つまり『風の歌を聴け』では「僕」が「一週間」後に、「ジェイズ・バー」に「遅れて」来る時点から、70年夏の物語の「一週間」目の「洗いだし」が始まったのであるが、『ノルウェイの森』でも、いみじくも「演劇史Ⅱ」と名づけられた授業に「緑」が遅れてくるときから新しい場面が開ける。断章11における「ラジオ番組」は『ノルウェイの森』では「演劇史Ⅱ」の授業と呼応しているとも言いうるが、この授業で教師は「エウリピデスの戯曲におけるデウス・エクス・マキナの役割について話し始め」る（107頁）。「デウス・エクス・マキナ」は、『風の歌を聴け』の断章11で「DJ」がかけた「雨」にちなんだ曲同様、『ノルウェイの森』後半の導きの糸になっていると思われるが、『風の歌を聴け』の断章11との関連についてさらに言えば、断章11が「OFF」状態で終わったように、「エウリピデス」の戯曲についての講義も中断されているのである。

「演劇史Ⅱ」の授業を中断させた、「漫才のコンビみたいな二人組」は、「ハードボイルド・ワンダーランド」において「私」と「ピンクの女の子」が「地下世界」に入る前に「私」の部屋を荒らした「二人組」を思わせる。「ハードボイルド・ワンダーランド」に記述されている荒らされた部屋の様子は、同小説の最初の「三日間」で語られる物語における「連続的」な時間とそれと関連する「言葉」と呼応していることがわかる。

「エウリピデス」についての講義を中断させた「アジ・ビラ」を抱えた「二人組」は、「学生運動」の代表であると言っても良いが、ここで「学生運動」は、上記の「ハードボイルド・ワンダーランド」の場面における「二人組」同様、「古い秩序」と「連続的」な時間に関連している。それに対して、「演劇史Ⅱ」の講義が中断された後、「僕」と「緑」が教室を去ったという行為は、「ドラマⅡ」においてこの時点から始まる「学生活動家」と関連する「連続的な」時間の「洗い出し」を暗示しているといえる。「僕」と「緑」が「学生活動家」に対して取った態度は、「学生運動」＝「古い秩序」に対する反発であり、それはまた作者自身の反発の表れとして読み取れるが、作者の反発は「エウリピデス」

の戯曲について講義をする「教師」の姿にも投影されている。講義が中断された際の「教師」は、「ギリシャ悲劇より深刻な問題が現在の世界に存在するとは私には思えないが、何を言っても無駄だろうから好きにしなさい」と言い、「机のふちをぎゅっとつかんで足を下におろし、杖をとって足をひきずりながら教室を出ていった」(107〜108頁)。作者の「学生運動」に対する反発は、「教師」の「言葉」よりは、むしろ「足をひきずりながら」教室を去っていた「教師」の姿に滲み出ている。ここで足をひきずるという行為を「僕」が日曜日を除けば毎日欠かさずに「ねじ」を巻くという比喩と重ね合わせてる考えると、双方の比喩は、「連続的」な時間に対する作者の抵抗を示し、それを「洗いだす」ことにより行われる「古い秩序」の反復を暗示しているといえる。

「僕」と教室を去った際に、「緑」は「ねえ、私たち反革命なのかしら?」「革命が成就したら、私たち電柱に並んで吊るされるのかしら?」(108頁)と「僕」に尋ねるが、作家村上春樹の「革命」は、「学生活動家」が唱えている「革命」を覆す形で、作家自身が作り上げた「思考システム」――『ノルウェイの森』という物語の構造の中で生まれる「革命」を指していると思われる。

「演劇史II」の授業が中断されたあと、「僕」と「緑」は「四ツ谷」にある「弁当屋」に向かう。「四ツ谷」は「僕」と「直子」の再会の場所に他ならなかったが、その場所は『風の歌を聴け』の構図における「島」に当たる。彼女は食事のあと「四ツ谷」近くの自分の出身校に「僕」を連れて行き、高校時代の思い出を語る。これは、『風の歌を聴け』の「第一週」の主なストーリーである「僕」の高校時代の「クラス・メート」の居場所探しと、「高校時代」という点で共通している。つまり、「緑」との出会いから、彼女が「一週間」後に「僕」に「演劇史Ⅱ」の「ノート」を返すまでの物語は、『風の歌を聴け』と『世界の終りとハードボイルド・ワンダーランド』の「ドラマ」の構造に沿って語られているのである。

その後の「緑」の役割を探る上で参考になるのは、断章23とこの小説の第四章に基づいて作られた、「世界の終り」の「街」の地図と「東京」の地図との比較である。「地図」が単に恣意的な手段でないことは、「緑」がアルバイトとして「地図の解説を書いて」いる(117頁)ことからも了解されるであろう。

「うん、地図の解説を書いてるの。ほら、地図を買うと小冊子みたいなのがついてるでしょ？町の説明とか、人口とか、名所とかについていろいろ書いてあるやつ。ここにこういうハイキング・コースがあって、こういう伝説があって、こういう花が咲いて、こういう鳥がいてとかね。あの原稿を書く仕事なのよ。あんなの本当に簡単なの。アッという間よ。日比谷図書館に行って一日がかりで本を調べたら一冊書けちゃうもの。」(117～118頁)

「解説」や「図書館」という語が「緑」の言葉の中に出てくるように、この「緑」のアルバイトは「ドラマⅡ」における彼女の役割を暗示してもいるのである。前述のように、第四章から始まる「ドラマⅡ」が「大学」の「図書館」に葬られた断章23の「A」―「言葉」と関連していると解釈すれば、「緑」が書いている地図の解説もこの断章23の「A」の箇所と関わっている。つまり「緑」は、断章23の構造に基づいた『世界の終りとハードボイルド・ワンダーランド』の「街」の地図を「東京」の地図に反映させ、そしてそれらの地図の中に「街」の「図書館」＝「島」と断章23の「星マーク」「A」の間に「ブリッジ」を作り上げていると言える。そのことは、彼女が「僕」のために「実家」までの道筋を描く箇所からも読み取れる。

緑はノートのページを破って家までの道筋をくわしく地図に描いてくれた。そして赤いボールペンを出して家のあるところに巨大な×印をつけた。（120頁）

この「ノート」は、『風の歌を聴け』の断章23のもとに作られた「街」の地図、すなわち『ノルウェイの森』における「東京」の地図として解釈できる。「緑」の家が「大塚」にあることを考えると、彼女が×印をつけた箇所は、「東京」の地図が表された図1において「東京」の「北」に当たるから、「早稲田大学」・「大学の図書館」の位置と並べることができる（図1参照）。さらにこの位置は、断章23の構造の「星マーク」「A」の下に言及される「未完成」の小説の箇所に一致させて考えることができる。「大塚」にある「緑」の「家」と「早稲田大学」・「図書館」を『ノルウェイの森』の構図が提示された図1の中で同線に並べるのは、「緑」の「家」の構造そのものが、『風の歌を聴け』の断章23の構造を反映していると考えられるからである。

3　「緑」の「家」の構造

「緑」の「家」は、三階建てであることから、「A」、「B」、「C」の三層から構成されている『風の歌を聴け』の断章23との関連が浮かび上がる。「家」の一階は「緑」の「父」が経営している「小林書店」が占めている（図2参照、巻末269頁）。この小さい「書店」で「いちばん堅実に売れるのが婦人雑誌、新しい性の技巧・図解入り四十八手のとじこみ附録のついているやつ」（115頁）という。つまりは「性」にまつわる書物であるから、この「書店」は、断章23の「B」の部分を中心とする身体的な表現と数値に基づいた記録と関連しているといえる。断章23における「B」の部分は、同時に「世界の終り」の「街」の地図の中で「街」の「南半分」が象徴する「体」に対応している。

「緑」の「家」の「二階」は「台所」に当てられている。「台所」を「街」の地図に照合させると、「街」の「北半分」が象徴する「頭」、すなわち「東京」の地図における「四ツ谷」と「早稲田大学」・「図書館」の間の空間に呼応していることがわかる（図1参照）。記述したように、「四ツ谷」と「早稲田大学」は、「世界の終り」の物語における「僕」と「図書館の彼女」との出会いの場である「街」の

「図書館」と呼応している。

「世界の終り」の「ドラマⅠ」における「B1」曲の伝達に続き、「緑」を主役とする「ドラマⅡ」の地図における「早稲田大学」＝「図書館」の位置は、断章23における「A」と関連する「未完成の小説」の箇所と重なるため、この「ドラマ」は、「僕」が「17歳」に断念した「言葉」と関わっていることが予測できる。このようにして「四ツ谷」と「早稲田大学」の位置関係を捉えると、「四ツ谷」と「早稲田大学」・「図書館」の間の空間に呼応する「緑」の「家」の「台所」は、断章23における「B」＝「B」曲、すなわち「四ツ谷」と、「A」＝「言葉」、すなわち「早稲田大学」と関わることがいえる。

「台所」から連想される「消化」をめぐる比喩は、『風の歌を聴け』の断章4では「ビール」と「小便」の関連で語られる。あるいは同小説の断章35では、解剖された「牛」のおなかの中にあった反芻された「ひとつかみの草」という箇所の中に生かされているのであり、そこでは「消化」を通して、『風の歌を聴け』における「連続的」な時間とそれと関わる「言葉」の「洗いだし」が示唆されている。『風の歌を聴け』において、「消化」＝「洗いだし」は、「歌」の伝達ための「ブリッジ」作りと平行して行われたが、「緑」の「家」の構図における「台所」の占めている空間からは、「四ツ谷」＝断章23における「B」曲と「早稲田大学」・「図書館」＝断章23の「A」と関連する「言葉」の間の「ブリッジ」作りに伴う「洗いだし」、あるいは「消化」が暗示されていると思われる。

「緑」の「家」の三階にあたる「物干し場」は、断章23における「洗い出された」時間とされる「星マーク」の箇所が象徴する「5分」とそれに先立つ「10分」の時間と関連すると考えられる。「僕」が

「緑」の「実家」を訪問するのは、彼女との出会いから「二週間」後、すなわち「9月の終わり」のことであり、この「物干し場」で「僕」と「緑」は「家」の近くで起こった「火事」を見物する。「9月の終わり」という時間設定と、そのときにおきた「火事」を見物するために二人が上がった「物干し場」は、「世界の終わり」の「一角獣」を中心とする「ドラマI」において「9月の最後の週」に「僕」が金色輝く「一角獣」を眺めるために上った「望楼」と呼応する。また、「直子」の話における「井戸」は、「僕」が「世界の終わり」の冒頭で「夕暮の幻想」を眺めた場所である「望楼」と一致することがわかる。このように「望楼」の位置は、「井戸」の位置同様、「街」の「壁」が象徴する「星マーク」＝「音」の伝達が行われる「5分」と伝達に先立つ「10分」の境に設置されているから、「世界の終わり」における「夕暮の幻想」の場面は不伝達に終わった「唄」の象徴として捉えられる。

上記の「火事」と「夕暮の幻想」の場面の関連からいえば、「火事」というモチーフによって断章23の「A」と関連する「言葉」の再生が暗示されている。しかも「緑」の「家」を最初に訪れた際、「僕」は彼女に「10本」の「水仙」をプレゼントしている。「水仙」は、「一角獣」の物語において「春」の到来と共に行われる「秩序」の変化、すなわち断章23の再生を暗示しているし、「10本」という数値は、『風の歌を聴け』の「鼠」が話し始める前にいつも数えているという「10本」の指と呼応し、断章23の再生に先立つ「洗いだされた」「10分」の象徴として使われていると思われる。

「物干し場」と断章23との関連をさらに探るには、「緑」が「火事」を見物していた間に唄った、自作の「何もない」という「唄」（140頁）の歌詞に注目する必要がある。「緑」の「唄」の歌詞は以下の通りである。

あなたのためにシチューを作りたいのに
私には鍋がない。
あなたのためにマフラーを編みたいのに
私には毛糸がない。
あなたのために詩を書きたいのに
私にはペンがない。

上記の「三つ」の文章からなる歌詞を三番目から一番目へ遡って読むと、「ひっくり返された」『風の歌を聴け』の断章23の構造における「C」→「A」との関連が見られるのである。まず、「緑」の「唄」の三行目における「詩」と「ペン」の関連は『風の歌を聴け』の構図を反映している。『風の歌を聴け』の構造においては、断章23における「B」の部分が「三週間」に及ぶ70年夏の物語の中「B」曲に「洗い出されて」から、断章23の「星マーク」「C」と「A」に伝達された「歌」が挿入されていた。断章23の「B」の部分における「言葉」は、「緑」の「唄」では「ペン」と関連し、そして「B」曲と「歌」に「洗いだされた」断章23の「B」の部分は、「緑」の「唄」における「詩」、すなわち伝達された「歌」と呼応している。『ノルウェイの森』では、「B」曲から「歌」への伝達は、「キズキ」

が自殺する直前に「ビリヤード屋」で最後に撞いた「ショット」で語られていた。

さらに「マフラー」は、「世界の終り」の「街」の地図とそれに基づく「東京」の地図において、地図の「南半分」が象徴する「体」と「北半分」が象徴する「頭」の間にかけられた「ブリッジ」の上に伝達された「B」曲と関連するといえる。つまり、「マフラー」は「世界の終り」の「ドラマI」における「ダニー・ボーイ」=「B2」曲と「ノルウェイの森」=「B1」曲の伝達により語られる「街」の地図における「体」と「頭」の合体の象徴であり、「首」としての伝達された「B」曲の役割を暗示している。

「緑」の「唄」の一行目における「シチュー」と「鍋」から連想できる「台所」は、先ほど述べた通り、『ノルウェイの森』の地図において「四ツ谷」と結びついている「B」曲と「早稲田大学」・「図書館」と関連する、断章23の「A」における「言葉」の間に行われる「洗いだし」を示唆していると考えられる。そこで「シチュー」は、『ノルウェイの森』で「ひっくり返された」断章23において「C」=「歌」と「B」曲、すなわち「音」から、断章23の「A」における「言葉」に至る過程において行われる「洗いだし」という手法に呼応しているのである。

「緑」が「物干し場」で唄った「何もない」という「唄」の題と上の歌詞からは、『風の歌を聴け』と「世界の終り」の「ドラマI」において「歌」と「B1」+「B2」曲が伝達されたあと「早稲田大学」の「図書館」に葬られた断章23が連想されるし、「緑」という名前に注目すると、「キズキ」が「ビリヤード屋」で「緑のフェルト」の上で最後に撞いた「ボール」との関連が見られる。前述のように「キズキ」の最後の「ショット」を「歌」の伝達の比喩として読むなら、「緑のフェルト」に覆われた「ビリヤード台」そのものも断章23の構造の喩えとして解釈できる。つまり「歌」の伝達のあと「OFF」状態になった断章23は「緑」という色と結びついているのであり、「世界の終り」の「ドラマⅡ」の主役である「緑」と彼女の「家」は、「三つ」の曲の伝達のあと「早稲田大学」の「図書館」に葬られた断章23そのものの象徴として読めるのである。

「緑」という名前から連想される「緑色」と断章23における「音」の伝達に当てられた「5分」＝「ON」の時間と、「7時15分」における「DJ」の「電話」が象徴する物語の「OFF」時間との関係は、「緑」の次の告白から見出せる。

「一日中家の中にいて電話を待ってなきゃいけないなんて本当に嫌よね。一人きりでいるとね、体が少しずつ腐っていくような気がするのよ。だんだん腐って溶けて最後には緑色のとろっとした液体だけになってね、地底に吸いこまれていくの。そしてあとには服だけが残るの。そんな気がするわね、一日じっと待っていると」(147頁)

「緑」の告白とも取れるこの台詞は、「火事」の場面に続き、「僕」が彼女の「家」から帰ろうとしているときに発せられる。この箇所における「電話」と「緑色」に腐っていく「体」との関係は、『風の歌を聴け』において「DJ」の「電話」により物語が「OFF」状態になることと対応している。ここで「緑」が恐れているのは、「大学」の「図書館」に葬られた断章23が「緑色のとろっとした液体になって」不伝達に終わることであろう。また『風の歌を聴け』の「ひっくり返し」である『ノルウェイの森』の「ドラマⅡ」では、「緑」が待つ「電話」は断章23における「A」＝「正確な言葉」の回復につながる「電話」を指していると考えられるのである。

「緑」の家族の構成からも断章23との関連が見られる。「緑」の「母」は、彼女が「僕」と出会った「1969年」の「二年前」に死んでいる（下巻、64頁）。この「死」が想定されている「1967年」は、「キズキ」が自殺した年と重なるから、「緑」の「母」の死を「キズキ」が最後に撞いた「ボール」に象徴される、「歌」の伝達の後断章23が「OFF」状態に変わったことと結びつけることができる。「緑」の「母」は、『風の歌を聴け』の断章23における「星マーク」が象徴する伝達された「歌」の比喩であるといえる。

さらに「緑」の「お姉さん」の名前である「桃子」は、『世界の終りとハードボイルド・ワンダーランド』では「B」曲＝「ダニー・ボーイ」の名残である「ピンクの女の子」と呼応している。「ピンクの女の子」の案内により行われる「ダニー・ボーイ」の伝達のための「ブリッジ」作りは、「博士」が食べた「桃」の缶詰に喩えられ、そこで「桃」は「ピンクの女の子」同様、『世界の終りとハードボイルド・ワンダーランド』で伝達された「ダニー・ボーイ」、すなわち断章23における「B」曲の象徴として解釈できる。

また「緑」と姉の「桃子」の関係を『風の歌を聴け』に照合させると、この二人は「小指のない女の子」と彼女の双子の「妹」に当たる「三年寝たきりの女の子」に呼応する。『風の歌を聴け』における「小指のない女の子」と「寝たきりの女の子」はそれぞれ「B1」曲と「B2」曲に対応していたが、『ノルウェイの森』ではその構造をが「ひっくり返されて」いるから、「桃子」はすでに伝達された「B1」曲の象徴であるといってもよい。対して、『風の歌を聴け』において「北」に設定されている「病院」から「手紙」を送った「三年寝たきりの女の子」は、「手紙」=「言葉」そして「北」という点で、断章23における「A」―「未完成」の小説と関わる。ここから「緑」という登場人物および彼女の「家」が象徴する「早稲田大学」の「図書館」に葬られた断章23との関連が生まれてくる。

「緑」の「父」と断章23との関連について言えば、すでに「緑」の「家」の構造を考察した際に指摘したように、「父」が営んでいる「小林書店」は、『風の歌を聴け』の断章23の「B」の部分に対応している。この断章23の「B」の部分は、『風の歌を聴け』の70年夏の物語の中では「B」曲に「洗い出されて」いくが、この「言葉」から「音」への「洗いだし」は「DJ」からの「電話」で始まっていた。この「電話」によって断章23の再生が始まることを考えると、「DJ」と「DJ」の背後にいる「28歳」の「僕」が、『風の歌を聴け』の生みの親すなわち「父」であるということがいえる。

「世界の終り」の「ドラマI」における「B」曲の伝達のあと、『ノルウェイの森』の「ドラマII」を『風の歌を聴け』の断章23における「C」の「鏡」として解釈すれば、そこにおける「父」すなわち「DJ」は、「C」=「歌」の「鏡」である「A」=「言葉」の再生と関わってくることが予想される。

ここで『風の歌を聴け』の構造における「言葉」→「音」という過程を振り返ると以下のごとくである。

「真中に線の引いたノート」に喩えられた『風の歌を聴け』の構造において、「線」の「右側」に記された「連続的な」時間とそれと関連する「言葉」は、70年夏の物語の「第一週」に挿入された「寝た三人の女性」に関する記述と呼応する（『ノルウェイの森』の図1の「南半分」＝「体」を参照）。「第二週」では、「連続的」な時間における「言葉」と関連する「女性と寝る」という比喩は、「洗いだし」によって「音」に置き換えられ、「ノート」の「左側」に移される。「僕」が寝た「三番目＝B」相手の象徴である「小指のない女の子」は、「B」曲に「洗い出され」、「ノート」の「左側」に移される。「B1」曲に続き、「寝たきり女の子」のリクエストである「B2」曲が放送されたあと、「歌」を伝達するための道が開かれる。このようにして「ノート」の「右側」が象徴する「言葉」を「左側」が象徴する「音」へ転換することにより『風の歌を聴け』という小説が生まれたのである。

『ノルウェイの森』における「ドラマI」と「ドラマII」は『風の歌を聴け』の構図の「ひっくり返し」であるため、「ノルウェイの森」＝「B1」曲の伝達のあと、「ドラマII」において「音」から「言葉」への逆転換が行われることが予想される。

4 「音」から「コトバ」そして「言葉」への逆転換

『ノルウェイの森』の「ドラマⅡ」における「音」と「言葉」の関係性は入院中の「緑」の「父」を中心とする場面に顕著にあらわれている。

「緑」が「僕」を「父」の見舞いに連れたのは「1969年10月第二週の日曜日」であり、「父」が入院している「病院」は「御茶ノ水駅」の近くにある「大学病院」である。「街」の地図をもとに作成した「東京」の地図で「御茶ノ水」は「中央線」の終点の「東京駅」の手前に位置しているから、図1の「左半分」に置かれた「国分寺」にある「直子」の「家」とは対称的に、「右半分」に位置することがわかる。

『ノルウェイの森』の構造における「見舞い」の場面の位置づけをより明確にするには、『風の歌を聴け』に登場した入院中の「三年寝たきりの女の子」の「手紙」と彼女の「リクエスト・ソング」をめぐる断章37およびそれに続く断章13との比較が不可欠である。

「三年寝たきりの女の子」の「手紙」が紹介されている断章37では、その手紙を代筆した彼女の「お姉さん」は、「言葉」と「音」の間の「ブリッジ」作りを手伝っている「小指のない女の子」と同様の役割を果たしている。断章37における「お姉さん」を「小指のない女の子」と同じく、「EP」＝「B1」曲の比喩として読み取れば、彼女が「妹」の代わりに「手紙」を書いているということから、「小指のない女の子」＝「B1」曲と、「寝たきりの女の子」のリクエスト・ソングである「B2」曲の間に作り上げられた「ブリッジ」が連想される（図1参照）。すなわち、断章37では「DJ」が「10分」のうちに「お姉さん」の書いた「手紙」を朗読したあと、「寝たきりの女の子」のリクエストである「EP」＝「B2」という曲をかけたことによって、「B1」曲と「B2」曲の間にかけられた「ブリッジ」が完成する。そしてこの「ブリッジ」の完成と共に、断章13における「歌」の伝達が可能になるのである。

上記の『風の歌を聴け』の断章37＋断章13の構造は「見舞い」の場面の中でも、特に「キウリ」のエピソードに反映されていると考えられる。

「キウリ」にまつわるエピソードは、「緑」の「お姉さん」が「キウイ」を「キウリ」と聞き間違えたため、入院中の「父」のために「三本」の「キウリ」を用意したところから始まる。病院を訪れた「僕」は、長い間「父」への看病に疲れた「緑」の変わりに、しばらく一人で「父」の面倒を見る。この時、腹をすかした「僕」は余った「三本」の「キウリ」を「一本」、そしてまた「一本」と、「ぽりぽりというとても気持ちの良い音」（83頁）を立てながら「父」のそばで食べる。それを受けて、食欲のなかった「父」が自分も「キウリ」を食べたくなったと言い出すというエピソードである。

「僕」が「緑」の「父」に「三本目」の「キウリ」を食べさせた場面では、「父」は「ほとんど表情を変えずにそれを何度も何度も噛み、そして飲み込んだ」（83頁）と語られている。この「父」が「キウリ」を食べている様子の描写には、「僕」の時には「ぽりぽりと」食べたという言及があったにもかかわらず、「キウリ」を食べる時に発せられたであろう「音」には一切触れられていない。『ノルウェイの森』の「ドラマⅡ」では、「僕」が「直子」に宛てた手紙の中で「父」が病室で「キウリを噛むときのポリ、ポリという小さな音」（94頁）が、その時にはすでに死去した「父」の思い出としてはじめて語られる。

僕は彼がキウリを噛むときのポリ、ポリという小さな音を今でもよく覚えている。人の死というものは小さな奇妙な思い出をあとに残していくものだ、と。（下巻、94頁）

「キウリ」をめぐるエピソードを上に述べた『風の歌を聴け』の断章37＋断章13と照らし合わせてみると、そこには断章23の「星マーク」「C」における「歌」の伝達に至る過程が凝縮されていることがわかる。「見舞い」の場面で「お姉さん」の聞き間違いにより「キウイ」が「キウリ」に置き換えられているということは、『風の歌を聴け』では「寝たきりの女の子」の「お姉さん」にあたる「小指のない女の子」が象徴する「EP」＝「B1」曲と「寝たきりの女の子」のリクエストである「EP」＝「B2」曲の関係を反映しているといえる。「B1」曲と「B2」曲の間にかけられた「ブリッジ」は、「見舞い」の場面では「僕」が食べた「二本」の「キウリ」と呼応し、そしてそのあとに「父」が「三本目」の「キウリ」を食べたときに生まれた「ポリ、ポリという小さな音」は、『風の歌を聴け』の構造において「B1」曲と「B2」曲の間にかけられた「ブリッジ」の上に伝達された「歌」と呼応しているのである。

『風の歌を聴け』においては、「僕」が「三番目に寝た相手・B相手」の象徴である「小指のない女の子」が「B1」曲の象徴に変わったあと、彼女が「一週間」留守にしている間に、「B1」曲と「B2」曲の間に「ブリッジ」が作られた。同様に、「僕」が「二本」の「キウリ」を「父」のそばで食べたとき「緑」は不在であった。そして「僕」が「キウリ」を食べた後──『風の歌を聴け』の構造でいえば、「DJ」が断章37で「B2」曲をかけた後──「父」が「キウリ」を食べた時にはじめて「ポリ、ポリ」という「小さな音」が生まれた。それは『風の歌を聴け』の断章23の最後の一行における「歌」の伝達の瞬間と呼応している。すなわち、「ポリ、ポリという小さな音」と『風の歌を聴け』の断章23の最後の一行における「僕」が吸っていた「煙草」の「火」は、両方とも「歌」の伝達の象徴として捉えられるのである。

「僕」と「緑」の「父」それぞれが「キウリ」を食べたときに生まれた「音」に象徴される、『風の歌を聴け』におけるB曲→「歌」という構図は、『ノルウェイの森』の「ドラマI」において「キズキ」が最後に撞いた「ショット」の変奏でもある。ビリヤード台の「緑のフェルトの上で白いボールと赤いボールが音も立てないくらいそっとぶつかり」あった（下巻131頁）「ショット」は、「僕」の「緑」の「父」に対する思い出として語られる「キウリ」を食べるときの「ポリ、ポリ」という

「小さな音」と同じく、「歌」の伝達の比喩として使われていると思われる。

「キズキ」の最後の「ショット」も「父」が「キウリ」を食べた際に発した「ポリ、ポリ」という「小さな音」と同じように、「直子」に送られた「手紙」においてはじめて語られる。このような時間的隔たりを置いて語られる「キズキ」および「父」に対する思い出は、『風の歌を聴け』の断章23の構造においては、「星マーク」「C」に象徴される、「B」の部分と最後の一行の間に横たわる「8年」の空白と響きあっている。上記の「白いボールと赤いボール」の衝突および「父」が「キウリ」を噛むときの「音」はすなわち、「8年」間の空白を経て、断章23の最後の一行において「煙草」の「火」という比喩で語られる「歌」の伝達と共振し、その変奏であると解釈できる。そして『ノルウェイの森』が『風の歌を聴け』の「ひっくりかえし」であるため、断章37における「手紙」→「B2」曲→「歌」という構造は「ドラマⅡ」では「キズキ」の「ショット」における「音」または「緑」の「父」が「キウリ」を食べたときの「音」→「手紙」という語り順に置き換えられている。

「キウリ」にまつわるエピソードにおける「僕」と「父」の関係は、『風の歌を聴け』の断章37＋断章13と断章23の最後の一行における「DJ」と「28歳」の「僕」の関係に照合させることができる。上記のエピソードでは「キウリ」二本を先に食べた「僕」が「DJ」になり、そして「三本目」の「キウリ」と食べた「父」は断章23の最後の一行における「訃報」を受けた際に「煙草を吸っていた」「28歳」の「僕」と重なっているのである。つまり、『風の歌を聴け』の断章37における「DJ」と断章23の最後の一行における「僕」の関係は、『ノルウェイの森』では逆転していることがわかる。

それゆえ断章23の最後一行における「28歳」の「僕」と「緑」の「父」との関連から、「ドラマⅡ」で死に瀕している「父」は、『風の歌を聴け』の断章23の最後の一行を付け加えることにより、「死んだ時間」において『風の歌を聴け』の作家になった「村上春樹」の象徴であるといえる。換言すれば、『ノルウェイの森』の「見舞い」の場面における「僕」の「父」との邂逅は、『風の歌を聴け』における「DJ」とその背景にいる「28歳」の「僕」＝「作家」との初めての対面として読み取ることができる。

「緑」の「父」と作家「村上春樹」との関係は、「父」が「見舞い」の場面の直前に「頭」の手術を受けたことからも読み取れる。『ノルウェイの森』の冒頭、「草原」の風景が回想された場面を考察した際に述べたように、そこに再生された「18年」前の「草原」の風景の描写は、「1967年」における「言葉」の断念から「18年」後に「ダニー・ボーイ」の伝達を通じて行われる分裂した作家の「頭」と「体」の合体を示唆している。

「世界の終り」の「ドラマⅠ」の続きとして読み取れる「直子」を中心とする物語における「ノルウェイの森」＝「B1」曲の伝達が「1969年4月」の彼女の「誕生日」と「1969年10月」初めの「草原」の場面において語られたあとで「ドラマⅠ」は終焉を迎えた。「僕」が「父」を見舞いする場面は、「ドラマⅠ」における「ノルウェイの森」の「二番目」の伝達の直後の、「1969年10月第二週の日曜日」に設定されているため、「世界終わりのドラマⅠ」と「見舞い」の場面の関連性は「父」が発した「四つ」の「言葉」にも見出すことができる。

意識が混濁した状態にある「緑」の「父」が「僕」に向けてなげかけた「四つ」の「言葉」は、まるで空気に散らした意味のない「音」に過ぎないかのようにカタカナ表記で〈キップ〉、〈ミドリ〉、〈タノム〉、〈ウエノ〉と記される。「僕」はそれらを「切符・緑・頼む・上野駅」（下巻、85頁）として意味づけるが、このエピソードは、「ダニー・ボーイ」と「ノルウェイの森」の伝達を通して語られる「作家」の「頭」と「体」の合体、すなわち「ドラマⅠ」の追加として解釈できる。「世界の終り」の「ドラマⅠ」の地図において「頭」と関連する「街」の「北半分」、すなわち断章23の「A」における「言葉」は、「緑」の「父」が発した「コトバ」に象徴されている。その意味で、「頭」の手術のあとに、病床についている「緑」の「父」は、「ドラマⅠ」における「B」曲の伝達のあと、「頭」と「体」が合体した「作家」の姿と重なる。

前述の「キウリ」のエピソードにおける「僕」と「父」の立場と『風の歌を聴け』における「DJ」と「作家」の関係の比較からは、「僕」＝「DJ」と「父」＝「作家」という立場の逆転が浮上した。そして先ほど考察した、「父」の「四つのコトバ」をめぐるエピソードにおける「父」の姿は、「世界の終り」の「ドラマⅠ」における「頭」と「体」を合体させた「作家」の姿と重なることがわかる。一方、「僕」は「父」がなげかけた「コトバ」を意味づけ「言葉」に転換していることから、『ノルウェイの森』の「ドラマⅡ」における「僕」は、『風の歌を聴け』における「DJ」の役割を果たしている。これは「ドラマⅡ」で「緑」の「父」が発した「四つのコトバ」は、『風の歌を聴け』の断章37の終わりに記されている、「DJ」の「三つ」の「言葉」と呼応しているためである。「DJ」は「ポップス・テレフォン・リクエスト」というラジオ番組が挿入されている断章37の終わりで「寝たきりの女の子」の「手紙」を読み終えたあと、視聴者に向けて以下のように言う。

僕は・君たちが・好きだ。

この「手紙」の差出人である「寝たきりの女の子」とそれを実際に書いた彼女の「お姉さん」は、前述のように、「B1」曲と「B2」曲の間に作り上げられた「ブリッジ」を反映している。『風の歌を聴け』の構造の中では、「僕」と「寝た三人」の女性が、「洗いだし」という手法を通して、「B1」曲→「B2」曲→「歌」、すなわち「三つ」の「歌」・音に置き換えることによって、断章23の再生が行われた。その過程を示唆するかのように、上記の「DJ」の「三つ」の「言葉」は、断章13における「歌」の伝達に先立って記述されている。

それゆえ、「緑」の「父」をめぐるエピソードを『風の歌を聴け』の断章23と照合させると、「ひっくり返された」断章23における「C」=「歌」は、「父」が「キウリ」を食べたときに発した「音」と関連することが分かる。そして断章23における「B」曲、すなわち「世界の終り」の「ドラマI」において語られる「作家」の「頭」と「体」の合体は、「父」が発した「四つのコトバ」と関連しているから、この「父」の「コトバ」は、「ドラマII」における「音」→「言葉」に至る「ブリッジ」作りを暗示している。「ドラマI」における「B」曲の伝達に続き、断章23の「A」と関連する「言葉」の再生が、この「ドラマ」の背景にあるということがいえる。

この「音」から「言葉」への逆転は、「父」の入院先の「病院」の「東京」の地図における位置によっても示唆されている。

「真ん中に線の引いたノート」に喩えられた『風の歌を聴け』の構造において、「線」の「右側」に「言葉」が記入され、「洗いだ」されたあと、「左側」に「音」として転換される。また、「街」の地図および東京の地図に基づいた「世界の終り」の「ドラマⅠ」では、「ノルウェイの森」は地図の「左側」に当たる、「国分寺」・「草原」から伝達されている。断章23の「ひっくり返し」である『ノルウェイの森』の「ドラマⅡ」における「音」から「言葉」への逆転換は、「父」が発した「四つのコトバ」で暗示され、このことは、「父」の入院先の「病院」が「東京」の地図の中で「右側」に位置することにも裏付けられている。つまり、「父」が入院する「御茶ノ水」にある「病院」は「東京」の地図では「右側」に設置されていることから、「ノート」に喩えられた『風の歌を聴け』の構造において、「言葉」が挿入されている「ノート」の「右側」と一致するのである。

以上の考察から、「見舞い」の場面において「緑」の「父」が発した「四つのコトバ」と関連する「御茶ノ水」にある「病院」は、「世界の終り」の「ドラマⅠ」において「ノルウェイの森」が伝達された「国分寺」＝「街」の「門」の反対側に設置されているのである。「父」が発した「四つのコトバ」は、『風の歌を聴け』の断章37における「DJ」が口にした「三つ」の「言葉」と呼応しているが、『ノルウェイの森』における「ドラマⅡ」は『風の歌を聴け』の構造の「ひっくり返し」であるため、

「音」から「言葉」への転換が示唆されている。また、「父」の「四つのコトバ」を意味づけし、「四つの言葉」に置き換えた「僕」は、『風の歌を聴け』の断章37における「DJ」の役割を演じているといえる。『風の歌を聴け』における「DJ」が最後に口にした「三つの言葉」は「三つ」の「歌」・曲への変換を暗示することに対して、「見舞い」の場面における「父」の「コトバ」から「僕」の「言葉」への転換が示唆するように、「ドラマⅡ」における「僕」の役割は、断章23における「B」曲と「A」＝「言葉」の間に「リンク」を作ることである。この「僕」の立場は、『風の歌を聴け』の断章12で「電話」をかけることによって「僕」との間に「リンク」を作っている「DJ」の立場と重なっているのである。

『風の歌を聴け』における「DJ」の立場とそれを逆転した『ノルウェイの森』における「僕」の「リンク」としての役割は、次の「エウリピデス」についての記述によって示唆されている。

彼の芝居の特徴はいろんな物事がぐしゃぐしゃに混乱して身動きがとれなくなってしまうことなんです。わかります？　いろんな人が出てきて、そのそれぞれにそれぞれの事情と理由と言いぶんがあって、誰もがそれなりの正義と幸福を追求しているわけです。そしてそのおかげで全員がにっちもさっちもいかなくなっちゃうんです。そりゃそうですよね。みんなの正義がとおって、みんなの幸福が達成されるということは原理的にありえないですからね、だからどうしようもないカオスがやってくるわけです。それでどうなると思います？　これがまた実に簡単な話で、最後に神様が出てくるんです。そして交通整理するんです。お前あっち行け、お前こっち来い、お前あれと一緒になれ、お前そこでしばらくじっとしてろっていう風に。フィクサーみたいなもんですね。そして全てはぴたっと解決します。これはデウス・エクス・マキナと呼ばれています。エウリピデスの芝居にはしょっちゅうこのデウス・エクス・マキナが出てきて、そのあたりでエウリピデスの評価がわかれるわけです。（下巻、81～82頁）

病室で「父」と二人きりになったときに、「僕」は「緑」と一緒に受けている「演劇史Ⅱ」の講義の内容を「父」に向かって上のように説明する。

「僕」と「父」の関係の比較から浮上してきた、『風の歌を聴け』における「DJ」と「僕」＝「作家」の立場の逆転を踏まえると、「父」に話しかけている「僕」は、『風の歌を聴け』の「DJ」の立場にあり、そして混濁状態にある「父」は、作家「村上春樹」の姿と重なるということがわかる。それゆえ上記の言葉は作家村上春樹の独白として読み取ることができる。村上春樹は自分の「鏡」である「父」に向かい、「エウリピデス」の悲劇について説明をする「見舞い」の場面で、『風の歌を聴け』の構造および「世界の終り」の「ドラマ」の特徴を「デウス・エクス・マキナ」という言葉によって語っているのである。

「デウス・エクス・マキナ」は『風の歌を聴け』の構造において「7時15分」（断章12）にかかってきた「DJ」からの「電話」に対応すると思われる。「DJ」からの「電話」は70年夏物語の出発点であり、「二週間」後に行われる「歌」の伝達のあとの、断章23の最後の一行における「訃報」の「電話」でもある。「7時15分」に設置された「電話」は、「OFF」状態からはじまった70年夏の物語を、断章23の「C」と「A」における「歌」の伝達のあと、もう一度「ON」（7時10分〜15分）状態から「OFF」状態に切り替える「スイッチ」のような役割を果たしている。その意味で、「DJ」からの「電話」は、「エウリピデス」悲劇における「デウス・エクス・マキナ」が象徴する「神様」のもつ機能を果たしている。

「DJ」からの「電話」が「僕」との間の「リンク」を作っていることを念頭におけば、『風の歌を聴け』の断章23の「ひっくりかえし」である『ノルウェイの森』の「ドラマⅡ」において、断章23における「B」と「A」の間の「ブリッジ」あるいは「リンク」としての役割を「僕」が補っているということが明らかになる。断章23における「B」が象徴する「B」曲＝「音」から、断章23における「A」＝「言葉」への「ブリッジ」作りは、前述の「父」の「見舞い」の場面における「音」→「コトバ」→「言葉」に至る過程の考察から解るように、「ノート」＝東京の地図の「左側」半分が象徴する「音」の領域から「右側」が象徴する「言葉」への領域に「ブリッジ」をかけることで行われているのである。

5 「四」という数値についての考察

「音」から「言葉」に移行する過程における「四」という数値との関わりは、「父」の「見舞い」の場面から「一年」後に設定された「レイコ」と「僕」の再会の場面にも見られる。

『ノルウェイの森』の最終章における二人の「再会」は、「8年ぶり」に「療養所」を離れた「レイコ」が「旭川」に向かう途中、「僕」に会うために「1970年10月8日」に「東京」で下車した所から語り始められる。この再会は、「見舞い」の場面から「一年」後に設定されているから、ここには「一年」単位で行われる断章23の再生、とりわけ断章23の「A」の再生が暗示されている。さらに、「レイコ」が「療養所」に滞在した「8年」という年月は、『風の歌を聴け』の断章23の「B」の部分の終わりに、「僕」が存在理由を失ってから、「歌」が伝達されるまでの「8年」と重なっている。

「僕」が「レイコ」を「東京駅」で迎えたあと、二人は「僕」の「吉祥寺」にある「アパート」に移動しているが、この「僕」の「アパート」は、「直子」の「家」同様、東京の地図が表示された図1において地図の「左側」に設定されている。この「アパート」で「レイコ」と「僕」が行った「直子」の「葬式」は、「ノルウェイの森」の二番目の伝達が語られる「療養所」近くの「草原」の場面

（「1969年10月6日」）から「一年」後に行なわれるから、「一年」前に伝達された「ノルウェイの森」の「葬式」として読み取れる。さらに二人は「葬式」に先立ち、「すき焼」を食べる。「すき焼」すなわち「牛肉」から連想される「牛」は、『風の歌を聴け』では「反芻」という行為を通じて、「歌」の伝達の前に行われる「洗いだし」の比喩として読み取れる。従って、「僕」と「レイコ」が食べた「すき焼」は、「洗い出し」のあと、「B曲」と「歌」の組み合わせからなる『風の歌を聴け』の構造を暗示しているといえるが、このことは、「レイコ」が「葬式」の場面で演奏した音楽からも言える。

音楽が主軸を成している「葬式」の場面は、言わば「直子」の「誕生日」の場面の反復である。「誕生日」の場面では「僕」が「DJ」の役割を担っているのに対して、「葬式」の場面では社会に「8年ぶり」に復帰して曲を奏でる「レイコ」が、「8年間」の歳月を経て、『風の歌を聴け』の断章23の再生を可能にした「DJ」の姿と重なる。

「レイコ」が「僕」の「アパート」で弾いた音楽に注目すると、二人が食事を始める前に、彼女はまず「バッハのフーガ」（249頁）を弾き、「直子」の「葬式」の初めに「ヘンリー・マンシーニのディア・ハート」を弾く。続いて「ノルウェイの森」を弾き、そして数々の曲を演奏した後、五十曲目にもう一度「ノルウェイの森」を弾いたあと、「五十一」番目の曲として「フーガ」を弾いている。この音楽の演奏の最初と最後の「フーガ」は、「歌」・「B1」・「B2」・「歌」という『風の歌を聴け』の構造における「歌」が占めている位置と呼応する。「フーガ」＝「歌」の変奏として、「レイコ」が「一番目」に弾いた「ディア・ハート」は、「ひっくり返された」『風の歌を聴け』の構造において、「EP」＝「B2」曲（断章37）と呼応し、「二番目」の「ノルウェイの森」は「EP」（断章22）＝「B1」曲の変奏であるといえるのである。

しかも「レイコ」が「五十二」曲を弾く間中、「僕」は一曲弾き終わるごとに「マッチ棒」を一本ずつ縁側に並べる。この「マッチ棒」を並べるという行為には、「音」と「言葉」を繋ぐということが暗示されており、更にそれを行う「僕」には「リンク」のような役割が与えられていると考えられる。曲と「マッチ棒」には、『風の歌を聴け』では断章37の終わりに放送された「B2」曲とそれに続く伝達された「歌」の関係が反映されているといえる。「B2」曲に次ぐ「歌」の伝達が断章23の最後の一行における「煙草」の「火」という比喩で語られていることを踏まえると、「B2」曲はいわば「マッチ」として「歌」の伝達を誘発するから、「レイコ」が演奏した場面における「マッチ棒」への言及は「ドラマⅡ」における「音」の伝達を暗示していることになる。

演奏後に、「レイコ」と「僕」は「性交」を「四回」行うのだが、「四」という数値もまた「歌」の伝達に関連している。「四回」の「性交」は、「キズキ」と「僕」がビリヤード屋で行なった「四ゲーム」と「緑」の「父」が発した「四つの言葉」を想起させるからである。「僕」と「キズキ」が最後にビリヤードをした時のスコアは「1対3」であったが、「キズキ」のスコアに当たる「3」は、断章23の構造における「B1」曲↓「B2」曲↓「歌」に呼応している。

ここでこの「4」という数値が「3＋1」という数値の組み合わせによって成り立っていることに注目したい。この「4」が「1」と「3」の組み合わせであるか、それとも「3」と「1」の組み合わせであるかによって大きな違いが生じる。『ノルウェイの森』が断章23の構造を「ひっくりかえした」小説であるなら、この「1対3」というスコアを「3対1」というように逆転させることができるし、「レイコ」と「僕」が行った「性交」と関連する「4」という数値も「3＋1」に分解することができる。

上述のごとく、「葬式」の場面で「レイコ」の演目が示唆する「B1、B2、歌」という「三つ」の曲からなる『風の歌を聴け』の構造は、「3＋1」に分解された「性交」の回数における「3」と重なっている。このような「音」とセックスの回数との関係は、「ハードボイルド・ワンダーランド」においても見られ、そこでは「私」と「図書館」の「女性」が「三回性交」した場面における「3」という数値も「歌」と結びついていた。また、『ノルウェイの森』の「ドラマI」で語られる「直子」と「僕」の「一回」の性交は、『世界の終りとハードボイルド・ワンダーランド』の「ドラマ」における「唄」、すなわち「ノルウェイの森」の伝達の象徴として捉えられるのである。「ドラマI」の続きである「ドラマII」では、「3＋1」に分解された「四回」の「性交」における「3」も「歌」の象徴として捉えられるし、「1」は「世界の終り」の「ドラマI」における「唄」＝「B」曲に対応する数値として解釈できる。

その場合、「世界の終り」の「ドラマI」では『風の歌を聴け』の断章23を遡る形で「唄」＝「B」

曲の伝達が行われるため、『風の歌を聴け』の時間設定における「B」曲と「歌」それぞれにあてられた時間——断章37における「10分」＋断章13における「5分」は逆転している。そのため、「三回」の「性交」に象徴される「歌」の伝達は「10分」のうちに行われ、そして「一回」の「性交」に対応するのは「5分」のうちに行われる「唄」の伝達ということになる。従って「ドラマI」および「ドラマII」では「三回の性交」にあたる「10分」と「一回の性交」に対応する「5分」をあわせると、「3＋1」の数値に対応する時間は「15分」ということになる。

この「15分」のうちに行われる「歌」と「唄」の伝達は、「レイコ」との再会の舞台である「僕」の「アパート」＝「吉祥寺」と、「ドラマI」における「直子」の「家」＝「国分寺」が占める位置との比較によって明らかになる。『ノルウェイの森』の「ドラマI」では、「唄」・「ノルウェイの森」は「国分寺」から「用水」を隔てたところにある「直子」の「大学」の方に伝達されている。「用水」＝「星マーク」の上で「5分」のうち伝達された「唄」は、「僕」が「直子」と「一回」行った「性交」に象徴され、その「一回」の「性交」、すなわち「唄」の伝達は、「レイコ」との「3＋1」の性交のうちに「1」に対応している。そして残りの「三回」・「3」と関連する「10分」のうちに行われる「歌」の伝達に関しては、「僕」の「家」＝「吉祥寺」と「国分寺」の間の距離を「10分」単位で解釈すれば、「15分」という時間と「四回の性交」という数値が響きあうことになる（図1参照）。

それでは、これらの「四つ」の「音」（「B1、B2、歌＋唄）と「緑」の「父」の「四つの言葉」の間にはどのようにして「ブリッジ」が作られているだろうか。図1と図3を参考に考察して言えば、「四回の性交」＝「四つの音」に相当する「15分」は図3における「星マーク」「C」と関わっている。他方、「父」の「四つの言葉」は、断章23の「星マーク」「A」＝「言葉」とその下に言及される「未完成」の小説に関っているから、「星マーク」「A」が象徴する「5分」と「未完成」の小説の箇所に呼応する「10分」との関連が生まれる。「父」の「四つの言葉」をこのように位置づけると、「四つの言葉」と結びついている入院先の「病院」＝「御茶ノ水」も、「四回の性交」と関連する「吉祥寺」同様、「用水」すなわち「星マーク」＝「5分」という時間単位の「10分」前の位置に設置することができる（図1参照）。

『ノルウェイの森』の「ドラマⅡ」では、「四回の性交」＝「吉祥寺」とそれに呼応する「四つの言葉」＝「病院」は、「世界の終り」の「街」の「北半分」が象徴する「僕」の「頭」と関わっているということがわかる。

「ドラマⅡ」では「音」と「言葉」の間に作り上げられた「ブリッジ」は、「ドラマⅠ」の終わりに「唄」が伝達された位置に当たる「門」、すなわち「直子」の「家」＝「国分寺」を起点にしている。既述したように、「ドラマⅠ」では「街」の「南半分」が象徴する「僕」の「体」と「門」＝「頭」・「耳」の間に作り上げられた「ブリッジ」上の「電流」にのって流れた「唄」は、「門」・「耳」の鼓膜を突破することにより、「壁」＝断章23の「星マーク」と関連する「5分」のうちに伝達されている。そこで「唄」の伝達を可能にした「電流」は、「ブリッジ」上に散りばめられた「ペーパー・クリップ」と「風」との接触により起こり、「街」の「南半分」＝「体」と「北半分」＝「頭」の間に架けられた「ブリッジ」上に「電気サーキット」を作って流れていることがわかる。

「電流」に流れた「唄」が「街」の「門」および「壁」を突破したことによって、断章23が「ON」状態に切り替わったことは、『ノルウェイの森』第三章の終わりで回想される「たまり」の上に燃えさかる「螢」が象徴的に語っている。「僕」が最後に見た「螢」にまつわる記憶（『ノルウェイの森』第一章の引用部分参照）における「水門」と「たまり」の位置関係は、『世界の終りとハードボイルド・ワンダーランド』の「ドラマⅠ」における「街」の「門」と「壁」、そして『ノルウェイの森』の「ドラマⅠ」では、「直子」のアパート＝「国分寺」と「用水」と呼応するのである。東京の地図において「国分寺」＝「水門」の手前に設置された「用水」＝「たまり」の上に放出された「ノルウェイの森」は、「螢」にまつわる記憶に結びつく。それゆえ「僕」の記憶の中の燃えさかる「螢」もまた小説の時間が「ON」状態になったことを示しているのである。

次に「ドラマⅠ」の中に設置された「電気サーキット」とその比喩として挙げられる「僕」の「螢」にまつわる記憶を「ドラマⅡ」の構造に反映させてみたい。

「ドラマⅡ」では「吉祥寺」と関連する、「四回の性交」＝「四つの曲」と「御茶ノ水」と関連する「四つの言葉」の間にかけられた「ブリッジ」は、第三章の終わりに、「僕」が「寮」の「屋上」から放した「螢」をめぐる場面の中に暗示されていると思われる。「僕」の住んでいる「寮」は「早稲田大学」の近くにあるため、ここで「寮」を「早稲田大学」と「緑」の「家」が設置されている線上（図

1参照）に並べることができる。また図1における「寮」の「屋上」の位置は「緑」の「家」の「三階」にあたる「物干し場」同様、断章23の「星マーク」「A」とその下に言及される「未完成」の小説と呼応することがわかる。

断章23における「A」＝「言葉」と「寮」の「屋上」から放たれた「螢」をめぐる場面との構造上の接点を考えれば、この場面における「螢」そのものを断章23の「星マーク」「A」、すなわち「1967年」に葬られた「言葉」の象徴として解することができる。同時に、「屋上」から放たれた「螢」は、「父」との面会の場面における「僕」が「父」の発した要領を得ない「音」を「言葉」として解釈したように、「音」と「言葉」の間に「リンク」を作る役割を担っていることがわかる。

螢が飛びたったのはずっとあとのことだった。螢は何かを思いついたようにふと羽を拡げ、その次の瞬間には手すりを越えて淡い闇の中に浮かんでいた。それはまるで失われた時間をとり戻そうとするかのように、給水塔のわきで素速く弧を描いた。そしてその光の線が風ににじむのを見届けるべく少しのあいだそこに留まってから、やがて東に向けて飛び去っていた。

螢が消えてしまったあとでも、その光の軌跡は僕の中に長く留まっていた。目を閉じたぶ厚い闇の中を、そのささやかな淡い光は、まるで行き場を失った魂のように、いつまでもいつまでもさまよいつづけていた。

僕はそんな闇の中に何度も手をのばしてみた。指は何にも触れなかった。その小さな光はいつも

僕の指のほんの少し先にあった。[14]（88頁）

「寮」の「屋上」で「まるで行き場を失った魂」のようにさまよいつづけ、「光の線」の「弧」を描いてから「東」に向けて飛び去った「螢」は、『ノルウェイの森』の「ドラマⅡ」では、「音」＝「吉祥寺」と「言葉」＝「御茶ノ水」の間にかけられた「ブリッジ」を象徴するかのようである。

それは、図1の「左」側の「用水」と「大学」の間に私が引いた線に象徴される浄化された「15分」という時間単位と、その「15分」の「鏡」である「右」側の「15分」のポイントを結ぶ「弧」である。さらに「螢」は、「直子」の「葬式」の場面の「マッチ棒」と関連づけることができる。「レイコ」がギターで一曲を弾くごとに「僕」が縁側に一本ずつ並べたという「マッチ棒」を、図1において左右両極の「15分」のポイントの間に引かれた「弧」の「線」に沿って並べることができる。地図の「左」側に「吉祥寺」と「大学」の間の距離が象徴する「音」の伝達に要求される「15分」と、同じ地図の「右」側にある「病院・御茶ノ水」と関連する「言葉」の「再生」に関わる「15分」の間に描かれた「弧」の線上に「マッチ棒」を並べることによって、「音」と「言葉」の間に仮設「ブリッジ」がかけられるようになる。

「ドラマⅠ」では、「街」の「南半分」にかけられた「ブリッジ」は、既述したように「風」と「ペーパー・クリップ」の接触によって「電気サーキット」に変わった。それに対して、「ドラマⅡ」では東京の地図の「北半分」の「15分」のポイントの間にかけられた「ブリッジ」に「火」をつけたのは、

「僕」と「レイコ」が「四回」行った「性交」という行為であると思われる。「レイコ」の演奏の場面に続いて言及される「僕」との「四回」の「性交」は、「15分」のうちに行われる「三曲」（3）＋「唄」（1）の伝達の象徴として読み取れるが、その「15分」は、「葬式」の場面の舞台である「吉祥寺」と「大学」の間の距離と呼応しているといえる。

「セックス」と「火」の関連は、『風の歌を聴け』の断章23の構造を反映している。『風の歌を聴け』では、断章23の「星マーク」に相当する「5分」のうちに行われる「歌」の伝達は、「僕」が断章23の最後の一行において「吸っていた煙草」に象徴された。対して、「ドラマⅡ」では、「セックス」そのものが「歌」の伝達の象徴であるため、『風の歌を聴け』における「歌」の伝達の比喩として用いられる「煙草」の「火」とイコールであるということができる。それゆえ「ドラマⅡ」では「レイコ」との「四回の性交」によって、「四つの音」の伝達という意味で、「大学」＝「15分」のポイントに置かれた「マッチ棒」に「火」がつけられているから、「性交」によっておこされた「火」は、東京地図の「北半分」にかけられた「弧」型の「ブリッジ」に沿い、その上に置かれた「マッチ棒」に燃え移りながら、「右」側の「15分」のポイントまで流れる。このようにして、「弧」の型をした「火」の回路に

（14）『ノルウェイの森』の第二章の終わりに記された、「寮」の「屋上」から放された「螢」をめぐる場面を含め、この小説の第二章、と第三章は、「１９８４年」に発表された『螢・納屋を焼く・その他の短編』の中に収められた「蛍」という短編が原型になっている。

変わった「ブリッジ」は、「右」側の「15分」のポイントで、「ドラマⅠ」における「街」の「門」と「発電所」の間に作られた「電気サーキット」に円を閉じる形で合流するのである。

東京の地図の「北半分」、「中央線」の両極の間にかけられた「ブリッジ」は、『風の歌を聴け』の断章23の構造上「星マーク」「A」と「C」の間にかけられた「ブリッジ」と呼応しているということである（図3参照）。「ドラマⅡ」の地図では、断章23の「星マーク」に相当するのは「用水」であり、断章23の「星マーク」「C」と最後の一行の間に引かれた線（『風の歌を聴け』図1参照）に呼応するのは、「用水」と「大学」を隔てる線＝「15分」のポイントである。「7時15分」の「DJ」からの「電話」が、物語を「ON」状態から「OFF」状態に切り替わる「スイッチ」のような役割を果たしているのに対して、「ドラマⅡ」では、「大学」の位置に相当する「15分」のポイント＝「スイッチ」は、「僕」が「レイコ」と「四回」行った「性交」により「OFF」から「ON」状態に切り替わった。つまり「ドラマⅡ」は『風の歌を聴け』の断章23の構造の「ひっくりかえし」なのである。

6「四つの音」から「四つの言葉」へ

以下においては、「音」から「言葉」への転換が「真ん中に線の引いたノート」に喩えられた東京の地図上で、「左」側にある「吉祥寺」と関連する「四回の性交」＝「四つの音」と、反対の「右」側にある「病院」に関連する「四つの言葉」の間にかけられた「ブリッジ」を通して行われる過程を追っていきたい。

「僕」と「レイコ」の「性交」により、「四つの音」が「大学」が位置する「15分」の「ポイント」で伝達されたあと、燃えさかる「ブリッジ」を通して「右」側の「15分」の「ポイント」に運ばれているという構造は今まで見てきた通りである。東京の地図の「右」側の「15分」の「ポイント」に運ばれた「三曲＋唄」のうちの「三」は、「父」が口にした「四つの言葉」のうちの〈キップ〉、〈タノム〉、〈ウエノ〉という「三つの言葉」と呼応すると思われる。

〈キップ〉、〈ウエノ〉、〈タノム〉は、「僕」が「レイコ」を「上野駅」まで送った場面に対応しているといえる。「レイコ」との「再会」の場面の考察において触れたように、「レイコ」が「8年」ぶりに「療養所」を離れたことの背景には、『風の歌を聴け』の断章23の「星マーク」「C」に象徴される、同章の再生に至るまでの「8年間」という時間が関連している。「レイコ」が「僕」と「四回」＝（3＋1）した「性交」のうち、「3」という数値は、『風の歌を聴け』では「歌」の伝達に至る、「B1曲↓B2曲↓歌」という「三曲」と呼応していることから、「ドラマⅡ」において「レイコ」は、『風の歌を聴け』の「三曲」の象徴であると考えられる。

これからは『風の歌を聴け』の構造における「三曲」が「緑」の「父」の「三つ」の「言葉」に転換される過程を、東京の地図と『風の歌を聴け』の断章23の構造をあわせた、図3（巻末270頁）に沿って、説明したい。

断章23の「B」の部分終わりの時間設定「1970年4月3日」から、「星マーク」「C」が象徴する「8年間」の空白を経て、「B」の部分が「B1曲、B2曲」に「洗いだされた」あとで「歌」が伝達された。この断章23の構造を東京の地図に照合させると、そこで「国分寺」は「B」の部分における「1970年4月3日」と呼応し、「用水」は「星マーク」「C」にあたり、そして「大学」は断章23の最後の一行、すなわち『風の歌を聴け』における「三曲」が放出された場所に相当する。

「ドラマⅡ」では、「星マーク」「A」が象徴する「言葉」の再生までに「8年」の歳月を要したことは、「レイコ」の「8年」ぶりの「療養所」からの脱出によって暗示されているが、図3では、東京の地図における「右」側の「星マーク」「A」はその空白の「8年」の象徴となっている。

「レイコ」は『風の歌を聴け』において「音」の比喩として用いられる「象」のイメージと重なっている。『風の歌を聴け』の断章1では「29歳」になろうとしている語り手は、「8年間」に及ぶ「文章」との格闘の中、「象について何かが書けたとしても、象使いについては何も書けないかもしれない」（7頁）と記していた。その文章における「象」と「象使い」を分けるのは、『風の歌を聴け』の構造における「言葉」と「音」の領域の間に引かれた線であり、両者を隔てる線は、断章23の構造において、断章23の「B」の部分における「言葉」と「星マーク」の間に引かれた線と重なる。つまり『風の歌を聴け』の構造において「星マーク」が象徴する「8年」に及ぶ空白を経て、「言葉」から「音」への転換が行われたのである。

同小説の断章1では「8年」という歳月を経て、「今、僕は語ろうと思う。」と宣言した語り手の「僕」は、「文章を書くことは自己療養の手段ではなく、自己療養へのささやかな試みにしか過ぎない」と述べたあとで、「何年か何十年か」先の文章の執筆の意味に触れている。

それでも僕はこんな風にも考えている。うまくいけばずっと先に、何年か何十年か先に、救済された自分を発見することができるかもしれない、と。そしてその時、象は平原に還り僕はより美しい言葉で世界を語り始めるだろう。（8頁）

ここに言及される「何年か何十年」という期間は、『風の歌を聴け』の断章23の「B」の部分において最後の「言葉」が記された「1970年4月3日」から、『ノルウェイの森』が「1987年」に書かれるまでの「17年」という歳月に対応していると思われる。ここでこの「17年」という歳月の内容について確認しておきたい。

『ノルウェイの森』の「ドラマⅡ」では、「レイコ」の「8年」ぶりの「療養所」からの脱出は、『風の歌を聴け』における「象」、すなわち「歌」の伝達に至る「8年」と呼応することがわかる。「療養所」はすなわち、『風の歌を聴け』における「歌」の伝達のあと、「7時15分」の「電話」によって死を迎えた「音」、すなわち「象」が放出された場所の比喩である。『風の歌を聴け』の断章12における「7時15分」の「音」の死から、「8年」後に設定されている「レイコ」と「僕」の東京での「再会」

の場面において、「性交」という行為を通して「8年」ぶりに「音」が伝達がされたのである。「歌」の伝達に至る「8年」、そして「レイコ」との「8年ぶり」の「再会」の場面において行われる「性交」も、図3において「星マーク」「C」、すなわち「音」の伝達に関わる「8年」を指している。

断章23の「C」に象徴される、「音」の伝達に至る「8年」の空白に対応するのは、断章23の「A」、すなわち「音」から「言葉」への転換に至る「8年」という時間単位である。

「音」の伝達に至るまでの「8年」+「言葉」への転換に至る「8年」=「16年」は、『風の歌を聴け』の断章23の「B」の部分における数値による表現が途絶えたあとに流れている時間に当たる。断章23の「B」の部分の終わりの「1970年4月3日」から「17年」後の1987年に『ノルウェイの森』は書かれているが、この「17年」と上記の「ひっくり返えされた」『風の歌を聴け』の構造における「8年+8年」の間には「一年」の差がある。この「一年」の差は、『風の歌を聴け』を執筆することにより「歌」の伝達を行なった「1978年」と、「千九七九年五月」の日付を持つ「あとがき」が付されるまでの「一年」の差と呼応していると思われる。

つまり「29歳」になろうとしている「僕」は「1978年」に断章23の最後の一行を付け加えることで『風の歌を聴け』という小説の作家に生まれ変わったのであるが、この最後の一行における「言葉」は、「1967年」に断念した「正確な言葉」と同様の意味を持っている。なぜなら、『風の歌を聴け』を完成させたのち「一年」後に記された「あとがき」で、「僕」は「デレク・ハートフィールド」の墓参りに触れているからである。この墓参りは、断章23の最後の一行における「言葉」が埋められている場所に当たる「北」、すなわち断章23の「星マーク」「A」と関連する「1967年」に死を迎えた「正確な言葉」への墓参りとして読み取れる。

『風の歌を聴け』の構造における「8年＋1年」＋『ノルウェイの森』の「レイコ」の「8年ぶり」の「療養所」からの脱出が暗示する「言葉」の再生に至る「8年」＝「17年」という時間は、『ノルウェイの森』の「ドラマⅡ」における時間設定を『風の歌を聴け』の時間設定の「ひっくり返し」として捉える場合にしか浮かび上がってこない年月である。この小説を「ひっくり返」す形で『ノルウェイの森』を書いた作家村上春樹自身は「言葉」を回復するために「8年」の歳月を要したということであり、その「ドラマ」が『ノルウェイの森』の「ドラマ」として記されているのである。

それゆえ『ノルウェイの森』における「ドラマⅠ」と「ドラマⅡ」の舞台である東京は、「世界の終り」の「街」同様、『風の歌を聴け』の断章23が葬られている「墓地」として解することができる。『世界の終りとハードボイルド・ワンダーランド』における「ダニー・ボーイ」の伝達のあとで、断章23は「四ツ谷」が象徴する「図書館」に葬られている。「ドラマⅠ」でその再生は、B1曲↓B2曲↓歌という構造を遡る形で行われた。「1967年」のこととされる「キズキ」の「自殺」は、『風の歌を聴け』における「歌」の伝達のあと「OFF」状態になった断章23、すなわち「死」を迎えた「DJ」の姿と重なる。その後、「1969年」に「ノルウェイの森」の伝達が行なわれるが、『ノルウェイの森』の「ドラマⅠ」と「ドラマⅡ」でも「世界の終り」の物語同様、断章23の再生は「一年」単位で行われるから、前者の「1967年」と後者の「1969年」の間に、『世界の終りとハードボイルド・ワンダーランド』で伝達される「ダニー・ボーイ」が挿入されていることになる。

このように、『風の歌を聴け』で「洗い出された」断章23を遡る形で「一年」単位で行われる同章の再生は、「キズキ」＝断章23の最後の一行における「言葉」の「死」と関連する「1967年」に続き、「B2」曲＝「ダニー・ボーイ」の伝達と関連する「1968年」のあとのこととして、「B1」曲＝「ノルウェイの森」の伝達が「1969年」に設定されている。そして、同じ年の「緑」の「父」の「死」から「一年」後の「1970年」に、「星マーク」「A」と「未完成の小説」と関連する「音」から「言葉」への転換が行なわれるのである。

上に述べた、「音」の伝達により「一年」単位で行われる断章23の再生は、前述のように、『風の歌を聴け』における「僕」とその分身である「鼠」の「一年」の年齢の差に呼応している。この「一年」の差は、『風の歌を聴け』の断章23の終わりに「一行」が付け加えられた「1978年」と、「あとがき」が記された「一年」の後との時間的な隔たりと重なる。断章23の最後の一行を付け加えた「28歳」の「僕」と、「一年」後に「デレク・ハートフィールド」の墓を訪れる「村上春樹」との関係は、『風の歌を聴け』の構造において「1967年春」に設定されている「正確な言葉」の死の後、「正確な言葉」を担わされた「僕」より「一年」年上の「鼠」が「僕」の分身であるように、「あとがき」における「村上春樹」は村上春樹の分身であるということが示唆されている。さらには、「鼠」の「古墳」についての思い出における「古墳」そのものが、「1967年」に死を迎えた「言葉」の比喩として読み取れる。「古墳」を囲む「濠」は、『ノルウェイの森』の構造が呈示されている東京の地図と断章

23の構図をあわせた図1で、東京を囲む「用水」と置き換えることができる。つまり「古墳」は、図1における東京であり、「1967年」に死を迎えた「言葉」の「墓地」に他ならない。「ひっくり返された」断章23の構造における「一年」単位で行われる同章の再生は、『風の歌を聴け』における「鼠」の物語の中核を成す、「1967年」に死を迎えた「正確な言葉」を起点としていることがいえる。同時に、『ノルウェイの森』の構造を『風の歌を聴け』の構造の「ひっくり返し」として考えた場合浮上してくる「8年＋1年＋8年」、すなわち、断章23の「B」の部分における「言葉」の死から横たわる「17年」という時間は、「1970年4月3日」に「死」を迎えた「言葉」の回復をめぐる「17年」に及ぶ作者の「戦い」なのである。

これからは図1・図3により、「僕」と「レイコ」の別れの場面における「上野駅」の位置について考えたい。この場面で「上野」は、『風の歌を聴け』における「三曲」の伝達の後、同小説が「死」を迎えた「7時15分」、すなわち、東京の地図において「15分」の「ポイント」（右側）と重なっている。これは、「僕」が「レイコ」を「上野駅」で送った時点で、「三回」の性交と呼応する「三つの曲」が、「上野駅」＝右側の「15分」のポイントで「父」の「三つの言葉」――〈キップ〉、〈タノム〉、〈ウエノ〉に転換されていると考えられるためである。

「僕」が「レイコ」を「上野駅」＝「15分」のポイントまで送った時点では、「レイコ」と関連する「三曲」（3）のうち、「二曲」（2）の「音」は、まず〈キップ〉と〈上野〉、という「父」の「二つの言葉」に転換される。
〈タノム〉という「言葉」は、「レイコ」が「上野」から向かおうとしている「旭川」に関連していると思われる。「旭川」で「音楽教室」を営んでいる友達を手伝うために彼女が「北」に向かうという設定に着目すると、そこにおける「音楽教室」と「ドラマⅡ」で「レイコ」が象徴する「三曲と唄」との関連が明らかになる。「レイコ」を『風の歌を聴け』における「象」、すなわち「音」の象徴として解釈すれば、『ノルウェイの森』の結末における「レイコ」は、上記の引用部分の比喩を借りれば、「平原」に還ると言い得る。その場合の「旭川」は、『風の歌を聴け』の「あとがき」における「デレク・ハートフィールド」の墓と関連する「北」、すなわち断章23の構造において「ＤＪ」からの「７時15分」の「電話」で物語が死を向かえた位置に当たる。

二つの小説における既述した「音」と「言葉」の関係からいえば、「レイコ」の「北」への見送りが、『風の歌を聴け』の「Ｂ」の部分の終わりで「存在理由《レーゾン・デートゥル》」の喪失が語られてから「17年」後に設定されていることに注目すべきであろう。彼女の「旭川」への旅立ちと関連すると思われる「緑」の「父」の〈タノム〉という「言葉」は、『風の歌を聴け』の断章1における「象は平原に還り僕はより美しい言葉で世界を語り始めるだろう」（８頁）という文章に関連しており、作家自身の願望・「頼み」として読むことができる。ここに言及される「より美しい言葉」とは、作者が「１９６７年」に断念した「正確な言葉」と関わっていると言っても良い。断章23の「Ｂ」の部分では「１９７０年４月３日」に身体的な表現と数値により表現が途絶えたあと、「言葉」の「音」への転換に続き、「洗いだされた」

断章23において「音」から「言葉」への転換により回復した「言葉」は、上記の引用における「より美しい言葉」と置き換えることができる。

今までは「レイコ」が象徴する、『風の歌を聴け』における「三つ」の「音」がどのように「緑」の「父」の「三つ」の「言葉」へ転換されているか、その過程を考察してきた。これからは、「父」の残りの「一つの言葉」がどのように断章23の再生に関わっているのかについて述べたい。

「レイコ」と関連する「四回」の「性交」＝「三曲＋一唄」における「唄」は、「父」の「四つ目」の「言葉」である〈ミドリ〉と呼応すると考えられる。

「レイコ」と「上野駅」で別れたあと、「僕」が「緑」に「電話」をかける場面は、『風の歌を聴け』の断章12において「DJ」が「僕」に「7時15分」に「電話」をかける場面と呼応すると思われる。これは、「レイコ」と「僕」が別れた「上野駅」は、東京の地図において右側の「15分」の「ポイント」に設置されているからだ。

「僕」が「緑」に「電話」をかけている場面においてどのように「1970年4月3日」に「死」を向かえた断章23の「B」の部分における「言葉」の再生が行われるのか、下記の「ドラマII」の結末にあたる引用箇所の考察を通して述べていきたい。

僕は緑に電話をかけ、君とどうしても話がしたいんだ。話すことがいっぱいある。話さなくちゃいけないことがいっぱいある。世界中に君以外に求めるものは何もない。君と会って話したい。何もかもを君と二人で最初から始めたい、と言った。

緑は長いあいだ電話の向うで黙っていた。まるで世界中の細かい雨が世界中の芝生に降っているようなそんな沈黙がつづいた。僕はそのあいだガラス窓にずっと額を押しつけて目を閉じていた。それからやがて緑が口を開いた。「あなた、今どこにいるの?」と彼女は静かな声で言った。

僕は今どこにいるのだ?

僕は受話器を持ったまま顔を上げ、電話ボックスのまわりをぐるりと見まわしてみた。僕は今どこにいるのだ? でもそこがどこなのか僕にはわからなかった。見当もつかなかった。いったいここはどこなんだ? 僕の目にうつるのはいずこへともなく歩きすぎていく無数の人々の姿だけだった。僕はどこでもない場所のまん中から緑を呼びつづけていた。(下巻、262頁)

この場面で「僕」のいる「上野駅」は、図1と図3で断章23の「星マーク」「A」と断章12における「7時15分」の「電話」を隔てる線に設定されていることがわかる。そうすると「緑は長いあいだ電話の向こうで黙っていた」と記される長い「沈黙」は、『ノルウェイの森』では「ひっくり返された」断章23の構造において、「星マーク」「C」と関連する「8年」、最後の一行における「言葉」と『風の歌を聴け』の「あとがき」の間に横たわる「1年」、そして、「C」の「鏡」である「星マーク」「A」と関連する「8年間」という歳月を暗示している。前記「螢」が光の「弧」を描いた場面でも、「螢」は

「その光の線が風ににじむのを見届けるべくそこに留まってから、やがて東に向けて飛び去っていった」(88頁)と書かれていた。この「螢」が飛び去る前に「少しのあいだ」「そこに留まって」いたという時間もまた「緑」の「長い沈黙」と呼応していると思われる。

断章23の「B」の部分において表現が断絶した「1970年4月3日」から「17年」後に、「大学」と「上野駅」の間に築き上げられた「ブリッジ」が「音」から「言葉」への転換を可能にしているのである。この「ブリッジ」は、「僕」の「体」と「頭」を模した東京の地図において、東京の「北半分」が象徴する「僕」の「頭」にかけられ、『世界の終りとハードボイルド・ワンダーランド』の「街」の地図において、「街」の「南半分」=「僕」の「体」に張り巡らされた「電気サーキット」と円を閉じる形で「上野」というポイントで合流する。「僕」が「上野駅」から「緑」に「電話」をかける場面を『風の歌を聴け』の断章23の最後の一行と比較すれば、断章23の最後の一行において「歌」の伝達の前にかけられた「B2」曲が「僕」が「吸っていた煙草」に「火」をつけたのに対して、「ドラマII」では「僕」が「緑」に「電話」をかけた時点で、「電話」とそれをかける「僕」自身がいわば「マッチ棒」になり、「緑」が口にした「言葉」に「火」をつけたといえる。「僕」が「緑」に「電話」をかけた時点で「僕」と「緑」の間に「僕」の「頭」の中に作られた「火」の回路が繋がり、長い沈黙の後「緑」が「電話」の「受話器」に向かって発した「あなた・今・どこに・いるの?」という「四つの言葉」に「火」をつけたのである。

今までの考察からわかるように、「ドラマII」の結末で「電話」をかけている「僕」自身も、『ノルウェイの森』の第三章における「螢」と呼応している。「僕」が「緑」の「四つの言葉」に「火」をつけた後、「上野駅」が象徴する「15分」のポイントで「リンク」としての機能を終えたことの喩えとして、「東」に消えていく「螢」が挙げられる。『風の歌を聴け』の断章23の最後の一行では「僕」が「吸っていた煙草」の「火」で「5分」のうちに行われる断章23の再生が語られているのに対して、『ノルウェイの森』の「ドラマⅡ」では「15分」のポイントに「緑」の「四つの言葉」に「火」がつけられたあと、役割を終えた「僕」は「マッチ棒」の「火」のように消されていると言い換えることができる。

断章23の「星マーク」「A」の上の線に設置されている「7時15分」のポイントからの「電話」で「緑」の「四つの言葉」に「火」がつけられたことによって、初めて断章23の両極の「15分」のポイントの上に引かれた「死」の「線」の突破が可能になったのである（『風の歌を聴け』と『ノルウェイの森』の図1参照）。すなわち、「緑」が「電話」の受話器の向こうで口にした「四つの言葉」に「火」がつけられたことにより、始めてこの「言葉」と呼応する「父」の「四つの言葉」にも「命」が吹き込まれ、生きた、「ON」時間における「言葉」に生まれ変わるということがいえる。

「ドラマⅡ」で「頭」の手術を受けている「父」は、「1967年」に「正確な言葉」が葬られた後の、「頭」と「体」が分裂した作者の姿と重なっている。「ドラマⅡ」の構図における「頭」は断章23の「星マーク」「A」、すなわち「未完成」に終わった小説と関わるため、「緑」の「父」が口にした「四つの言葉」は、「未完成の小説」における「正確な言葉」の象徴として挙げられる。「1967年」

に断念された「正確な言葉」に続き、「1970年4月3日」に数値に基づいた身体的な表現が途絶えてから、「世界の終り」の「街」または東京（図1参照）そのものが「OFF」状態になった断章23の「墓地」の形をかたどっているといえる。「緑」の「家」の構造も「OFF」状態になった断章23を反映している。「キズキ」と「僕」がプレイした「ビリヤード」の場面における「緑色のフエルト」に覆われた「ビリヤード台」もまた「OFF」状態になった断章23を連想させる。そして、「ビリヤード台」上の「赤いボール」と関連する「赤い色」は、「5分」のうちに行われる「歌」の伝達により、再生された、「ON状態」になった断章23を指しているのである。

『ノルウェイの森』の「ドラマII」では、「キズキ」の最後の「ショット」と関連する断章23の「星マーク」「C」、とこの「C」の「鏡」である、「星マーク」「A」に象徴される「1967年」に葬られた「言葉」の再生は、前述のように、「上野駅」＝「15分」のポイントからの「電話」により、「緑」が口にした「言葉」に「火」がつけられたことで語られている。『ノルウェイの森』の「ドラマII」の結末までに「緑」が象徴していた断章23の「OFF」状態、すなわち「緑色」に象徴される「死んだ言葉」に「火」がつけられたことより、「緑」と彼女の「父」の「四つの言葉」が「ON」状態を示す「赤い色」に染まったということがいえる。

さらに、「僕」が「キズキ」と最後にビリヤードを「四ゲーム」した場面における二人のスコアである「1対3」を「ドラマII」で、「3対1」に逆転させると、そこで「1」つまり「僕」が勝ったゲームの象徴として、「ドラマII」の結末に「緑」に「電話」をかけたことが挙げられる。上記のように、

「僕」が「1970年10月」に「上野駅」＝「15分」のポイントから「緑」にかけた「電話」は、「15分」の「ポイント」に物語の「死」を告げる「電話」から「命」を吹き込む「電話」に置き換えられることになった。「僕」が「緑」に「電話」をかけたことにより、『風の歌を聴け』の構造における「1970年8月」の「7時15分」に「DJ」からかけられた「電話」が象徴する、「三回目」に死を迎えた物語とその死と関連する断章23の最後一行における「三番目に寝た」女性の「死」の知らせが無効になったということがいえる。それと同時に、断章23の冒頭の一行に記された「僕が三番目に寝た女の子は、僕のペニスのことを『あなたの・レーゾン・デートゥル』と呼んだ」という「三番目の相手」の「三つ」の「言葉」が「ON」時間における「緑」の「四つの言葉」――「あなた、今どこにいるの？」に置き換えられることになる（図4、265頁参照）。

『風の歌を聴け』の構造において、「DJ」の「三つの言葉」「僕は・君たちが・好きだ」とそれと呼応する「三曲」が『ノルウェイの森』の「ドラマⅡ」の中に「四つの曲」そして「四つの言葉」に転換される過程において、「上野駅」からかけられた「電話」、そしてそれをかける「僕」が、既述したように「リンク」として機能している。この「僕」の「リンク」としての役割は、『ノルウェイの森』第三章終わりの「螢」の場面に続き、「僕」が「ドラマⅡ」の冒頭で「緑」の家を訪問した際、二人が「物干し場」から「火事」を眺めた箇所ですでに予告されている。「緑」の「家」の構造における「物干し場」と断章23の「星マーク」「A」、すなわち「未完成」の小説の箇所との類似性についてすでに触れているが（図1、2参照）、「物干し場」の場面における「火事」を「ドラマⅡ」の結末の「電話」

の場面に反映させると、そこで「火事」は、「上野駅」からの「電話」により「火」がつけられたあと、「赤」く燃えさかる「緑」の「四つの言葉」の比喩として読み取れる。「ドラマⅡ」結末の「上野駅」からの「電話」をめぐる場面から「一年前」に設置されている「火事」の場面は、「世界の終り」の物語における「夕暮の幻想」、または『ノルウェイの森』冒頭に挿入された「直子」との「草原」での「散歩」の場面と呼応するが、後者が不伝達に終わった「音」の象徴であるのに対して、「火事」の場面は「不伝達」に終わった断章23における「言葉」の象徴として挙げられる。「物干し場」の場面の考察で述べたように、そのときに「緑」が唄っていた自作の「唄」における歌詞は「ひっくり返された」断章23の構造に基づいた「ドラマⅡ」の結末を暗示している。「物干し場」の場面と「ドラマⅡ」末尾の「電話」の場面との関連は、「僕」と「緑」が「物干し場」の上で「口づけ」をした箇所からも見出せる。二人の「やさしく穏やかで、そして何処に行くあてもない口づけ」（１４６頁）が言及される箇所をそれに先立つ「火事」の場面と逆転させて読んでみると、『ノルウェイの森』の「ドラマⅡ」結末の構造との類似性が浮かび上がってくる。「僕」と「緑」の「口づけ」は、「僕」が「上野駅」から「緑」に「電話」をかけた場面と呼応し、そしてその「電話」により「緑」の「言葉」に「火」がつけられたことの比喩として、二人が「物干し場」の上で眺めていた「火事」が挙げられる。

この「火事」の場面以外に、「ドラマⅡ」の結末が暗示されている場面として、「１９７０年6月」に設定されている「高島屋」の「屋上」での「僕」と「緑」の「雨」の中の「口づけ」の場面が見出される。ここに言及される「口づけ」とその舞台である「日本橋」の「高島屋」の「屋上」は、「ドラマⅡ」の構造が表示されている図1において、「上野駅」同様、「15分」のポイントを示す線に設置することができる。「高島屋」の「屋上」はまた、「緑」の「家」の「物干し場」同様、「ドラマⅡ」における「洗いだし」を通して行われる断章23の「星マーク」「A」の再生を暗示しているといえる。

「僕」と「緑」が「高島屋」の「屋上」で「口づけ」をした際言及された「雨」は、『風の歌を聴け』の中に用いられた「雨」というモチーフ同様、「洗いだし」という手法の比喩として読み取れる。「ドラマⅡ」の構造における「雨」の中の「口づけ」の場面は、『風の歌を聴け』の「ポップス・テレフォン・リクエスト」という番組の中に「レイニー・ナイト・イン・ジョージア」「フール・ストップ・ザ・レイン」(53頁)という「雨」を題に持つ曲が言及される、断章11と関連づけることができる。『風の歌を聴け』の中に「三回」挿入されている「ポップス・テレフォン・リクエスト」番組のうち、「雨」にちなんだ曲が放送されている断章11は、「二回」目の放送に当たる。この「二回目」の放送は、70年夏の物語の時間設定の中間点である、「二週間目」の終わりの「土曜日」に当たるため、断章11に言及される「雨」は、物語の「二週間目」からはじまる、「前週」の物語の「洗いだし」を示唆しているということがいえる。『風の歌を聴け』の断章11におけるラジオ放送はつまり、この小説の構造において「港」と「北」=「病院」の間に「ブリッジ」がまだかけられていない段階に設定されているため、この章に挿入されている「雨」にちなんだ曲は、物語が「OFF」状態であるということを同時に暗示している。『ノルウェイの森』の「ドラマⅡ」における「雨」の中の「口づけ」の場面の設定である「高島屋」は、結末の「上野駅」と同位置にあるにもかかわらず、ここに言及される「雨」は、『風の歌を聴け』の断章11における「雨」同様、「ドラマⅡ」の構造上に「ブリッジ」がまだかけられていない、すなわち物語が「ＯＦＦ」状態であるということを指していると思われる。

結論――村上春樹の個人的な「ドラマ」

最後に、『世界の終りとハードボイルド・ワンダーランド』における「世界の終わり」の「ドラマ」とその続きである『ノルウェイの森』の「ドラマⅠ」と「ドラマⅡ」を通して語られる作者村上春樹の「個人的」な「ドラマ」に着目したい。前述のように、『世界の終りとハードボイルド・ワンダーランド』が「1985年」に発表されてから、「二年」後、「1987」に『ノルウェイの森』が発表されているが、ここに見られる「二年」の差は『世界の終りとハードボイルド・ワンダーランド』と『ノルウェイの森』それぞれの時間設定から読み取れる「二年」の差が投影されていると思われる。

上記の両小説の構造から引き出される「二年」の差は、『世界の終りとハードボイルド・ワンダーランド』の構造における「唄」の伝達と関連する「1968年」と『ノルウェイの森』の「ドラマⅡ」の結末に、「緑」が口にした「四つの言葉」の再生が設定されている「1970年」の間の「二年」の差を指しているといえる。

「世界の終わり」の「ドラマ」と『風の歌を聴け』の断章23との比較からわかるように、『風の歌を聴け』で「洗いだされた」断章23の再生は、「世界の終わり」の「ドラマ」において同章を遡る形で行われている。従って、『風の歌を聴け』の最後の一行における「言葉」が「世界」の「街」に葬られてから、断章23の最後の一行と関連する、「正確な言葉」が断念されている「1967年」から「一年」後に、断章23における「B2」曲、すなわち「ダニー・ボーイ」の伝達が設定されている。（『風の歌を聴け』の図1参照）

『ノルウェイの森』の「ドラマⅠ」と「ドラマⅡ」における舞台である東京は、断章23が葬られている「古墳」の比喩であると解釈すれば、そこに「一年」単位で行われる断章23の再生は、「ドラマⅠ」における「ノルウェイの森」の伝達と関連する「1969年」に続き、「一年」後、「1970年」に設定されている「緑」の「父」の「四つの言葉」の再生を通して語られる。「緑」の「父」の「四つの言葉」は、「ドラマⅡ」の結末に「緑」の「四つの言葉」に転換され、「生きた」時間における「言葉」に生まれ変わることが明らかになった。「緑」の「四つの言葉」に「火」がつけられたことにより、断章23における「未完成」の小説と関連する、「1967年」に葬られた「正確な言葉」が復活し、そしてこの「言葉」の復活は同時に、「未完成の小説」に喩えられている「ドラマⅡ」の完成を意味するのである。

このように、断章23の「星マーク」「A」の上に私が引いた線（第一章、図1参照）に象徴される「1967年」に死を向かえた「言葉」が埋葬されている、「世界」の「街」また東京を舞台とする「ドラマ」では、『世界の終りとハードボイルド・ワンダーランド』における「唄」の伝達（1968年）から、「二年」後に「正確な言葉」が蘇っている。この「二年」の差は、『世界の終りとハードボイルド・ワンダーランド』という小説から、『ノルウェイの森』の発表に至る、「二年」の差と呼応していることがわかる。

断章23に最後の一行が付け加えられたことによって、『風の歌を聴け』という小説が完成した後、「一年」単位で語られる断章23の再生は、『風の歌を聴け』の断章4における「正確な言葉」の死のあと、「死んだ」時間において「正確な言葉」を担わされた、「僕」より「一年」年上の「鼠」を中心とする物語に基づいている。上記に述べた『世界の終りとハードボイルド・ワンダーランド』と『ノルウェイの森』の構造の比較から浮上してきた「二年」の差とそれを通して語られる「音」から「言葉」への復活は、『世界の終りとハードボイルド・ワンダーランド』の「ドラマ」、そして『ノルウェイの森』の「ドラマⅠ」と「ドラマⅡ」を「１９６７年」における「正確な言葉」の死を起点とする「鼠」の物語の続きとして考えた場合浮かび上がる時間設定である。

「ハードボイルド・ワンダーランド」の語り手の「私」の年齢である「35歳」と『ノルウェイの森』冒頭場面の語り手「僕」の年齢である「37歳」の間に見られる「二年」の差も、「世界」の「ドラマ」における「ダニー・ボーイ」の伝達から断章23における「言葉」の再生に至る「二年間」を反映していると思われる。『ノルウェイの森』の冒頭に「37歳」の語り手の脳裏に蘇った「18年」前の「草原」の風景の場面の考察の中に述べたように、この「風景」が語り手の「頭のある部分を執拗に蹴りつづけ」た（11頁）という文に言及される「頭」は、『世界の終りとハードボイルド・ワンダーランド』での「ダニー・ボーイ」の伝達を通して語られる「35歳」の語り手の「頭」と「体」の合体と関連づけることができる。すなわち、「僕」が「17歳」の頃に断念した「正確な言葉」＝「頭」により語り手の分裂が生じてから、「18年」後に、「35歳」の「僕」の「頭」と「体」の間に作り上げられた「ブリッジ」の上に伝達された「ダニー・ボーイ」は語り手の「頭」と「体」の合体を可能にした。「35歳」の「僕」の「頭」と「体」が合体してから、「二年」後、「僕」が「37歳」のときに、語り手の「頭」と関連する「正確な言葉」の復活は『ノルウェイの森』の「ドラマⅡ」で語られるが、ここに見られる「二年」の差は『世界の終りとハードボイルド・ワンダーランド』から「二年」後に発表された『ノルウェイの森』の差と呼応していることがわかる。

また『ノルウェイの森』の構造を『風の歌を聴け』の「ひっくり返し」として考える場合、『風の歌を聴け』の「あとがき」の時間設定「1979年5月」から『ノルウェイの森』が「1987年」に発表されるまでに浮かび上がる「8年間」は、『風の歌を聴け』の断章23の「C」の「星マーク」と関連する、「音」の伝達に至る「8年」と呼応していることがわかる。断章23の「星マーク」「C」の「鏡」である「A」と関連する「8年」は、『風の歌を聴け』の断章23の最後の一行が「あとがき」に言及される「北」の「墓」に葬られてから「言葉」の復活に至るまでの「8年」を指していると思われる。このように、「8年（星マークC・音）＋1年（『風の歌を聴け』の「あとがき」）＋8年（星マークA・言葉）」という歳月をあわせることで浮上してくる「17年」は、『風の歌を聴け』の断章23の「B」の部分における「1970年4月3日」の「言葉」の「死」から「17年」後、「1987年」に発表される『ノルウェイの森』の結末の中に語られる、「言葉」の復活に至る時間をさしてしているのである。

ここで「1979年5月」と示されている『風の歌を聴け』の「あとがき」と『ノルウェイの森』の初版に付されている、「1987年6月」の「あとがき」を比較してみたい。

『風の歌を聴け』の「あとがき」が「5月」に設定されているということからは、『風の歌を聴け』の断章4において、「1967年春」の「車」の「事故」を通して語られる「正確な言葉」の「死」とそれにより生じた作者の分裂が連想される。『風の歌を聴け』の「あとがき」における「デレク・ハートフィールド」の墓参りを断章23の最後の一行における「言葉」とその「言葉」と関連する「1967年春」に葬られた「正確な言葉」への「墓参り」として読み取ると、そこで「言葉」の「死」から「一年」後に墓参りに赴く「村上春樹」は、「死んだ時間」において「正確な言葉」を語る「鼠」の姿と重なる。『風の歌を聴け』の考察の中に述べたように、断章23における「歌」の伝達のあと、最後の一行を付け加えたことで断章23の完成と共に、『風の歌を聴け』という小説の作家になった「村上春樹」は、「あとがき」における「村上春樹」同様、小説の時間が「OFF」状態になった時点で「正確な言葉」を綴るっていることから、「鼠」の役を受け継いでいると読み取れる。

「1979年5月」の日付を持つ、『風の歌を聴け』の「あとがき」と「1987年6月」に設定されている『ノルウェイの森』の「あとがき」の間に見られる「8年」と「一ヶ月」の差は、上記に述べた『ノルウェイの森』の構造において「言葉」の再生に関わる「8年」という時間設定を反映していることがわかる。『ノルウェイの森』の「ドラマⅡ」では、『風の歌を聴け』の「あとがき」から「8年」後に語られる「言葉」の復活は、『風の歌を聴け』の「あとがき」で「北」に葬られた、断章23の「A」と関連する「正確な言葉」の復活を意味しているのである。その意味で『ノルウェイの森』の「あとがき」における「1987年6月」という日付は、『ノルウェイの森』の「ドラマⅡ」における「言葉」の復活と共に作者村上春樹の誕生を暗示していると思われる。

以上の『風の歌を聴け』と『ノルウェイの森』の構造の考察からは、『風の歌を聴け』断章4で「1967年春」の「車」の「事故」という比喩で語られる「正確な言葉」の死と、それにより生じた作者の分裂から、『ノルウェイの森』の発表に至る、「20年」ものあいだ繰り広げられている作者「村上春樹」の「正確な言葉」の復活をめぐる「個人的なドラマ」が浮き彫りになった。

作者の分裂した姿は断章23の構造とそれに基づいた、『世界の終りとハードボイルド・ワンダーランド』の「街」および東京の地図における「星マーク」、または「川」と「中央線」に隔てられた空間に象徴されている。図4（265頁）において断章23の身体的な表現に基づいた「B」の部分が象徴する作者の「体」に対して、最後の一行の「言葉」は作者の「頭」の象徴である。『風の歌を聴け』の「歌」の伝達の後、断章23の最後の一行における「言葉」は「街」の「北の広場」にある「図書館」に葬られ、そして「街」の「南半分」は『風の歌を聴け』の70年夏の物語の「二週間目」に「洗いだされた」断章23の「B」の部分と重なっている（『風の歌を聴け』の図1、図4参照）。『世界の終りとハードボイルド・ワンダーランド』における「ダニー・ボーイ」の伝達によって、「街」の「南半分」＝「体」と

「北半分」＝「頭」の合体が行われたということは、『ノルウェイの森』の冒頭に「直子」の「井戸」に関する「話」の中に暗示されている。この「井戸」は、「1967年」に生じた作者の分裂から「18年」後に「街」の「南」と「北」の間に掘られた井戸により行われる作者の「頭」と「体」の合体の象徴である。

「ドラマⅠ」の構造が示されている東京の図1において、「井戸」は「国分寺」と「大学」の間に設置されていることがわかる。作者の「体」と「頭」の合体が語られてから「二年」後に、「ドラマⅡ」の構図において「大学」と「上野駅」の間にかけられた「ブリッジ」は、「大学」＝「頭」の「左側」が象徴する「音」の領域と「上野駅」＝「頭」の「右側」が象徴する「言葉」の領域の間にかけられていることがわかる（図3参照）。また、「国分寺」と「上野」の間に「ブリッジ」をかけると同時に、図4において「図書館」＝「四ツ谷」と「星マーク」「A」の間に「言葉」への復活に向けての「音」から「言葉」への「洗いだし」が行われている。

『風の歌を聴け』の構造において、「1967年春」と結びついている「正確な言葉」の死に続き、「1970年4月3日」に数値に基づいた表現が途絶えて以来、「8年」に及ぶ空白を経て、「連続的な」時間とそれと関連する「言葉」の「洗いだし」により「言葉」の「音」への転換が行われている。『風の歌を聴け』の断章23の構造における「星マーク」「A」と「C」と関連する、「言葉」と「音」の間にかけられた「ブリッジ」に沿って行われた「言葉」から「音」への転換から、また「8年」の歳月を経て、『風の歌を聴け』で「洗い出された」断章23を遡る形で、「音」から「1967年」に断念された「言葉」への復活に至る「ドラマ」が『ノルウェイの森』では繰り広げられていることがわかる（図4参照）。

作者の「言葉」の回復に至る「戦い」は、『風の歌を聴け』の断章23の構造をもとに作り上げられた独自の「思考システム」に基づいている。作者独自の手法である、「洗いだし」を通して、断章23の構造における「B」の部分は「B」曲に洗い出され、そして「B」曲に続き「星マーク」の箇所と関連する「5分」という時間のうちに「歌」の伝達が行われている。『風の歌を聴け』の考察から明らかになったように、『風の歌を聴け』の構造における「連続的な」時間と「言葉」の「洗いだし」は、「僕」が「二番目に寝た」女性の象徴である「小指のない女の子」との付き合いにおいて「一週間」単位で語られている。ここで想起したいのは「僕」が「二番目」の相手と出会ったのは「新宿で最も激しいデモが吹き荒れた夜」（73頁）であったという点だ。ここに言及される「デモ」は実際に「1968年10月」に東京で起きているが、この日付を上記の小説の構造から浮上してきた作者の「20年」に及ぶ「戦い」の年表にあわせると、次のような関連が見られる。

「世界の終わり」の「ドラマ」における「ダニー・ボーイ」の伝達と関連する「1968年」、そして「ハードボイルド・ワンダーランド」の末尾に「世界の終わり」の「プログラム」開始の時間設定である「10月3日」は、分裂した作者の「ドラマ」において、作者の「体」と「頭」の合体が行われた時間設定にあたる。続いて、『ノルウェイの森』の「ドラマⅡ」の結末に語られる「言葉」の復活も「1970年10月」に設定されていることから、作者の「戦い」における「10月」は、上記の新宿のデモとそれに象徴される「革命」に対する作者が行った「反革命」の象徴であると思われる。作者は独自の思考システムに基づいて、断章23における「星マーク」が象徴する「言葉」の否定から「戦い」を開始するが、その「戦い」は同時に「言葉」により表現を目指している「個」、すなわち作者の存在そのものの否定から始まる。「20年」間に渡る「戦い」の中、作者は「連続的な」時間とそれと関連する「言葉」を「音」に転換させることによって、「音」そのものが「音」を語るという独自の「システム」を作り上げている。『風の歌を聴け』の冒頭に「象について何かが書けたとしても、象使いについては何も書けないかもしれない」と記述されているように、『風の歌を聴け』という小説は「象」、すなわち「音」の伝達により完成するが、そこに「象使い」、すなわち作者の立場が無効にされている。『風の歌を聴け』と『世界の終りとハードボイルド・ワンダーランド』、そして『ノルウェイの森』との比較から明らかになったように、『世界の終りとハードボイルド・ワンダーランド』と『ノルウェイの森』で語られる「ドラマ」は、『風の歌を聴け』の断章23の「星マーク」「A」と「C」の両極の「15分」の「ポイント」の間にかけられた「死」の「輪」を軸にしている。見てきたように、作者の「戦い」は「音」が「OFF」状態であるところから始まるが、「音」の伝達により「5分」のうちに行われる断章23の再生を経て、「音」の「OFF」状態を示す「15分」の時点で終焉を迎える。

『風の歌を聴け』で「洗いだされた」断章23における「B1曲→B2曲→歌」という構造を遡る形で行われる、「ダニー・ボーイ」と「ノルウェイの森」の伝達は、同時に作者の内部の地図において、断章23の「C」=「体」と「A」=「頭」の間の「井戸掘り」、または「ブリッジ」作りに繋がっている。

このように、『世界の終りとハードボイルド・ワンダーランド』と『ノルウェイの森』で語られる物語は、『風の歌を聴け』の断章23を遡る形で自ずから開いていくように設定されていることがわかる。『風の歌を聴け』の執筆以来、作者の「存在理由《レーゾン・デートゥル》」は「音」の伝達にあり、そして「音」の伝達により行われる断章23の「C」と「A」の間の「ブリッジ」作りは、同時に作者が「１９６７年」に断念した「言葉」の回復、すなわち作者自らの存在の再認識に繋がっている。

「20年間」の「戦い」の末、作者の内部に断章23の「A」と「C」の間に刻まれた「死」の「輪」からの突破は、「C」と「A」が象徴する、「15分」のポイントに設置されている「電話」により語られている。この「電話」は、「星マーク」と「15分」のポイントを隔てる線が象徴する、「死んだ時間」における「言葉」と「15分」のポイントの外枠に置かれた、再生され、「生きた時間」における「言葉」の間にリンクを作っていると同時に、断章23に象徴される、「死」の「輪」の中に「20年間」堂々めぐりをし続けた作者「村上春樹」の脱皮を語っているともいえる。すなわち「電話」を通して「緑」の「言葉」に「命」が吹き込まれていると同時に、作者の体を模した断章23が「ＯＦＦ」状態に戻る。この時点で断章23は、「20年間」「死んだ」時間において「戦い続けた」作者「村上春樹」のいわば抜け殻に変わる。一方、『ノルウェイの森』末尾の「電話」により再生された「緑」の「四つの言葉」は、「生きた時間」において作家村上春樹の誕生を語っているのである。このことを象徴するように,『ノルウェイの森』下巻の装丁は、赤に覆われた上巻とは対照的に、緑となっており、そして上巻で小説のタイトルと著者名だけが緑になっているのとは逆に、赤く表示されている。

関連図版集

『風の歌を聴け』：図１

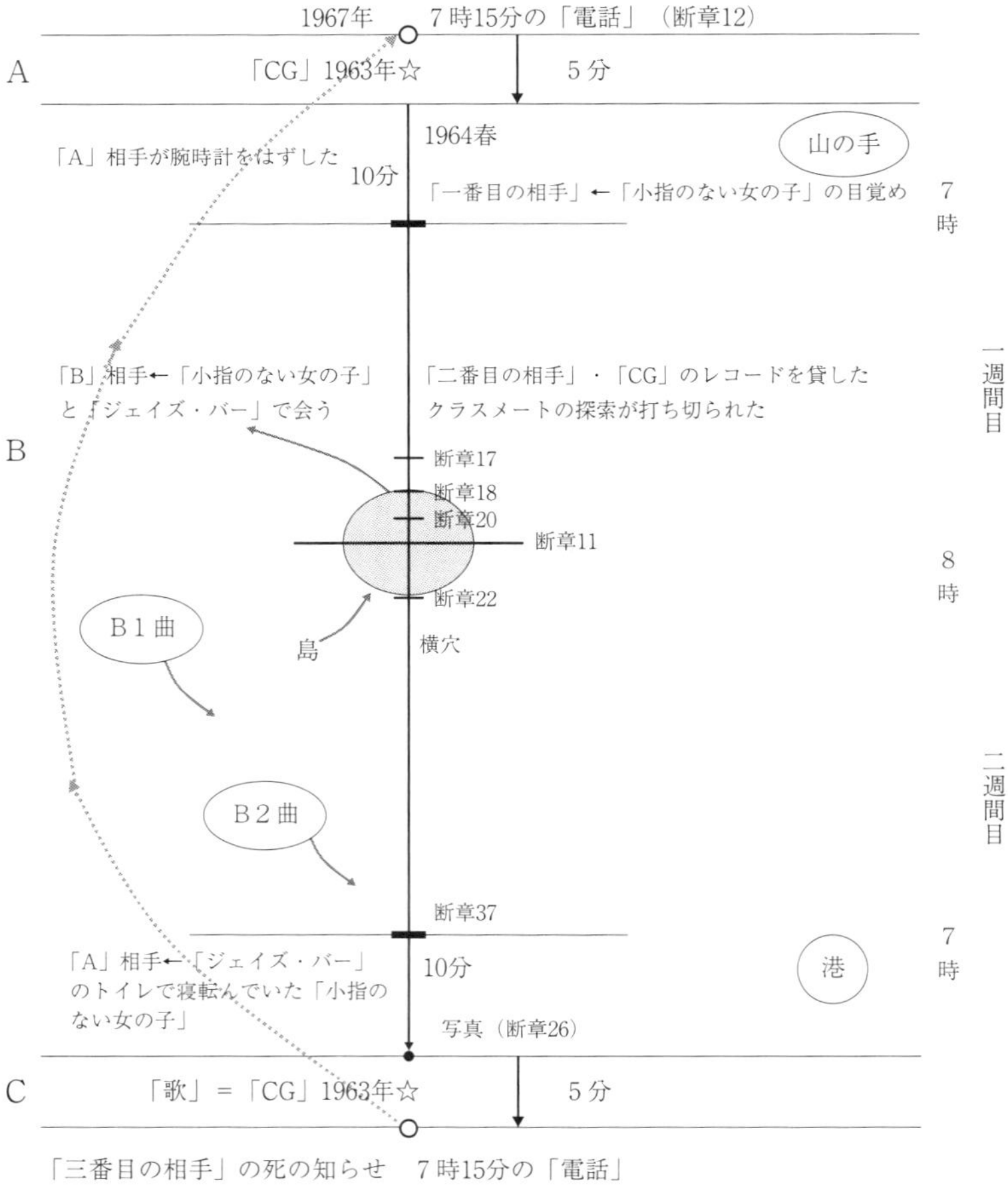

「歌」＝「CG」は「カリフォルニア・ガールズ」
B１曲は「リターン・トゥ・センダー」
B２曲は「グッド・ラック・チャーム」

『風の歌を聴け』：小図

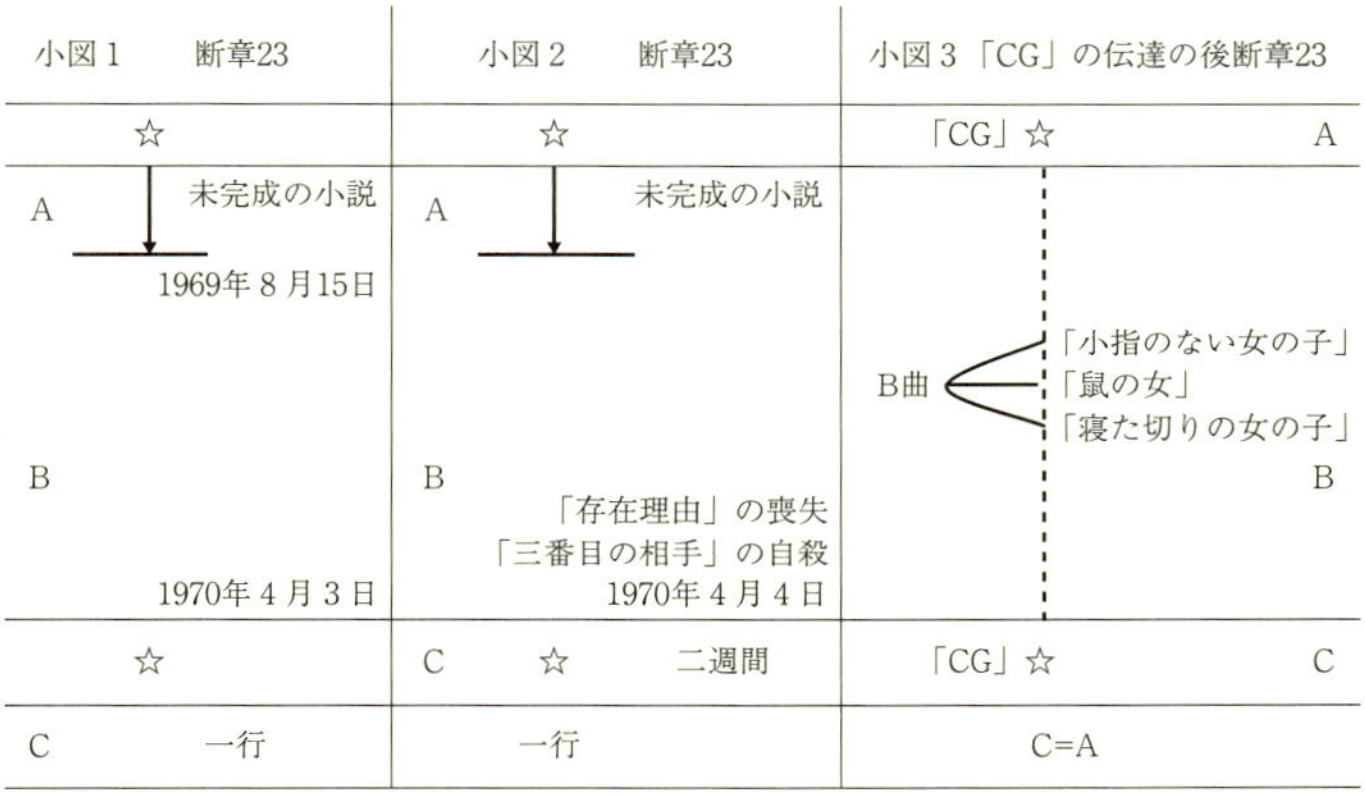

＊「CG」は「カリフォルニア・ガールズ」の略記

『風の歌を聴け』：図２

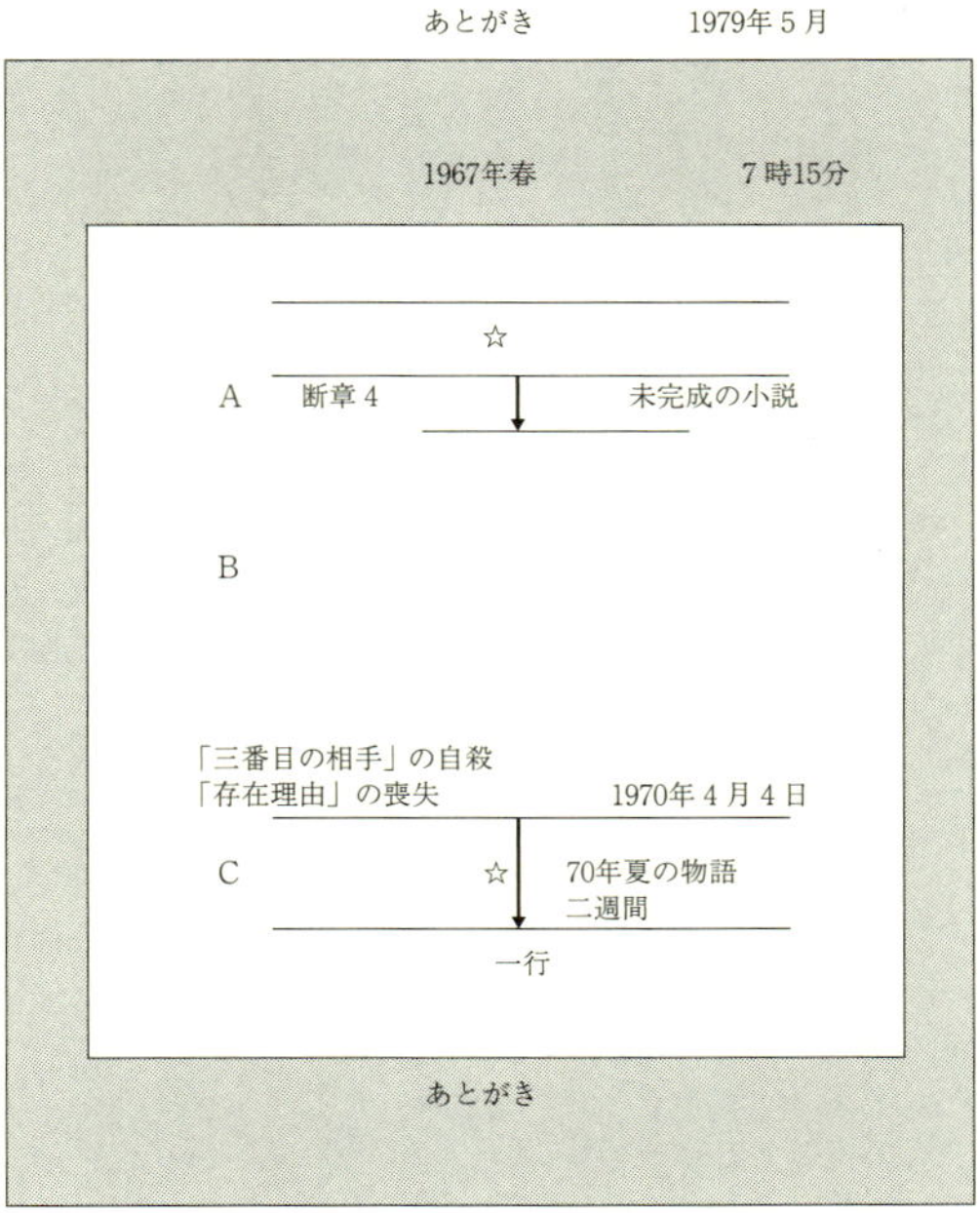

『風の歌を聴け』：図３

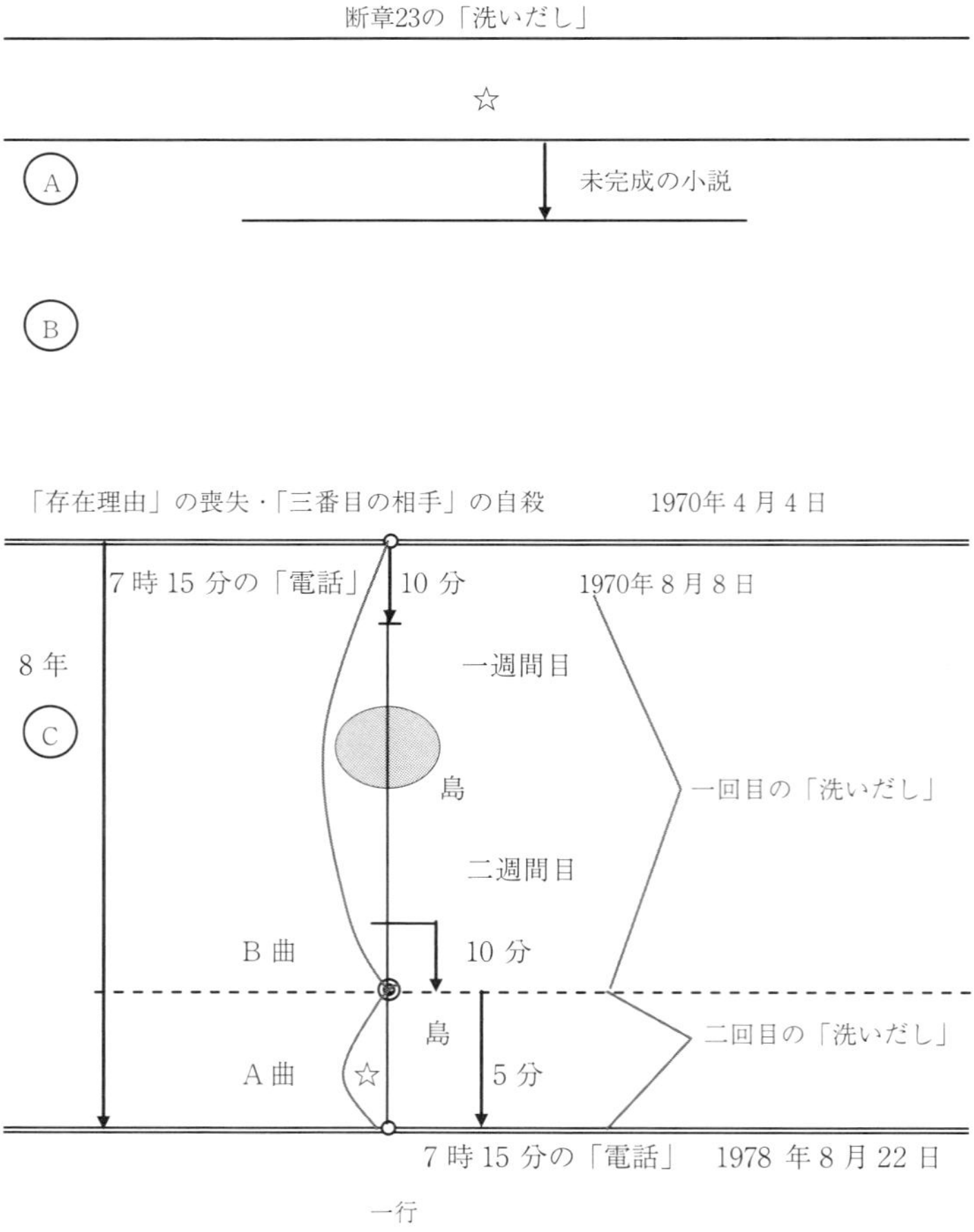
断章23の「洗いだし」
☆
A
未完成の小説
B
「存在理由」の喪失・「三番目の相手」の自殺
1970年４月４日
７時15分の「電話」
10分
1970年８月８日
８年
一週間目
C
島
一回目の「洗いだし」
二週間目
B曲
10分
島
二回目の「洗いだし」
A曲
☆
5分
７時15分の「電話」
1978年８月22日
一行

『風の歌を聴け』：図４

断章23における「洗いだし」

『風の歌を聴け』の中で「洗いだされた」断章23に基づいた
『世界の終りとハードボイルド・ワンダーランド』の
「ドラマⅡ」の構造

「緑」の四つの言葉＝1967年の「言葉」

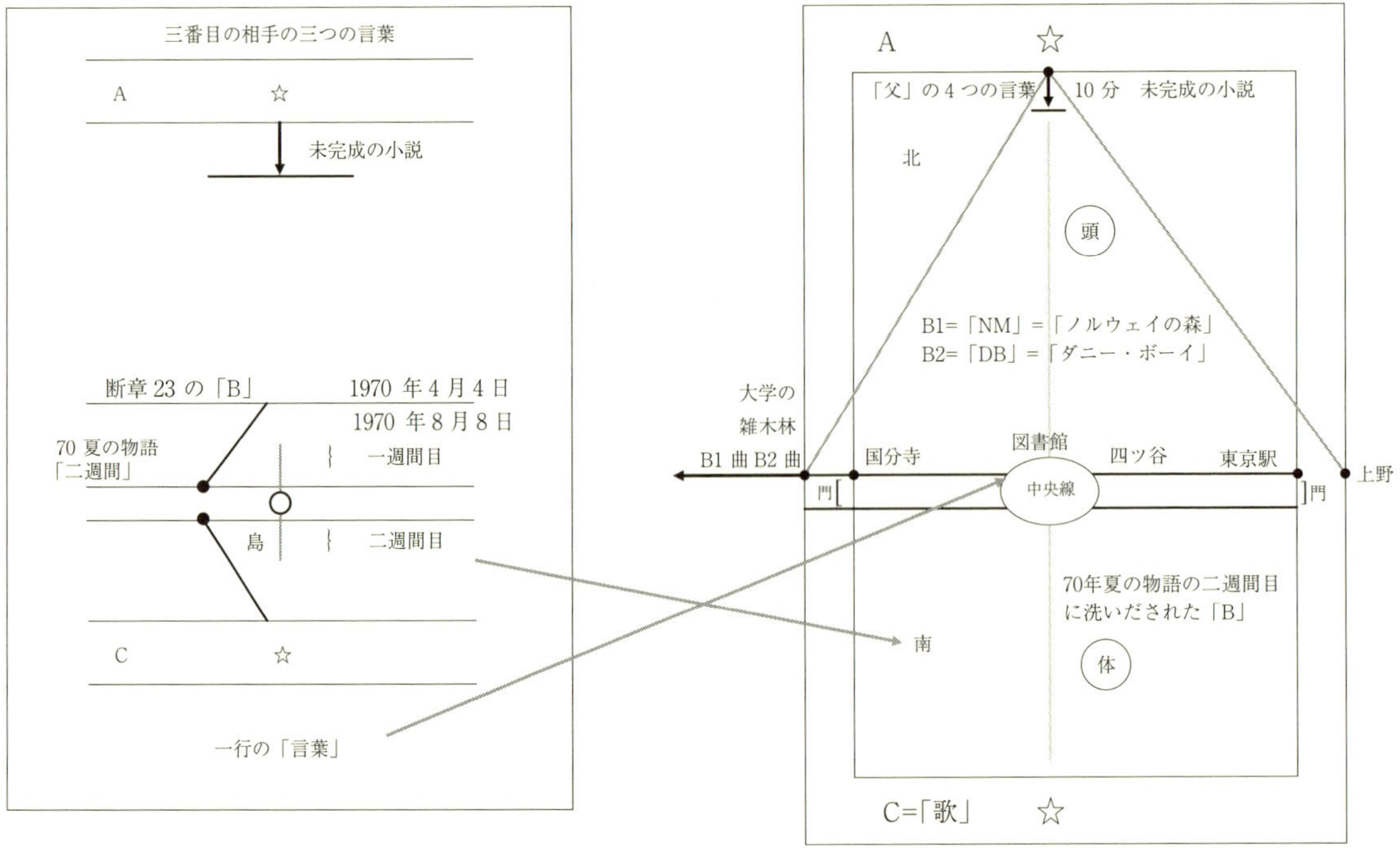

『世界の終わりとハードボイルド・ワンダーランド』の構造：図1

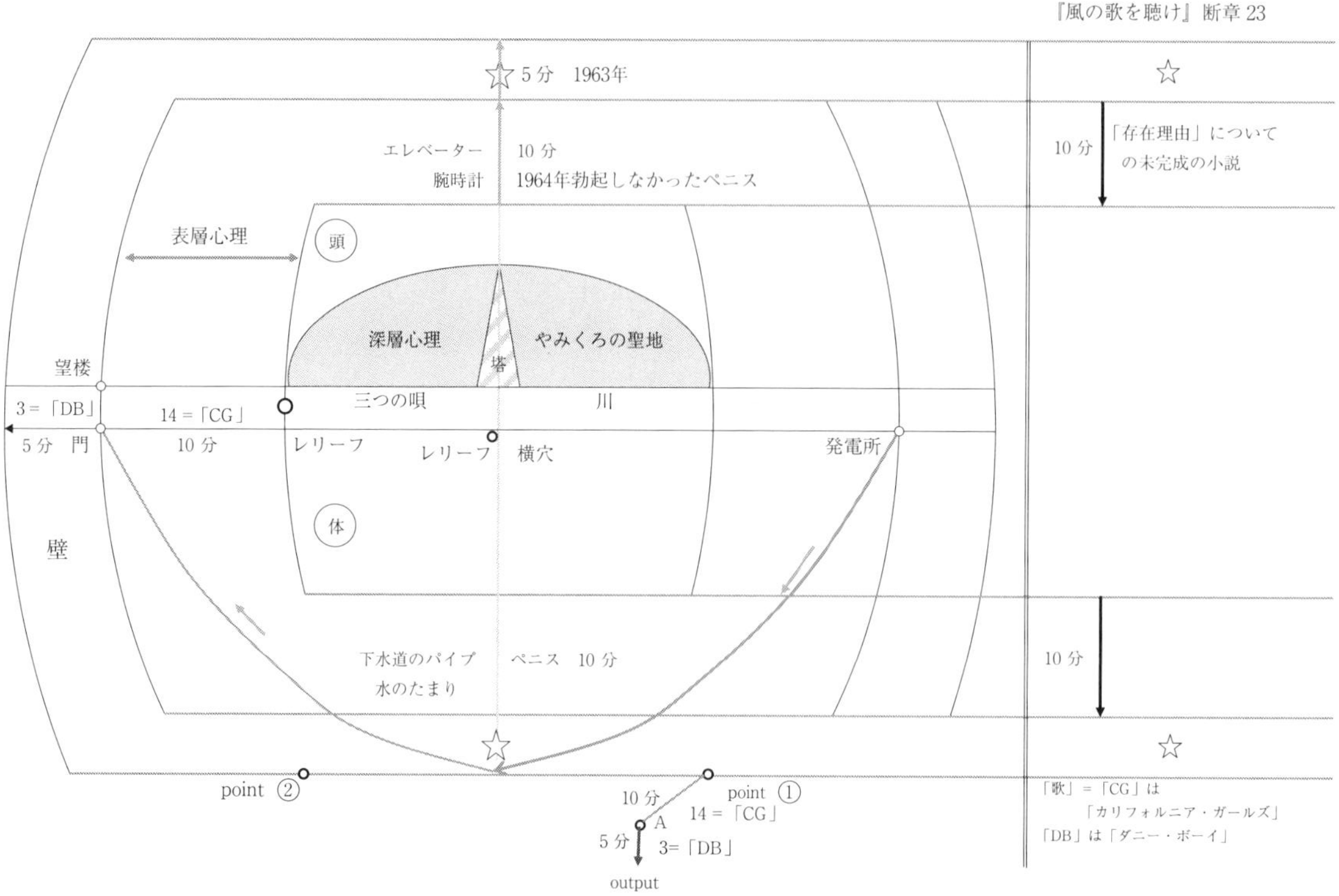

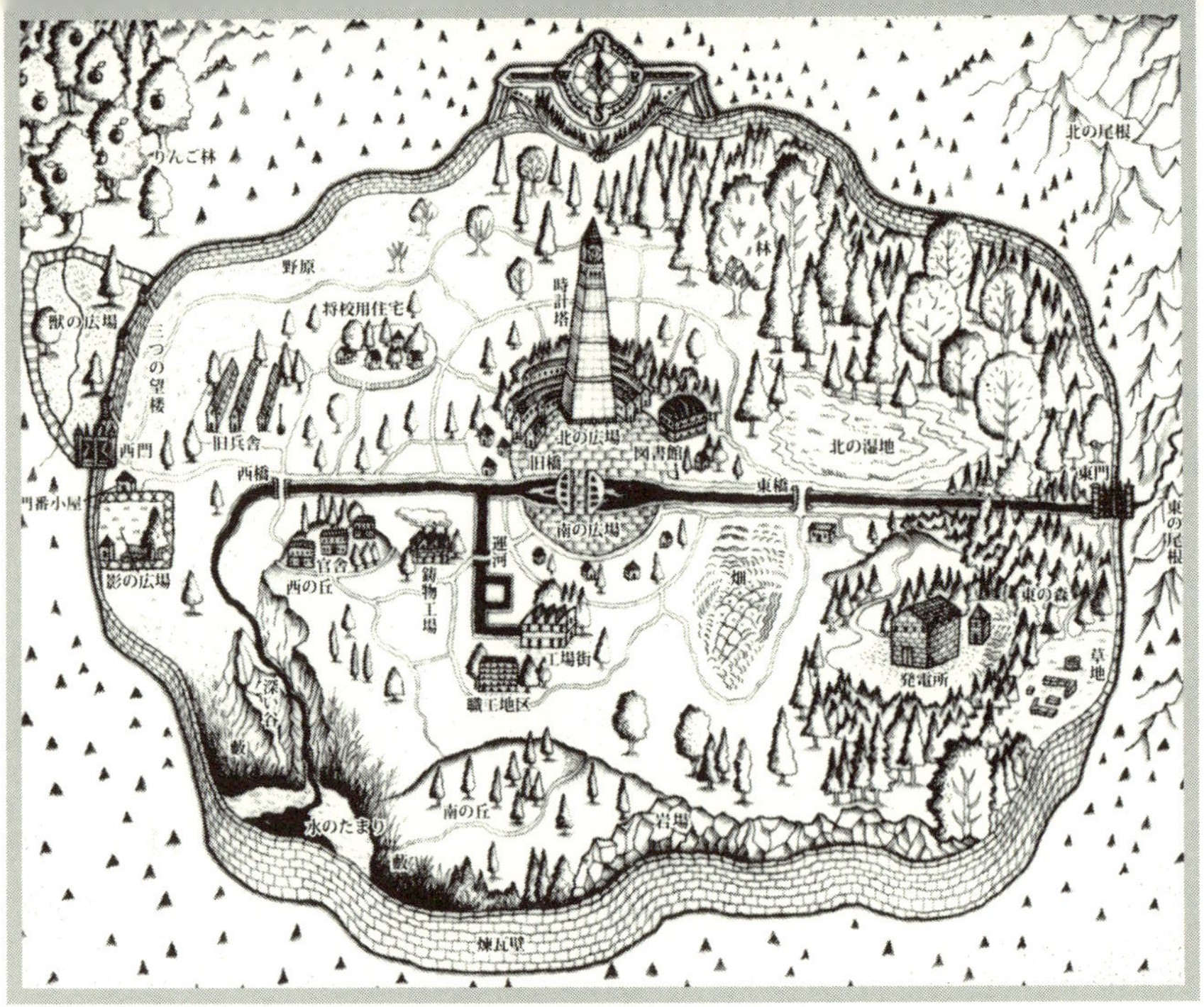

地図・落田洋子
村上春樹著『世界の終りとハードボイルド・ワンダーランド（上）』（新潮文庫刊）より。

『世界の終りとハードボイルド・ワンダーランド』の構造：図2

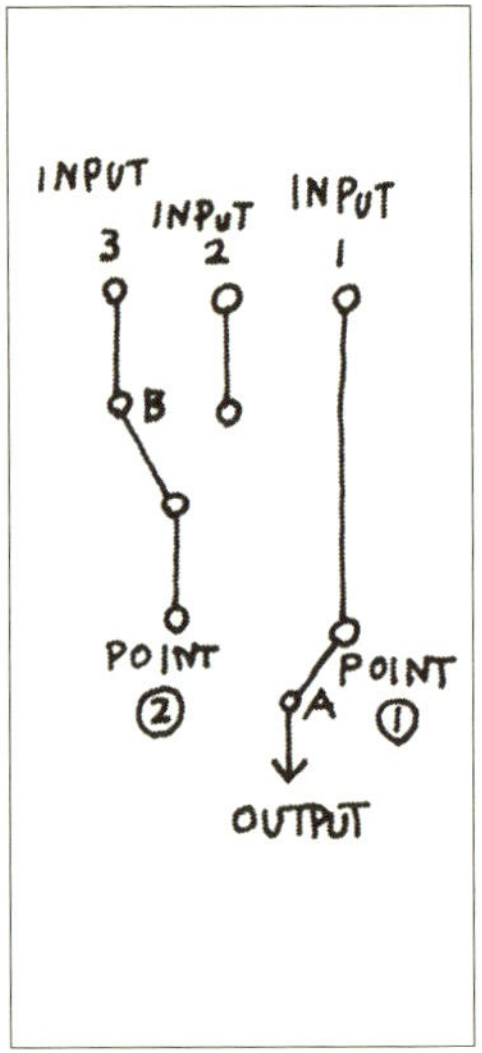

村上春樹著『世界の終りとハードボイルド・ワンダーランド（下）』（新潮文庫刊）より。

『ノルウェイの森』：図 1

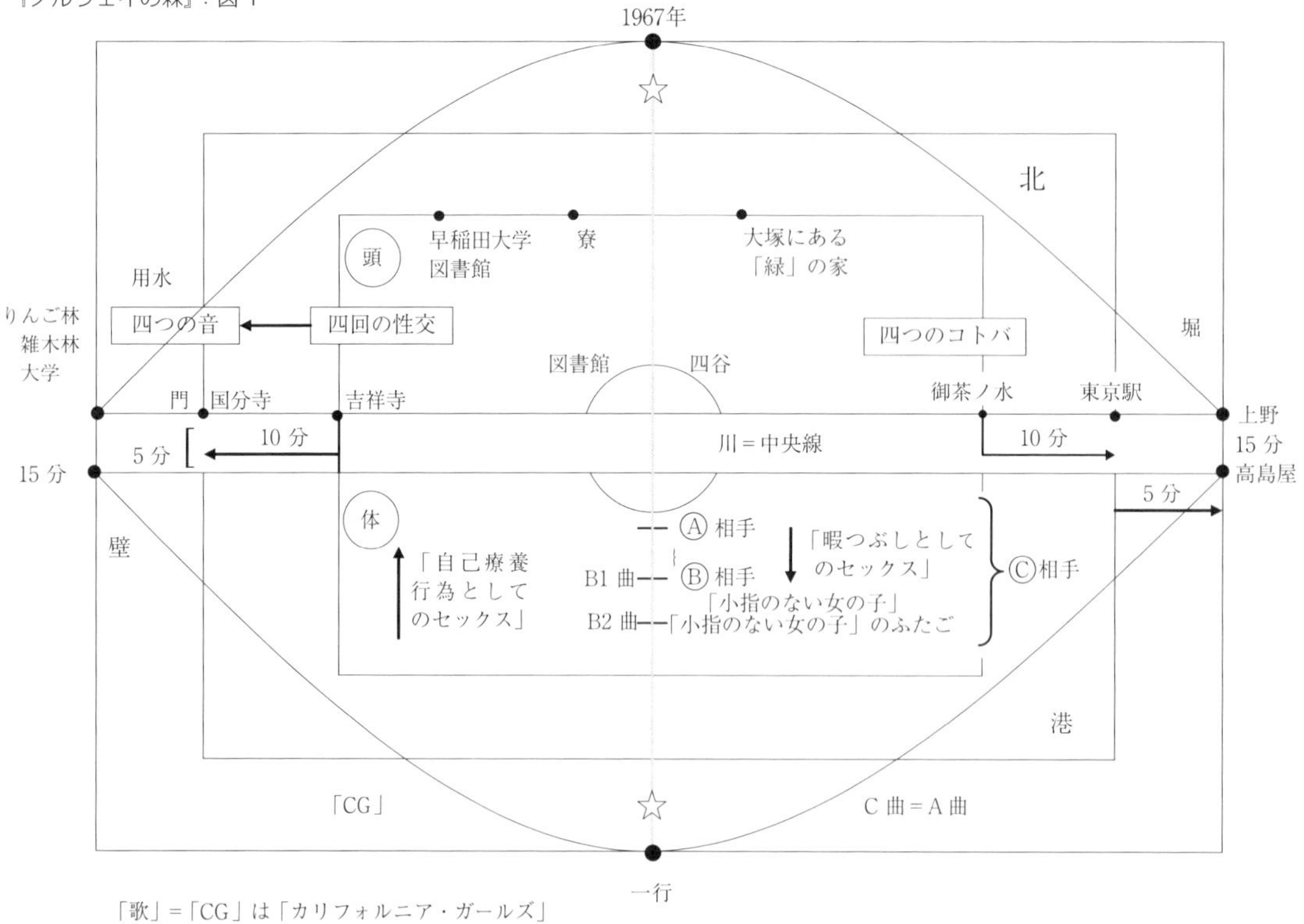

「歌」＝「CG」は「カリフォルニア・ガールズ」

B1 曲は「リターン・トゥ・センダー」

『ノルウェイの森』：図２

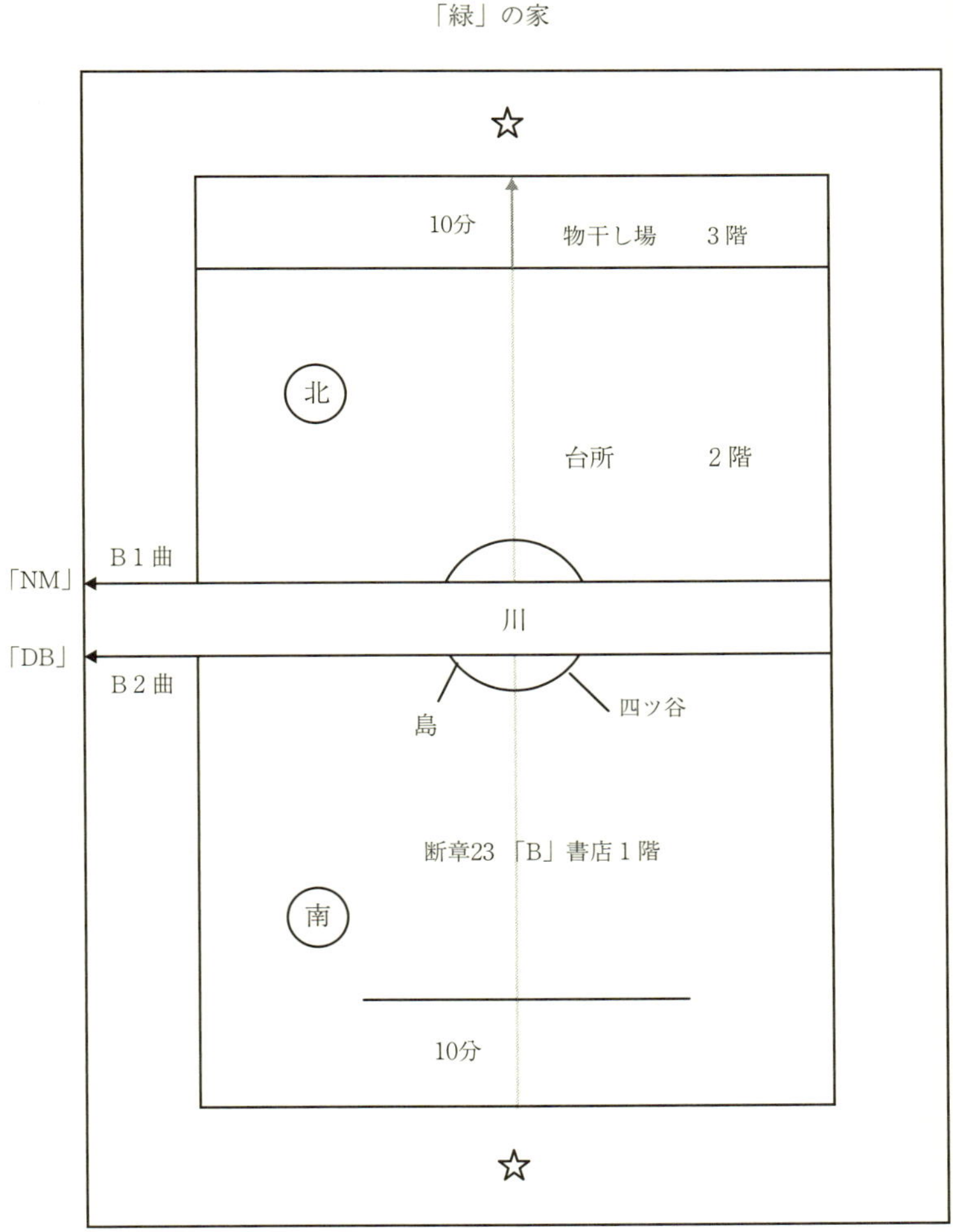

「NM」＝「ノルウェイの森」
「DB」＝「ダニー・ボーイ」

『ノルウェィの森』：図３　断章23章における「３曲＋１唄」から「三つの言葉」＋「一つの言葉」へ

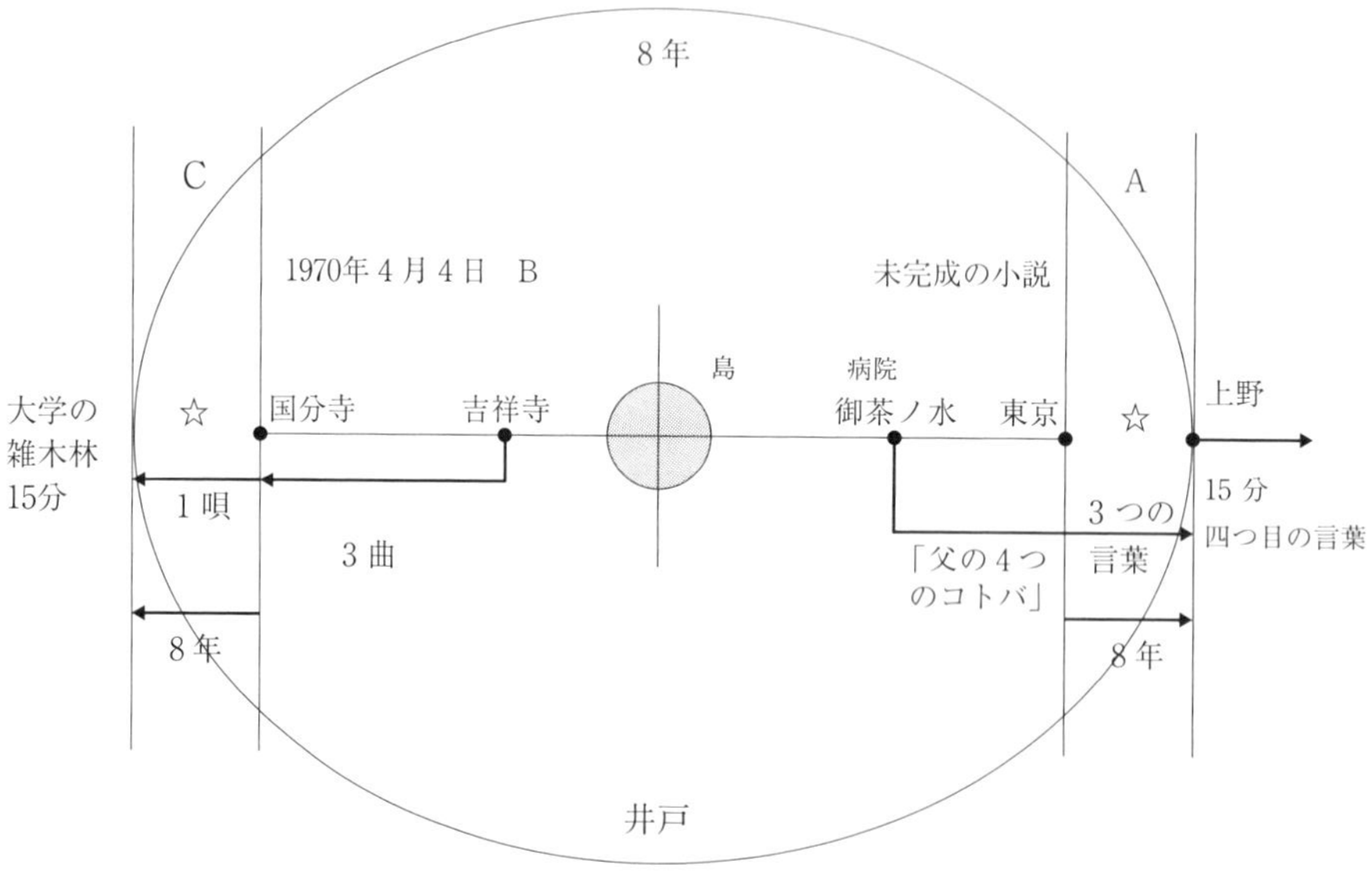

【主要参考文献】

◎引用文献

村上春樹『風の歌を聴け』講談社文庫、2002
村上春樹『1973年のピンボール』講談社文庫、2002
村上春樹『羊をめぐる冒険』講談社文庫、2002
村上春樹『世界の終りとハードボイルド・ワンダーランド』新潮文庫、2001、2013
村上春樹『ノルウェイの森』講談社文庫、2002
『村上春樹全作品6（1979～1989）』講談社、1991
『ノルウェイの森』（初版）、講談社、1987
『螢・納屋を焼く・その他の短編』新潮文庫、2001
「デニス・ウィルソンとカリフォルニア神話の緩慢な死」（『大コラム』1984.7）
村上春樹『やがて哀しき外国語』講談社、1994
村上春樹・河合隼雄『村上春樹、河合隼雄に会いにいく』岩波書店、1996
和田誠・村上春樹『ポートレイト・イン・ジャズ（1、2）』新潮社、1997、2001
村上春樹『音楽がなければスイングはない』文藝春秋、2005

◎**研究単行本**

栗坪良樹・拓植光彦・編『村上春樹スタディーズ01』若草書房、1999
栗坪良樹・拓植光彦・編『村上春樹スタディーズ02』若草書房、1999
栗坪良樹・拓植光彦・編『村上春樹スタディーズ03』若草書房、1999
栗坪良樹・拓植光彦・編『村上春樹スタディーズ04』若草書房、1999
栗坪良樹・拓植光彦・編『村上春樹スタディーズ05』若草書房、1999
今井清人編『村上春樹スタディーズ（2000〜2004）』若草書房、2005
拓植光彦『小説から遠く離れて』日本文芸社、1989
今井清人『村上春樹――OFFの感覚』国研出版、1990
黒古一夫『村上春樹――ザ・ロスト・ワールド』河合出版、1990
深海遥『村上春樹の歌』青弓社、1990
笠井潔＋加藤典洋＋竹田青嗣『対話篇　村上春樹をめぐる冒険』河出書房新社、1991
横尾和博『村上春樹とドストエーフスキイ』近代文藝社、1991
くわ正人・久居つばき『象が平原に還った日――キーワードで読む村上春樹――』新潮社、1991
渡辺一民『故郷論』筑摩書房、1992
鈴村和成『村上春樹クロニクル（1983〜1995）』洋泉社、1994
鈴村和成『まだ／すでに：村上春樹と「ハードボイルドワンダーランド」』洋泉社、1996
加藤典洋編『村上春樹イエローページ』荒地出版社、1996

加藤典洋編『群像日本の作家　村上春樹』小学館、1997
加藤典洋『村上春樹論集①、②』（Murakami Haruki Study Books・1,2）若草書房、2006
吉田春生『村上春樹　転換する』彩流社、1997
木股知史・編『日本文学研究論文集成46　村上春樹』若草書房、1998
深海遙・斎藤郁男『探訪村上春樹の世界東京編（1968～1997）』ゼスト、1998
石倉美智子『村上春樹サーカス団の行方』専修大学出版局、1998
小林正明『塔と海の彼方に――村上春樹論』森話社、1998
イアン・ブルマ『イアン・ブルマの日本探訪』ティビーエス・ブリタニカ、1998
巽孝之『日本変流文学』新潮社、1998
小西慶太『村上春樹の音楽図鑑』（改訂新版）ジャパン・ミクス、1998
井上義夫『村上春樹と日本の「記憶」』新潮社、1999
笠井潔『物語のウロボロス』筑摩書房、1999
伊川龍郎『休日の村上春樹：コアにさわる』ボーダー・インク、2000
浦澄彬『村上春樹を歩く――作品の舞台と暴力の影』彩流社、2000
村上春樹研究会編『村上春樹作品研究事典』県書房、2001
林正『村上春樹論　コミュニケーションの物語』専修大学、2002
木下豊房編『論集・ドストエフスキーと現代――研究のプリズム』多賀出版、2001
近藤裕子『臨床文学論』彩流社、2003

小谷野敦『反＝文藝評論：文壇を遠く離れて』新曜社、2003
柴田勝二『作者をめぐる冒険』新曜社、2004
岩宮恵子『思春期をめぐる冒険』日本評論社、2004
中俣暁生『極西文学論　Westway to the World』晶文社、2004
酒井英行『ノルウェイの森』沖山降久、2004
平野栄久『近現代文学研究の可能性』（ソフィア叢書：no.16）、竹林館、2005
松岡光治『古典を読み直す』（言語文化研究叢書４）、名古屋大学大学院・国際言語文化研究科、2005
富岡幸一郎『文芸評論集』アーツアンドクラフツ、2005
大塚英志『村上春樹論：サブカルチャーと倫理』（Murakami Haruki Study Books,4）若草書房、2006
清水良典『村上春樹はくせになる』朝日新聞社、2006
佐藤幹夫『村上春の隣には三島由紀夫がいつもいる。』ＰＨＰ新書（391）、ＰＨＰ研究所、2006
山根由美恵『村上春樹〈物語〉の認識システム』（Murakami Haruki Study Books,7）、若草書房、2007
風丸良彦『超越する「僕」：村上春樹、翻訳文体と語り手』試論者、2006
川村湊『村上春樹をどう読むか』作品社、2006
石原千秋『謎とき村上春樹』光文社、2007
小西慶太『「村上春樹」を聴く』阪急コミュニケーションズ、2007
黒木一夫『「喪失の物語から「転換」の物語へ」勉誠出版、2007
半田敦子『村上春樹、夏目漱石と出会う：日本のモダン・ポストモダン』（Murakami Haruki Study Books,6）

若草書房、2007
宇佐美毅・千田洋幸編『村上春樹と一九八〇年代』おうふう、2008
酒井英行『村上春樹を語る――『世界の終りとハードボイルド・ワンダーランド』――』沖山隆久、2008
柴田勝二『中上健次と村上春樹：〈脱60年代〉的世界のゆくえ』東京外国語大学出版会、2009
渡辺みえこ『語り得ぬもの：村上春樹の女性（レズビアン）表象』御茶の水書房、2009
鈴木智之『村上春樹と物語の条件：『ノルウェイの森』から『ねじまき鳥クロニクル』へ』青弓社、2009
Jay Rubin “Haruki Murakami and the Music of Words” England Harvill,2002
Matthew Carl Strecher “Dances with Sheep: The Quest for Identity in the Fiction of Murakami Haruki” Ann arbor, MI: Center for Japanese Studies, University of Michigan, 2002

◎博士論文

山根由美恵「村上春樹研究――物語不在の時代〈物語〉」広島大学、2003
橋本牧子「村上春樹論――80年代・90年代の軌跡――」広島大学、2003
Matthew Carl Strecher “Hidden Texts and Nostalgic Images: The Serious Social Critique of Murakami Haruki” University of Washington, 1995.
Susan Rosa Fisher “The Genre for Our Times: The Menippean Satires of Russell Hoban and Murakami Haruki” University of british Columbia, 1997.
Kaori Koizumi “The unknown core of existence: representations of the self in the novels of Haruki

Murakami", University of Essex 2002.

◎雑誌論文

三浦雅士「村上春樹とこの時代の倫理」『海』（1981・11）
井口時男「伝達という出来事」『群像』（1983・9）
高木徹「村上春樹『世界の終わりとハードボイルドワンダーランド』論――音楽が担う役割」『名古屋近代文学研究』1号（1983・9）
畑中佳樹「アメリカ文学と村上春樹　または、春樹とパルプフィクションの香り」『國文學』（1985・3）
関井光男「〈羊〉はどこへ消えたか」『國文學』（1985・3）
前田愛「僕と鼠の記号論　二進法的世界としての『風の歌を聴け』」『國文學』（1985・3）
川本三郎「村上春樹のパラレル・ワールド」『波』（1985・6）
畑中佳樹「世界と反世界の夢」『文學界』（1985・8）
小阪修平「二重の物語の中の二重の『私』」『文藝』（1985・9）
井口時男「物語の真実・物語の終末」『群像』（1985・11）
今井清人「『風の歌を聴け』論　アメリカへの帰省」専修大学大学院『文研論集』（1986・10）
志村正雄「風の歌を聴きながら　村上春樹の文章について」『文學界』（1986・12）
今井清人「『１９７３年のピンボール』論「出口」を捜しながら」専修大学大学院『文研論集』（1987・10）

加藤典洋「『まさか』と『やれやれ』」『群像』（1988・7）
柴田元幸「村上春樹とフィッツジェラルドの関係」『本の雑誌』（1988・7）
宮川健郎「『風の歌を聴け』論　余白の出現」『國文學』（1988・8）
竹田青嗣「村上春樹論　喪失を呼び寄せるもの」『國文學』（1988・8）
菅野昭正「迂回作戦シンドローム　現代小説考」『國文學』（1988・8）
蓮實重彦「小説を遠く離れて」『海燕』（1988・9）
千石英世「アイロンをかける青年『ノルウェイの森』のなかで」『群像』（1988・11）
永島貴吉「『羊をめぐる冒険』」『解釈と鑑賞』（1989・6）
小森陽一「特集・作品をどう論じるか――進め方と実例テクスト論の立場から〈実例〉村上春樹『風の歌を聴け』」『國文學』（1989・7）
林淑美「僕が鼠で鼠が僕で『1973年のピンボール』」『昭和文学研究』（1989・7）
笠井潔「鼠の消滅　村上春樹論」『早稲田文学』（1989・9）
高木徹「村上春樹『世界の終わりとハードボイルドワンダーランド』論――音楽が担う役割」『名古屋近代文学研究』1号（1983・9）
柄谷行人「村上春樹の『風景』」『海燕』（1989・11-2）
遠藤伸治「村上春樹論　主体のサバイバル」『近代文学試論』（1989・12）
森岡正博「もうひとつの世界、もうひとりの私　ソラリス、銀河鉄道、世界の終わり」『日本研究』国際日本文化研究センター（1990・3）
北川真理「現代作家を読む　村上春樹『風の歌を聴け』存在証明の試み」『月刊国語教育』（1990・6）

田中実「数値のなかのアイデンティティ『風の歌を聴け』」『日本の文学』（1990・6）
遠藤伸治「村上春樹『世界の終わりとハードボイルド・ワンダーランド』論〈世界〉の再編のために」『近代文学試論』（1990・12）
加藤典洋「ルサンチマンと虚構」『中央公論文芸特集』（1990・夏）
林淑美「『ノルウェイの森』・村上春樹　喪った『心』、閉じられた『身体』」『國文學』（1991・1）
今井清人「村上春樹『風の歌を聴け』――〈特集〉近代文学作品と『語り』の位相」『解釈と鑑賞』（1991・4）
松岡直美「村上春樹とレイモンド・カーヴァー1980年代における日本文学とアメリカ文学の合流」『比較文学』93
渡辺正彦「村上春樹『鏡』論　分身・影の視点から」『群馬県立女子大学紀要』（1992・3）
風丸良彦「エムプティ・セット　村上春樹と僕たちの世代」『群像』（1992・5）
田中実「カクレキリシタンがいた――『舞姫』と『風の歌を聴け』」『国語科通信』（1992・12）
遠藤伸治「村上春樹・その方法と位置　失われたものを発掘し、捉え直そうとする意味作用の剰余」『近代文学試論』（1992・12）
渡辺泰宏「村上春樹『風の歌を聴け』論（正）」『聖隷クリストファー看護大学紀要』（1993・3）
渡辺泰宏「村上春樹『風の歌を聞け』論（続）」『古代文学研究』（1993・10）
米村みゆき「編年体による1970年夏の物語　村上春樹『風の歌を聴け』を読む」『名古屋近代文学研究』（1993・12）
福田和也「ソフトボールのような死の固まりをメスで切り開くこと」『新潮』（1994・7）
横尾和博「ドストエフスキー――村上春樹――観念の王国からの環道　比較思想学界研究例会発表要旨」『比較思

想研究』（1995・1）
石丸晶子「現代都市の文学　村上春樹『風の歌を聴け』を中心に」『東京経済大学会誌』（1995・1）
加藤典洋「夏の十九日間『風の歌を聴け』の解読」『國文學』（1995・3）
野谷文昭「『世界の終わりとハードボイルド・ワンダーランド』論　『僕』と『私』のデジャヴュ」『國文學』（1995・3）
中村三春「『風の歌を聴け』『1973年のピンボール』『羊をめぐる冒険』『ダンス・ダンス・ダンス』四部作の世界　円環の損傷と回復」『國文學』（1995・3）
蓮實重彦「（文芸時評）歴史の不在　時間の流れぬ閉じた世界　薄気味悪いほどの想像力」『朝日新聞』（1995・8・29夕）
小菅健一「『風の歌を聴け』論への作業仮説」『日本文芸論集』（1995・12）
米村みゆき「死、復活、誕生、そして生きることの意味　村上春樹『風の歌を聞け』論」『昭和文学研究』（1996・2）
田中励儀「村上春樹『羊をめぐる冒険』」『國文學』臨時増刊（1996・7）
田崎弘章「村上春樹『風の歌を聴け』を読む　注意深く取り除かれたコルクの屑・父の消去」『佐世保工業高等専門学校研究報告』（1996・2）
渡辺泰宏「村上春樹『風の歌を聞け』論（続続）」『古代文学研究』（1996・3）
小菅健一「『風の歌を聴け』論〈僕〉の初期設定の問題をめぐって」山梨英和短期大学『日本文芸論集』（1997・2）
勝原晴希「村上春樹の領域（1）『風の歌を聴け』」『群系』（1997・10）

小菅健一「『風の歌を聴け』論〈僕〉をめぐる関係―」『山梨英和短期大学紀要』(1997・12)
野崎歓「パラレル・ワールドの余白に　村上春樹とジョルジュ・ペレック」『國文學』臨時増刊(1998・2)
坪井秀人「プログラムされた物語『羊をめぐる冒険』論」『國文學』臨時増刊(1998・2)
安藤哲行「象が平原に還る日を待って」『國文學』臨時増刊(1998・2)
高橋敏夫「死と終わりと距離と『風の歌を聴け』論」『國文學』臨時増刊(1998・2)
大竹昭子「自己を遠望する意識」『新潮』(1999・7)
福田和也「《人が撃たれたら血は流れるものだ》」『文學界』(1999・8)
富岡幸一朗「〈像〉を語る言葉」『ユリイカ』臨時増刊(2000・3)
新城郁夫「『井戸』を見過ごし、他者の声を聞け」『アエラ』(2001・14)
佐藤英明「非現実的に凡庸な『僕』の旅」『アエラ』(2001・14)
大城築「村上春樹『螢』の考察」沖縄国際大学語文と教育の研究(2)(2001)
佐藤泰正「村上春樹と漱石―〈漱石的主題〉を軸として」『日本文学研究』(36)(2001)
宮崎祐子「『言葉』から読む『ノルウェイの森』」福岡大学日本語日本文学(2001・11)
橋本牧子「村上春樹における〈物語〉――『風の歌を聴け』から『世界の終わりとハードボイルド・ワンダーランド』へ」『広島大学日本語教育研究』(2001・11)
名和哲夫「村上春樹とコミュニケーション」『浜松短期大学研究論集』(58)(2002・9)
大城築「村上春樹作品研究―村上春樹作品における短編と長編の関係」『沖縄国際大学語文と教育の研究』(3)(2002・3)
田崎弘章「ジェイ―村上春樹「風の歌を聴け」(特集　脇役たちの日本近代文学)(脇役28選)叙説、2(通号

5）（2003・1）
鈴木智之「記憶・他者・身体——村上春樹『ノルウェイの森』と自己物語の困難」『社会志林』50（2）（通号176）（2003・12）
肖　珊「村上春樹『世界の終りとハードボイルド・ワンダーランド』論」〔山口国文〕（27）（2004・3）
武井昭也「村上春樹——「井戸」の向こう側についての考察」『札幌国際大学紀要』（35）（2004
藤井省三「『東アジア文学史』の構想と魯迅・村上春樹」（特集 日中相互認識のずれ）（文化の違いによる摩擦の考察）『アジア遊学』（72）（2005・2）
今井清人「都市の〈向こう側〉と暴力」『国文学解釈と鑑賞』別冊（2008・1）
Chiyoko Kawakami "The Unfinished Cartography: Murakami Haruki and the Postmodern Cognitive Map" Monumenta Nipponica,（57:3）2002 Autumn.

あとがき

本書は、２０１０年に一橋大学言語社会研究科に提出し、学位を取得した博士論文である。２００２年に同大学の修士課程に所属していたころ、はじめて村上作品に出会い、修士論文をこの作家の初期三部作を対象に書いた。２００２年の修士論文執筆から、２０１０年の博士論文の仕上げまでに丸８年かかった。

その間に、何回か村上の初期の作品に立ちもどり、それらの中に、作家が実際に伝えたかったことは、一体何なのか、ずっと考え続けた。そうしているうちに、これらの小説の構造を読み解くカギが、数値にあることに気付き、『風の歌を聴け』の中に、数値により築き上げられた一定の方式を探し出した時点から、その発見に基づき、この小説の中に埋もれた主題を掘り起こす作業に取りかかった。まさに考古学者が何千年も前に土に埋もれた建造物を、ふたたび白日のもとにさらした時のような、ウキウキ感が沸いてきた。

この作業に取りかかってから、村上春樹にとって、「言葉」＝日本語というのは一つの手段に過ぎないことがわかった。すなわち、各小説の構造をもとに地図を作製し、それに言葉を合わせない限り、重みを持つ言葉になれない。「言葉」が重みを持ち、真実を語り始めるためには、各小説専用の地図に照らし合わせ、別の「言葉」に置き換えなければならない、と。

表層に記された「言葉」を作品構造の深層に照らし合わせて、「洗いだす」――「翻訳」をしている際、他言語からの翻訳においても非常に重要であるように、どんな細かいディテールも見逃さないよう心掛けた。例えば、「左」と「右」それぞれの方向から吹く「風」に込められた意味、または『風の歌を聴け』断章23の最後の一行にどれほど作家の思いが詰まっているのか。一見するとささいな箇所は、本書で取り上げられる三つの作品構造のもとに浮かび上がった「システム」にそれらを反映させると、一貫性を持って、村上春樹のいう「正確な言葉」に導いてくれる。そういう意味で、各作品構造のもとに作成された地図は、村上春樹自身の日本語・「言葉」との「戦い」、そして日本語・「言葉」という共同体を通して、日本社会との「戦い」の痕跡にもなり、村上春樹の反逆精神から生まれた、彼独自の「新言葉」の形成過程をも同時に表示している。本書で論じたように、自分らしい言葉で語り始めるまでには、村上春樹の年表の中で、「8」という数値には特別な意味がある。この作家のデビュー作『風の歌を聴け』が発表されて（1979年）から『ノルウェイの森』が書かれる（1987年）までに8年が経ち、この「8年」は、村上春樹が既にデビュー作の中で潜勢的に築き上げた設計図を土台にして、独自の小説世界を完成させるまでの年月をさしている。

偶然にも、上述したように、私が村上春樹の小説世界を見極めるまでに「8年」も経った。他にも、彼の作品の中に出てくるいくつかの要素が「偶然」なことに私が日本で体験したこと（特に、日本とセルビアとの間にある時間感覚の相違）と重なり、今から振り返ってみると、偶然から始まった村上春樹との付き合いは、実際に偶然ではなかった。私は、出会うべくして、村上春樹の小説に出会ったような気がした。彼の小説に魅かれて、私の日本語との「格闘」が一段落して、この作家の小説を自分なりに消化しはじめてからは、日本語で文章を書くことがさらに楽しくなった。

上記の村上春樹の小説の中に用いられる数値と比喩の暗号解読を終えて、今になって言えるのだが、これらの小説の中に偶然が入る余地はない。『風の歌を聴け』をはじめとし、『世界の終りとハードボイルド・ワンダーランド』と『ノルウェイの森』からなる作品群は、緻密な計算のもとに作り上げられ、どんな強い地震にも耐えられるような堅固な構造に基づいている。

この構造、または「システム」は完璧であるが、それは村上内部での完成であり、小説世界の完成は読者自身に委ねられている。それが村上作品の一番の魅力だと考える。つまり、作家が作品ごとに「正確な言葉」に近づいているように、読者もその形跡を辿る過程で新しい自分に出会える、というような実感が湧いてくる。

本論を書くに当たって、私自身も自我との対話や従来の村上論との対決をせざるを得なかったが、考究を深める中で自我と従来の研究を自由の思考を阻害するものとしてカッコに入れざるを得なかった。まさに『風の歌を聴け』の書名のように、各作品の内なるロジックに従わない限り、「真実」が浮かび上がってこない。すなわち作家との魂の一番深い所での響きあいが生まれてこない。このような、著者の自我を無にしているかのように、自ら開いていく作品構造は、私にとって、村上春樹の一番日本的な特徴である。

この考察が村上春樹像を豊かにし、作品の解釈にいささか新風を吹き込むことができれば、私が村上春樹の研究に捧げた時間は無駄ではなかったと思える。

最後になったが、指導教官をはじめとする、大学関係者、日本での私の生活を支えてくれた皆様、そして編集者諸氏に感謝。

御意見、御感想を期待しつつ、擱筆。

著者

2013年12月

〔著者略歴〕

イェレナ・プレドヴィッチ（Jelena Predovic）

1968年、ベオグラード（セルビア）生まれ。

1993年、ベオグラード大学言語学部英語学科卒。

1994年、ベオグラード大学言語学部日本語学科卒。

2003年、一橋大学大学院言語社会研究科修士課程修了。

2010年、一橋大学大学院言語社会研究科博士後期課程修了、博士（学術）。

現在、翻訳、日本文学研究に専念。

村上春樹のドラマ――「音」から「言葉」へ

2014年3月20日　初版第1刷印刷
2014年3月30日　初版第1刷発行

著　者　イェレナ・プレドヴィッチ
発行者　森下　紀夫
発行所　論　創　社

東京都千代田区神田神保町2-23　北井ビル
tel. 03(3264)5254　fax. 03(3264)5232
http://www.ronso.co.jp/
振替口座 00160-1-155266

装　幀　中野　浩輝
印刷・製本　中央精版印刷

ISBN978-4-8460-1302-8　C0095　